# 快乐影子之舞

[加拿大] 艾丽丝·门罗 著
李玉瑶 译

# Dance of the Happy Shades

Alice Munro

北京出版集团
北京十月文艺出版社

新经典文化股份有限公司
www.readinglife.com
出 品

# 目录 | Contents

1　沃克兄弟公司的牛仔

23　闪亮的房子

37　影像

55　感谢送我们回家

73　办公室

91　一盎司良药

107　死亡时刻

119　那天的蝴蝶

133　男孩和女孩

153　明信片

175　红裙子——1946

191　星期日午后

203　海岸之旅

223　乌得勒支和约

247　快乐影子之舞

献给罗伯特·E. 莱德劳

## 沃克兄弟公司的牛仔

晚餐后，爸爸说："想去看看湖还在不在吗？"我们把妈妈留在餐厅的灯光下做针线活，她在给我缝制开学穿的衣裳。为此，她拆了自己的一套旧衣服和一条旧格子羊毛裙。她得匠心独运地剪裁和拼接，还让我站着没完没了地转身、试穿。我汗流浃背，被热烘烘的羊毛料子弄得浑身刺痒，不愿领她的情。弟弟留在前廊尽头处那条装有纱窗的小过道里睡觉。有时他会跪在床上，脸抵住纱窗，可怜地叫着："给我买个冰激凌蛋筒吧！"我却答道："等我们回来你就睡着了。"说话时，我甚至头也不回。

随后，我和爸爸缓步走过一条破败的长街。街上的店铺都小小的，亮着灯，西尔弗伍兹冰激凌的广告牌竖立在店铺外的人行道上。这里是塔珀镇，休伦湖畔的一座古老城镇，曾经的运粮港口。街上的某些地方枫树成荫，树根把人行道撑裂、拱开，如同成群的鳄鱼探入光秃秃的庭院。人们坐在户外，男人穿着汗衫和背心，女人系着围裙——我们不认识这些人，可如果有谁看起来想朝我们点个头，说上一句"今晚挺暖和的"，我爸爸也会点头，说些类似的话。孩子们还在嬉闹。我也不认得他们，因为妈妈不让我和弟弟走出自家的庭院，说弟弟年纪还小，不能出门；我则要照看他。看着他们做晚间游戏，我并没有感到十分难过，因为游戏本身就规则混乱，很难玩下去。孩子们按照各自的意愿拉开距离，在密密丛丛的树下分隔成两人或一人的岛屿，同我终日所做一样，以这种孤独的方式让自己有事可干，将卵石种在土里或用棍子在地上涂涂写写。

我们很快便将这些院落和房屋抛在了身后。接着我们经过一家窗户被栅木板封住的工厂和一家木门高耸、入夜后便会锁上的贮木场。城镇的痕迹随即渐渐隐去，取而代之的是一片破落凌乱的棚屋和堆成小簇的废弃垃圾，人行道消失了，我们眼下走在一条沙土道上，周围满是牛蒡、车前草和无名野草。我们步入一片空地，实际上是一个形同公园的场所，因为这儿没有垃圾，而是有一张缺了一条背板的长椅，供人端坐观赏湖景。湖水在夜里总是灰蒙蒙的，天色微微阴沉的时候，人们望不见日落，也看不清地平线。湖水冲刷着滨岸的岩石，发出平和宁静的声响。向着市镇主要区域继续往前，便是一片沙地，一架水滑梯，围绕着游泳安全区域上下浮动的浮标和一张摇摇欲坠的救生员高空"宝座"。还有一座被人们称作"凉亭"的暗绿色长形建筑，如同一条安有遮顶的游廊。每逢星期日，农夫和他们的妻子便穿上挺括的好衣服，在凉亭里齐聚。我们居住在邓甘嫩时就知道塔珀镇的这个地区，每到夏日前往湖岸时，总有那么三四次会来到这里。我们去湖岸和码头看运粮的船只，年代久远的船只锈迹斑斑，在湖水中颠簸摇曳，我们对于它们如何驶过防波堤感到好奇，更不用说如何前往威廉古堡了。

流浪汉们在码头游荡。在这样的夜晚，他们偶尔会在被暮汐淹没的浅滩上徘徊，抓着干枯的灌木，沿着男孩们踩出的歪歪扭扭、不稳固的小道攀爬上来，跟我爸爸说些什么。因为害怕流浪汉，我慌张到连他们说的话也听不明白。爸爸说自己也手头吃紧。"如果你用得上的话，我给你卷支烟吧。"他说完随即将烟丝小心翼翼地抖落在一张薄如蝉翼的纸上，用舌头轻轻一舔，将它封好，递给流浪汉，那流浪汉接过烟便走开了。爸爸也给自己卷了支烟，点上抽了起来。

他向我讲述五大湖区形成的经过。他说如今休伦湖所在的地方曾是一片平坦的陆地，一片广阔的平原。随后，冰川由北面挨近，压入低浅地区的深处。像这样——他用手给我比画，岔开的五指按压着我们身下坚硬如石的地面。他的手指几乎没有在地面上留下丝毫痕迹，于是他说："当然，远古冰帽背后的力道可比我的手有劲多了。"之后，冰川渐渐退缩回它的来处北极，却将它的"冰手指"留在了钻凿而成的深底之处，冰融成湖，便成了如今的模样。时光流逝，湖水却历久弥新。我努力在面前想象出那片平原的样貌，想象着恐龙在这里出没的景象，可我却连塔珀镇出现之前印第安人安居湖岸的样子都想象不出。我们的生命所跨居的时间竟如此短暂，这让我感到惊骇，而对此我爸爸却仿佛泰然处之。尽管有时在我看来，爸爸好像自世界形成以来便一直活得自在，可是同宇宙出现生命以来的时间长度相比，爸爸在这个地球上生活过的时间也不过就比我长了一点。他跟我一样，对汽车和电灯未被发明前的时代并不了解。本世纪①起始时，他还没出生。而当本世纪结束时，我也只能勉强活着了，变得很老很老。我不愿去想这件事。我希望休伦湖永远只是一片湖，永远漂浮着安全游泳区的浮标，永远矗立着防波堤，永远摇曳着塔珀镇的灯火。

爸爸有份工作，为沃克兄弟公司做推销。这家公司几乎完全以农村为销售地区，尤其是偏远的农村地区。桑夏恩、博伊尔布里奇和特恩朗德——爸爸的地盘就这么多。我们以前居住的邓甘嫩不包括其中，邓甘嫩离城镇太近，妈妈对此感激不尽。爸爸销售咳嗽药、补铁药、鸡眼膏、通便剂、妇女调经丸、漱口水、洗发香波、护理油、软膏、做提神饮料用的浓缩柠檬汁、橙汁和覆盆子汁、香草精、食品着色剂、红茶、绿茶、姜、丁香和其他香料，还有老鼠药。他为自己推销的货品编了一首歌，其中有这样的两句：

还有各种膏膏油油，
鸡眼疮疖包治好……

---

① 指 20 世纪。

依妈妈看，这首歌毫无意趣可言。这是一首小商贩的歌，而爸爸本就是一个商贩，一个在边远地区敲着厨房门卖货的小商贩。直到去年冬天，我们家还有自己的营生，一座养狐场。爸爸豢养银狐，把毛皮卖给他人制成斗篷、大衣和手笼。皮价下跌，爸爸坚持维系经营，指望着下一年价格回涨。可皮价持续下跌，他坚持了一年又一年，直到最后实在无法坚持下去了。我们欠了饲料公司一屁股的债。我听妈妈跟奥利芬特太太三番五次提起此事，奥利芬特太太是妈妈在邻居当中唯一的交流对象。（奥利芬特太太也是个落魄的人，她身为教师，却嫁给了一个门卫。）妈妈说为了养狐，我们投入了全部的家当，到头来却是一场空。这年月里，许多人都能道出相似的遭遇，可我妈妈没有忧国忧民的工夫，她只关心自家的灾难。命运让我们和穷人同街毗邻（我们曾经的贫困不值一提，与眼下的窘境相比不可同日而语），妈妈认为接受这一境况的唯一方式是保有尊严、保持痛苦、绝不妥协。配备爪足浴缸和抽水马桶的浴室、自来水、门口的人行道和瓶装牛奶无法给她安慰，甚至连两家电影院、维纳斯饭店和奇妙的伍尔沃斯超市也无能为力。伍尔沃斯超市的角落里，鲜活的鸟儿在风扇的吹送中高歌，微如指盖、明如皓月的鱼儿在碧绿的水缸中畅快游弋。我妈妈对这些东西并不在意。

下午，她常去西蒙食品杂货铺，带着我去帮忙拎东西。她身着一件连衣裙，海军蓝的面料印着小花，质地轻薄，里面穿一条海军蓝的衬裙。脑袋一侧歪斜地戴着一顶白色夏日草帽，脚蹬一双我刚在后门台阶上用报纸擦拭干净的白色皮鞋。临出门时,她把我的头发做成湿答答的长卷,所幸干燥的风很快就会把发卷吹得蓬松起来,她还在我的头顶上系了一个硬挺的大蝴蝶结。晚餐后跟爸爸的出门之行则与此完全不同。和妈妈一起出门的时候,还没走过两户人家,我就觉得我们已经成了全宇宙的笑柄。连人行道上粉笔写的脏话都在嘲笑我们,妈妈似乎没有注意到。她平静地从那些家庭主妇身旁走过,主妇们穿着肥大的、毫无腰身可言的连身裙,裙子腋下磨得破烂,而我妈妈却优雅得像一位购物的贵妇人,一位购物的贵妇人。作为她的精心之作,我陪同着她,顶着难堪的发卷和招摇的蝴蝶结,膝盖搓洗得白净光嫩,搭配白色短袜——所有这一切都不是我想要的。她在大庭广众下唤我的名字时,语调高昂、骄傲又尖厉,存心跟街上其他妈妈的声音区别开来,让我甚至开始厌恶自己的名字。

　　妈妈有时候会带回家一大块发白的那不勒斯三色冰激凌,改善一下生活;因为家里没有冰箱,所以我们会叫醒弟弟,马上在餐厅里吃。餐厅的光线被邻家的墙壁遮掩,总是昏暗。我小口舀着吃,把巧克力口味留到最后,希望在弟弟吃光之后,我还能剩下几口。随后,妈妈便试图重现我们过去在邓甘嫩时谈话的情景,回到弟弟出生前、我们最初也最闲适的时光。那时,她会给我一杯跟她一样多奶少茶的混兑饮品。我们坐在门外的台阶上,面对着抽水机、丁香树和远处圈狐的栅栏。妈妈总是不由自主地提起那些往昔岁月。"还记得那次我们把你放在雪橇上,让梅杰拉你吗?"(梅杰是我们家的狗,迁居时不得不留给了邻居。)

"还记得厨房窗外你的沙盒吗？"我假装记不住这么多事情，以防陷入悲悯或其他不想被人触发的情绪。

妈妈有头痛的毛病，常常需要躺下。她躺在弟弟的窄床上，就在那个装有纱窗的被浓密树枝遮掩的小过道里。"抬头看见那棵树时，我以为自己回到了家里。"妈妈说。

爸爸告诉她："你需要的是新鲜空气，到乡下去兜一圈。"他的意思是让妈妈陪他一起，沿着为沃克兄弟公司贩售货品的路线走上一趟。

这可不是我妈妈心目中对于去乡下兜风的诠释。

"我可以去吗？"

"你妈妈或许要让你试穿衣服呢。"

"今天下午我做不了针线活了。"妈妈说。

"那我就带她去。把他们俩都带去，让你休息一下。"

我们俩哪里让人劳神费力了？管他呢。我满心欢喜地去找弟弟，叫他上好厕所，随后一同爬上汽车，膝盖没被搓洗，头发也没上卷。爸爸从屋里拎出他那两只沉甸甸的装满了瓶瓶罐罐的棕色箱子，放在车后座。爸爸身上的白衬衫在阳光下耀眼夺目，他系着领带，下身穿一条浅色裤子，那是他的夏季西装裤（他的另一套西装是黑色的，葬礼时才穿，曾属于我过世的伯父），还有一顶乳白色的草帽。这是他的全套推销员行头，衬衫口袋里还夹着铅笔。他又回屋里去了一趟，大概是跟妈妈道别，问问她是否真的不想前往，只听妈妈说："不，谢谢你，我不去了。我最好还是闭上眼在这里躺上一会儿。"接着，我们将车倒出车道，对探险旅程的期盼之情开始同步滋长,那零星的期盼引领着我们越过凸起的地面,拐上主街。炎热的空气开始游走化作微风,我们沿着爸爸认识的出城捷径向前行驶,两旁的房屋变得愈发陌生。可是整整一个下午,除了在酷暑中到遭了灾的农家院落里待上几个小时,有可能的话造访一家乡村小店,一人吃一支冰激凌蛋筒或喝一瓶汽水,听爸爸哼唱歌曲外,等待着我们的还会有什么呢?爸爸为自己编了一首歌,歌名叫"沃克兄弟公司的牛仔",头两句如下:

> 老内德·菲尔兹如今已亡故,
> 我来接替走其路……

谁是内德·菲尔兹?肯定是爸爸顶替的那个人。如果爸爸唱的内容是真的,那么那个人的确已经过世了。然而,爸爸的声音悲伤中却透着欢快,让内德的死如同一场无稽之谈,一场可笑的灾难。"愿我回到里奥格兰德,穿过幽暗的沙滩。"爸爸开车时,大半时间都在唱歌。即便是眼下,当我们驾车出城,过桥后急转驶上公路时,爸爸也在哼唱着什么,用压低的嗓音对自己唱着。这只是在润嗓子,为即兴的演唱做准备,当我们沿着公路途经浸礼会教友营地和《圣经》假日营地时,他放开了嗓子:

> 浸礼会教友在哪里,浸礼会教友在哪里,
> 浸礼会教友如今都在哪里?

他们沉在湖水里,在休伦湖的湖水里,
让湖水把他们的罪恶洗涤涮净。

弟弟以为这是不折不扣的实话,从座位上跪起来,朝湖里看。"我没有看见浸礼会教友。"他埋怨道。"我也没有看见,儿子,"爸爸回答,"我说过了,他们沉在湖水里。"

下了公路后是没有铺砌过的路面。尘土飞扬,我们不得不摇上车窗。田野平坦、干焦,空旷无物。农场后方一丛丛的灌木投下阴影,乌黑的松柏树荫如同一片无人能接近的湖泊。我们沿着一条狭长的小路颠簸而上。有什么能比小路尽处的情景更令人感到心寒和荒凉的呢?那是一所高大的、未经漆刷的农舍,不曾修剪的野草挨长到了前门,绿色的百叶窗紧紧关闭,楼上有一处门扉敞开,门前却空空如也。许多房子都有这样的门,可我从不明白它们为何存在。我问爸爸。他说这种门是梦游时用的。什么?哦,你梦游的时候如果恰好想出去走走的话。因为太迟才反应过来爸爸在开玩笑,我跟往常一样感到被冒犯了。弟弟却固执地说:"要是他们走那扇门,会摔断脖子的。"

二十世纪三十年代。在我看来,这样的农舍,这样的午后,如同爸爸的帽子、光鲜闪耀的领带和我们家那辆带有宽脚踏板的汽车(一辆老掉牙的埃塞克斯汽车)一样,是这一年代特有的事物。停放在农田里的汽车和我们家的车类似,很多都更为老旧,但没有哪一辆比我们的车灰尘更多。有些车已经报废,门被卸了下来,车座也被卸除下来,摆到门廊供人使用。我们见不到多少活物，没有鸡或牛。只有狗。它们随便找一个背阴的地方，卧在那儿做着梦，瘦骨嶙峋的两肋急速起伏着。爸爸打开车门时，它们都站了起来，爸爸不得不对它们说："好小子，这才乖，好小子。"它们这才安静下来，回到阴凉地里。爸爸知道如何安抚动物，他曾经对付过拼命挣扎的狐狸，用钳子卡住它们的脖子。爸爸对狗说话时，语调温和，叫门的声音却激奋欢快。"您好，太太。我是沃克兄弟公司的员工，您今天有什么需要吗？"门打开了，他消失于门内。他不让我们跟着他，甚至连汽车都不让下。我们只得在等待中琢磨他在说些什么。在家里，有时为了逗妈妈笑，爸爸会假装自己身处一间农家厨房，摆出他的货样。"那么，现在请太太告诉我，您是否为寄生虫而烦恼？我指的是您孩子的头皮。提起那些令人毛骨悚然的小东西总让我们觉得有失体面，不过就连最好的人家，头皮上也难免会出现这种小东西。光用肥皂可不行，煤油又不是香水，气味可不好闻。可是我这儿有……"要不，他会说："信我的话没错，我这样成天坐着开车的人最能体会这种了不起的药片的效力。润肠通便。老年人活动比过去少了，也常犯这毛病——您呢，老婆婆？"他会假装拿着一盒药片，在妈妈的鼻子底下来回晃悠，妈妈终于勉为其难地笑了起来。"他卖东西时不会真这么说吧，是吗？"我问。妈妈告诉我，爸爸当然不这么说，他是一位十足的绅士。

于是我们一个院子接一个院子拜访下去，到处都是破旧的汽车、抽水机、狗、灰色的谷仓、摇摇欲坠的板棚和再也转不起来的风车。即便男人们在田里干活，也肯定不在我们能看到的田里。孩子们正在很远的地方沿着干涸的河床玩耍或寻找黑莓，不然就躲在家里，从百叶窗的缝隙间窥探我们。车座已经被我们的汗水弄得滑溜溜的。我挑唆弟弟去按喇叭，其实是自己想按，但又不想挨骂。弟弟可不上这个当。我们玩起了"我看见"[1]的游戏，可是很难找到那么多颜色。灰色可以是谷仓、板棚、厕所和房屋；棕色是院子和田野；黑色或棕色则是狗。我尽力想从汽车那一块块色彩斑驳的锈迹中找出紫色或绿色；我还盯着门看，想从剥落的油漆中找到褐色或黄色。因为弟弟太小，不会拼字，我们没法玩更好玩的字母游戏。无论如何我们都玩不下去。弟弟硬说我选的颜色不公平，非要自己再来几轮不可。

  有一户人家的门户尽数关闭，尽管有车停在院子里。爸爸又是敲门又是吹口哨，喊着："喂！沃克兄弟公司的推销员上门啦！"可压根儿一点回应也没有。这所房子没有门廊，门前只有一块光秃秃的倾斜的水泥板，爸爸正站在上面。他转过身搜寻起谷仓前的场院，谷仓里肯定没有任何干草，因为可以透过谷仓看见天空，最后他弯下身去拎起箱子。就在这时，楼上的一扇窗户开了，窗台上出现了一个白色的罐子，罐身一倾，里面的东西沿外墙泼了下来。窗户在爸爸头顶上方稍偏一些的地方，所以他身上只溅到一点。他从容不迫地拎起箱子走回汽车，但已经不吹口哨了。"你知道那是什么吗？"我对弟弟说。"是尿。"弟弟大笑不止。

---

[1] 此游戏用颜色代表各种不同的物体，甲方先说"我看到某某颜色"，乙方再猜看到的是什么物体。

爸爸发动汽车之前卷了一支烟点上。楼上的窗户已砰的一声关上，百叶窗也拉上了。我们始终连一张脸或一只手都没看见。"尿！尿！"弟弟欣喜若狂地唱着。"有人往下倒尿！""这件事别告诉你妈妈，"爸爸说，"她可开不起这种玩笑。""你的歌里有这件事吗？"弟弟想知道。爸爸说没有，不过他会看看能不能把它编进去。

过了一会儿，我注意到我们已经不再往小道上拐了，可也没在回家的路上。"这是去桑夏恩的路吗？"我问爸爸。他答道："不，女士，不是。""我们还在你的地盘里吗？"他摇了摇头。弟弟赞许地说："我们开得可快了。"事实上，我们正在干涸的水坑中颠簸前行，弄得箱子里的瓶瓶罐罐全都碰撞在一起，发出充满希望的汩汩声。

另一条小道，另一栋房子，未经漆刷的房子被太阳晒成了银白色。

"我觉得我们已经出了你的地盘了。"

"没错。"

"那我们上这儿来做什么？"

"一会儿你就知道了。"

房前一个矮小、健壮的女人正收起摊在草地上漂白晾干的衣物。我们的车停下来时，她死死地盯着车看了一会儿，又弯腰拾起几条毛巾，塞到腋下抱着的衣物堆里，然后朝我们走来，问："你们是迷路了吗？"她的语调平淡，既不表示欢迎，也不含有敌意。

爸爸不慌不忙地下了车。他回话说:"我想没迷路吧,我是沃克兄弟公司的推销员。"

"来我们这儿的沃克兄弟公司推销员是乔治·戈雷,"那个女人说,"离他上回来这儿还不到一个星期。哟,上帝!"她尖声叫道,"是你呀!"

"是我,和我上次照镜子的时候一个样。"爸爸说。那个女人把所有的毛巾都揽到身前紧紧抱住,像是肚子疼似的使劲往肚子上压。"我怎么都想不到会见到你。还跟我说你是沃克兄弟公司的推销员。"

"你要是盼着见到乔治·戈雷的话,我很抱歉。"爸爸谦卑地说。

"你瞧我这身打扮,我正打算去收拾鸡窝呢。你大概以为这是借口,不过这是实话。我可不是每天都这副样子的。"她头戴一顶农夫草帽,阳光穿透草帽筛在她的脸上,身上是一件宽松、肮脏的印花罩衫,脚上穿着一双运动鞋。"车上是谁呀,本?不是你的孩子吧?"

"我希望他们是,我想他们也确实是。"爸爸说,并把我们的名字和岁数告诉她。"来吧,你们可以下车了。这是诺拉·克罗宁小姐。诺拉,你最好告诉我还该不该称你为小姐,还是你已经在柴棚里藏了个丈夫了?"

"就算我有丈夫也不会把他藏在那儿的,本。"说着他俩都大笑起来。她笑得突然,有点像是生气了。"你会觉得我穿得像个流浪汉,还不懂礼数,"她说,"快别在太阳底下晒着了。屋里凉快。"

我们穿过院子("对不起,让你们从这个门进去,可是自爸爸下葬后前门就没开过,门一开,铰链恐怕就会掉下来"),上了台阶,走进厨房。这里果真凉快,屋顶高高的,百叶窗当然也拉着,这是一个干净、简朴、老旧的房间。屋里铺着的油毡破破烂烂的,打了蜡,有天竺葵盆栽、饮水桶和长柄勺,圆桌上铺着擦洗过的油布。尽管房间里收拾得干干净净,各处都打扫、擦抹过,但还是隐约有一股淡淡的酸味——也许是抹布、锡勺或油布的味儿,也许是老太太身上的味儿,因为钟架下的安乐椅上确实坐着一位老太太。她朝我们这边微微偏过头来,问道:"诺拉?有客人来了吗?"

"瞎了,"诺拉赶紧跟爸爸解释,接着又说,"你猜不出是谁来了,妈妈。听听他的声音。"

爸爸走到她的椅子跟前,弯下腰,满怀期待地说:"下午好,克罗宁太太。"

"本·乔丹,"老太太一点也不惊讶地说,"你可真有些日子没来看我们了。你是不是出国了?"

爸爸和诺拉相互看了看。

"他结婚了,妈妈,"诺拉说话时愉悦欢快又咄咄逼人,"结了婚,有两个孩子了,就在这儿。"她把我们拽上前,让我们分别碰了碰老人那干燥、冰冷的手,同时依次向她告知了我们的名字。她瞎了!这是我第一次近距离观察一个盲人。她的双眼闭着,眼皮凹陷,见不到眼球的轮廓,只有空洞的眼窝。其中一侧眼窝中流下一滴银色的液体,是药水,或是奇迹般的眼泪。

"我去换件像样的衣服,"诺拉说,"你跟妈妈说会儿话吧。这对她是难得的高兴事。我们这儿很少有客人来,是不是,妈妈?"

"没有多少人认得这条路了,"老太太心平气和地说,"过去住在这儿的人,我们的老邻居,有的已经搬走了。"

"各处都一样。"爸爸说。

"你妻子在哪儿呢?"

"在家。她不太喜欢这么热的天,觉得不舒服。"

"哦。"这是乡下人、老年人的习惯。"哦"的意思是"是这样吗",带着点格外客气和关心的口气。

诺拉穿着古巴跟的鞋子再次现身,咯噔咯噔地重步走下楼梯,来到厅里。她的裙子比妈妈所有的裙子都花哨,它是用一种轻飘飘的透明绉纱做的,棕色底子上有黄绿相间的花,袖口露出两臂。她的胳膊粗壮,曝晒在外的皮肤长满了黑色的小斑,像麻疹一样。她的一头鬈发短短的,又糙又黑,牙齿洁白结实。"我还头一回知道有绿色的罂粟花。"爸爸看着她的裙子说。

"你不知道的东西还多着呢。"诺拉说,她一动就散发出浓烈的古龙香水味,说话的语调也随着服装一同变了,更随和更年轻了。"再说这也不是罂粟花,就是花儿。你去给我抽点清凉的水来,我给孩子们弄点东西喝。"她从碗架上取下一瓶沃克兄弟公司卖的橙子糖浆。

"你刚告诉我你是沃克兄弟公司的推销员!"

"这是实话,诺拉。要是不信,你可以去看看汽车里我那两箱货样。我负责紧挨着你们南边的那片地区。"

"沃克兄弟公司？是真的吗？你给沃克兄弟公司卖货？"

"没错，太太。"

"我们一直听说你在邓甘嫩那边养狐狸。"

"过去是养狐狸，可是我干那行似乎运数已尽。"

"那你现在住在哪儿？干了多长时间的推销员？"

"我们搬到了塔珀镇。我干这行，嗯，有那么两三个月了。这样还能糊口，不过也只是勉强糊口而已。"

诺拉笑了。"我想能有这么份工作算你走运。伊莎贝尔的丈夫在布兰特福特，不知失业多长时间了。我看如果他最近还找不到什么工作，我就得把他们接到这儿来生活了。不瞒你说，我不怎么盼望他们来。我只能凑合着养活自己和妈妈。"

"伊莎贝尔嫁人了，"爸爸说，"缪丽尔也结婚了吗？"

"没有，她在西部教书，有五年没回家了。我想她假期里有比回家更有意思的事要做。我要是她也会这么干。"她从桌子抽屉里取出一些照片展示给爸爸看。"这是伊莎贝尔的大小子，刚上学。这是小的，还坐在婴儿车里。这是伊莎贝尔和她的丈夫。这是缪丽尔。这是她和她室友一起照的。这是她以前交往的一个家伙和他的汽车。他在那边一家银行里工作。这是她的学校，有八个班。她教五年级。"爸爸摇了摇头："我想象不出她现在是个什么样子。但我记得她上学那会儿很腼腆，我来看你的时候，半路让她搭过车，她一句话也不肯说，连天气很好都不肯说。"

"她早就不腼腆了。"

"你们在说谁？"老太太问。

"缪丽尔。我说她已经不腼腆了。"

"她去年夏天回来过。"

"不，妈妈，来的是伊莎贝尔。伊莎贝尔一家子去年夏天来的这儿。缪丽尔在西部。"

"我说的就是伊莎贝尔。"

过了不一会儿老太太睡着了，头歪在一边，嘴巴张着。"请原谅她这么失礼。"诺拉说。"年纪大了。"她给她妈妈盖上一条针织毛毯，然后说我们可以到前屋去，在那儿说话不会打扰老太太。

爸爸说："你们俩想不想到外头去玩玩？"

怎么玩呢？无论如何我宁可待在这儿。前屋比厨房有意思，虽然更空荡。屋里有一台留声机、一架风琴，墙上挂着一张圣母马利亚的画像，是用鲜艳的蓝色和粉色画的，她头上有一圈穗状的光环。马利亚是耶稣的妈妈，这点我起码还知道。我知道只有罗马天主教徒的家里才有这样的画，所以诺拉一定是天主教徒。我们认识的罗马天主教徒里没有一个熟人，没有熟到可以串门的程度。我想起以前在邓甘嫩，奶奶和特娜姑妈讲到谁是天主教徒时常说的话：某某人不是咱一派的。她们总是这么说。她不是咱一派的，她们也会这么说诺拉的。

诺拉从风琴的顶上取出一个半满的瓶子，在她刚才和爸爸喝过橙子水的空杯子里倒了一些瓶子里的东西。

"你存这个是防着生病吧？"爸爸问。

"才不是呢,"诺拉说,"我从来不生病。这东西我存着就是存着。不过一瓶能顶好长时间,因为我不喜欢一个人喝。算你走运!"她和爸爸喝着那东西,我知道他们喝的是什么,是威士忌。和妈妈聊天时,她告诉我爸爸从来不喝威士忌。可是现在我明明看见他在喝。他喝着威士忌,还谈到一些我以前从未听说过的人。过了一会儿,话题转到我熟悉的一件事上。他讲起尿盆从窗外倒下来的事。"你想象一下,"他说,"我正尽情扯开嗓门喊。喂,太太,沃克兄弟公司的推销员上门来了,有人在家吗?"他装出喊叫的样子,还怪模怪样地咧嘴笑着,等待着,高兴而期待地仰着头,然后——哎哟,他躲闪开,用胳膊抱着头,像是在求饶的模样(其实他刚才根本就不是这个样子,那时我一直看着)。诺拉大笑起来,几乎跟我弟弟当时笑得一样凶。

"这不是真的!没一句是真的!"

"千真万确,小姐。沃克兄弟公司里也有英雄排名。我很高兴你觉得好笑。"爸爸认真地说。

我怯生生地请求他:"唱那首歌吧。"

"什么歌?难道你除了干这些事之外还成了歌唱家?"

爸爸有点窘迫,说道:"哦,就是我开车各处转时编的一首歌。编点顺口溜,好让我有点事干。"

但在几番请求下,爸爸真的唱了起来。他看着诺拉,一副既滑稽又抱歉的表情。诺拉笑得前仰后合,有时爸爸不得不停下来,等她笑过后再接着唱,因为她惹得爸爸也笑了起来。然后他又表演了几段推销员的各式套话。诺拉笑的时候,环抱的双臂紧紧挤压着她丰满的胸脯。"你是个疯子,"她说,"你就是个疯子。"她看见弟弟正探头往留声机里看,就跳起身走过去。"我们坐在这儿自顾自享受,却忘了管你,是不是很糟糕?"她说。"你想让我给你放张唱片,是不是?想不想听一张好听的唱片?会跳舞吗?我敢打赌你姐姐会,是不是?"

我说不会。"像你这么大的姑娘,长得这么漂亮,竟然还不会跳舞!"诺拉说。"该学跳舞了。我敢打赌你跳舞的样子会很可爱。来,我放上一张以前我跳舞用的唱片。当年你爸爸跳舞的时候,也跟着这个曲子跳过。你们还不知道你们的爸爸会跳舞吧?他可是个多才多艺的人,你们的爸爸!"

她放下留声机盖,出其不意地搂住我的腰,抓起我的另一只手,开始让我往后退。"就这样,人们就是这么跳舞的。跟着我。这只脚,看!一,一二。一,一二。很好,好极了,别看自己的脚!跟着我,这就对了,瞧,这多容易!你会跳得很好的!一,一二。一,一二。本,瞧你女儿在跳舞呢。"在你紧紧搂着我的时候低声细语,在没人听得见我的地方低声细语……

我们在油毡地面上转了一圈又一圈。我专心致志,又扬扬得意。诺拉哈哈地笑着,动作轻快,把我卷进她那莫名的狂喜之中,卷进她那混合着威士忌、古龙香水和汗水的体味之中。她腋下的衣服已经湿了,上唇边也沁出一层细密的汗珠,挂在嘴角柔软的黑色汗毛上。她把我当作有悟性的学生,可我压根儿不是。她在爸爸跟前搂着我转圈,让我磕绊了一下。接着她放开了我,此时我已经上气不接下气了。

"本，你来跟我跳。"

"这世上没人比我跳得更糟了，诺拉，你是知道的。"

"我从来没这么想过。"

"你现在会的。"

她站在爸爸面前，双臂松垂于身体两侧，期待着。她方才那令我感到窘迫又温暖的丰满胸脯，这会儿在宽松的花裙下一起一伏，肢体的运动和心情的喜悦令她容光焕发。

"本。"

爸爸低下头平静地说："我不行，诺拉。"

于是她只好走过去取下唱片。"我可以一个人喝酒，可是我没法一个人跳舞，"她说，"除非我比自己以为的还要疯狂。"

"诺拉，"爸爸微笑着说，"你不疯狂。"

"留下来吃晚饭吧。"

"哦，不了。不能这么麻烦你。"

"不麻烦。我会很高兴的。"

"再说他们的妈妈会担心的，她会以为我们翻到沟里去了。"

"哦，好吧。"

"我们打扰了你好长时间了。"

"时间，"诺拉辛酸地说，"你还会再来吗？"

"能来我会来的。"爸爸说。

"带着孩子们，带着你的妻子一起来。"

"我会来的，"爸爸说，"能来我会来的。"

她送我们上车时爸爸说："你也来看看我们，诺拉。我们就住在格罗夫街。往城里方向走的左手边，也就是北边，也就是贝克街往东，第二个门。"

诺拉没有重复这个地址。她穿着那件柔软而鲜艳的裙子站在车旁。她摸了摸挡泥板，在灰尘上留下一个无法被辨识的印记。

回家的路上爸爸没买冰激凌，也没买汽水，不过他在一家乡村小店里买了一袋甘草糖，跟我们分着吃了。她不是咱一派的，我想着，这句话给了我一种从未体验过的悲凉之感，它阴暗、反常。爸爸没有嘱咐我回家不要提及此事，可当我看到他递给我们甘草糖时那若有所思、欲言又止的神情，我就知道有些事是不能提的。威士忌，也许还有跳舞。不过不用担心弟弟，他注意不到什么，可能最多只记得瞎眼的老太太和圣母马利亚的画像。

"唱歌吧。"弟弟向爸爸要求道。但爸爸嗓音粗哑地说："不知为什么，我好像没有能唱的歌了。你看着路，如果看见兔子的话就告诉我。"

于是爸爸开车，弟弟盯着路面寻找兔子，而在这傍晚最后的时光，我感觉爸爸的生命从此时的汽车里溯流回到了往昔。天色渐暗，变得陌生起来，犹如一片被施了魔法的风景，你看向它时，它显得亲切、平凡、熟悉，而你一旦转过身去，它便化作了你永远也无法了解的东西，里面有万千种变幻的天气，和你想象不出的各种遥远。

我们快到塔珀镇时，天像往常一样有点阴沉。在休伦湖畔，夏天的晚上几乎总是如此。

## 闪亮的房子

玛丽坐在富勒顿太太家后门的台阶上跟富勒顿太太讲话——实际上是听富勒顿太太讲话。富勒顿太太卖鸡蛋。玛丽来付鸡蛋的钱,她正要去参加伊迪丝家戴比的生日派对。富勒顿太太不去别人家,也不邀请别人去她家,不过,一旦有了生意往来做托词,她也喜欢说说闲话。玛丽意识到自己在刺探邻居的生活,就像当年刺探奶奶外婆姑妈姨妈们的生活一样——假装自己知之甚少,要她们讲述自己已经听过的故事;于是,记忆中的事件每次都呈现出细微的差别:每次的内容、意义、情趣都略为不同,却都有一种不折不扣的现实感,这种现实感常附着在至少部分已成为传奇的事物上。她几乎已经忘了有些人的生活能被如此看待。她不再跟很多老人交谈。她认识的大多数人都过着跟她一样的生活,过去尚未被条分缕析,也无法确定现下该不该郑重对待这件事或那件事。富勒顿太太就没有这类疑虑或问题。比方说,某个夏日,当富勒顿先生那宽厚的无忧无虑的背影消失在了路上,一去不返，这让人怎么能不认真对待呢？

"我不知道这回事，"玛丽说，"我一直以为富勒顿先生去世了。"

"跟我比起来，他离死还远着呢。"富勒顿太太说道，身子坐得笔直。一只普利茅斯洛克鸡无畏地从最底层的台阶前走过，玛丽的小儿子，丹尼，起身小心地追了上去。"他只不过踏上了自己的旅程，他就是这样一个人。也许去了北边，也许去了美国，我不清楚。可是他没死。我有感觉。他也不老，你知道的，没我这么老。他是我的第二任丈夫，更年轻些。我从没隐瞒过这一点。在富勒顿先生出现之前，我买下这个地方，养育我的孩子，埋葬了我的第一任丈夫。哦，有一次去邮局，我们一起站在窗口前，我走过去把一封信投进邮筒，钱包落在了身后，富勒顿先生跟着我转身离开，小姑娘喊住他，她说，嗨，你妈妈忘了她的钱包！"

玛丽微笑，以此回应富勒顿太太那让人觉得不可靠的尖声大笑。富勒顿太太老了，如她自己所说——比你以为的更老，尽管她的头发依然蓬松乌黑，她的穿着邋遢里带着喜庆，廉价商店买来的胸针别在她散了线的毛衣上。是她的眼睛出卖了她的年龄。她的眼眸黑如李子，透出一股毫无生气的柔光，万事万物沉陷其中，而那双眼睛永远不变。她脸上的生机集中在鼻子和嘴巴上，这两个器官总是抽搐着，扑棱着，把她的脸颊往下拉扯出深刻而痛苦的线条。每星期五，她四处兜售鸡蛋时，会把头发做成卷，用一束木棉花扎起上衣，在嘴上抹口红，一抹细长而突兀的红；

不让新邻居在她身上看到任何可悲的属于老妇人的凌乱。

"以为我是他妈,"她说,"我不介意。我痛快地大笑了一通。不过我要告诉你的是,"她说,"夏日里的一天,他下班了。他架起梯子,爬上我的黑樱桃树帮我摘樱桃。我出来晾衣服,看见一个我这辈子从来没见过的男人,他从我丈夫手里接下装樱桃的桶。他还毫不客气、毫不犹豫地坐下来从我的桶里拿樱桃吃。那是谁,我问我丈夫。他说,只是个路人。我说,如果他是你的朋友,我欢迎他留下来吃晚饭。他说,你说什么呢,我以前从来没见过他。于是我也没再说什么。富勒顿先生过去跟他讲话,吃着我本打算做馅饼的樱桃,但那个家伙跟谁都会攀谈,无论对方是流浪汉还是信仰耶和华见证人的教徒,不管是谁——不必有何意义。"

"那个家伙离开半个小时后,"她说,"富勒顿先生穿着他的褐色夹克、戴着帽子也出门了。我得去市中心会一个人,他说。你要去多久,我问。哦,不久。就这样,他走上那条路,走向旧有轨电车前往的方向——那时我们都住在灌木丛里——不知为何,我凝望着他的背影。他穿着那件外套一定很热,我对自己说。就在那时我知道他不会回来了。话说回来,我无法提前预见这件事,因为他喜欢这儿。他一直说要在后院养栗鼠。即使你跟一个男人生活在一起,也永远无法了解他的心思。"

"很久以前的事吗?"玛丽问。

"十二年前。我儿子想要我卖掉这儿,住到公寓里去。可我不同意。那时我还养了一群母鸡和一头母山羊。多少算是宠物吧。我还养过一阵子浣熊当宠物,过去常喂它口香糖吃。可是我说,丈夫可能来了又去,你生活了五十年的地方可是另一码事。我拿这个跟家里人开玩笑。还有,我想着,如果富勒顿先生要回来,他肯定会回到这儿,不然还能去哪儿。当然,他多半不知道去哪儿找我,现在什么都变了。不过,我总是想他也许是失忆了,也许哪天又能想起来。这种事发生过。

"我不是在抱怨。有时在我看来,一个男人是走是留都一样理所当然。我也不介意改变,那对我的鸡蛋生意有益。但当保姆是另一回事。总有人来问我做不做保姆。我告诉他们我有自己的房子住,我养活我自己的孩子们。"

玛丽想起生日派对的事,站起来呼唤她的小儿子。"我想明年夏天我可以把黑樱桃拿出来卖了,"富勒顿太太说,"你自己来摘,五十分一盒。我这把老骨头可不能再冒险爬梯子了。"

"那可太好了,"玛丽微笑着说,"比超市里便宜。"富勒顿太太因为鸡蛋价格走低已经恨死了超市。玛丽抖出最后一支香烟,给了富勒顿太太,说自己皮包里还有一包。富勒顿太太喜欢香烟,不过,除非你出其不意地给她,否则她不会接受。当保姆的收入倒是会够她买烟抽的,玛丽心想。同时,她也相当高兴富勒顿太太如此不肯通融。玛丽走出这块地方时,总感觉像是穿越着重重障碍。房子及其周围的一切都完全处于自给自足的状态:菜园和花圃,苹果树和樱桃树,用电线围起来的养鸡场,浆果地和木质走道,木柴堆,许多胡乱搭建起来养母鸡、兔子或山羊用的小黑棚,布局复杂却似乎一成不变。这儿没有一目了然又简单直白的规划，没有外人看得明白的秩序；然而，时过境迁，正是这种杂乱无章最终主宰了一切。这个地方已经固定成形，坚不可摧，所有积攒下来的东西都不可或缺，就连堆在后门廊上的洗衣盆、拖把、沙发弹簧和成摞的旧警察杂志都是如此。

玛丽和丹尼沿路走着，这条路在富勒顿太太的年代叫威克斯路，不过目前在该区地图上被标注为石南快车道。这个区叫花园区，街道都是以花命名。这条路两边的地都荒着，沟壑中的水快积满了。曝露在外的沟壑上铺着厚木板，直达最近建成的房屋门口。这些崭新闪亮的白房子破土而出，在土地的伤口上并排成一长溜。她总是把它们看成白房子，尽管它们当然不是全白的。房子有粉饰灰泥和墙板，只有灰泥是白色的，墙板被漆成了一块一块蓝、粉、绿、黄，都是鲜明生动的色彩。去年的这个时候，三月里，推土机开过来将山林里大大小小的树木和灌木一扫而光；没过多久，房屋便在这块土地的巨石、七零八落的大树桩和不可思议的小丘间拔地而起。这些房子起初摇摇欲坠，木头搭起来的屋架耸立于春寒料峭的暮色中。不过，人们慢慢盖起了黑绿相间或蓝红相隔的屋顶，接下来又粉刷灰泥，装饰墙板；然后装窗户，贴上各种标志牌：默里玻璃、弗伦奇硬木地板；这下看得出房子是确凿存在的了。星期日，打算住进房子的人们现了身，在泥地上四处走动。这些房屋正适合玛丽和她的丈夫孩子，他们没有很多钱，却憧憬着更多。花园区在那些了解地段的人心里已经扎下根来，这个地方没有派恩希尔斯那么繁华，但是比惠灵顿公园更有吸引力。浴室装有三折镜，铺了瓷砖，用的是彩色水管，使得浴室很漂亮。厨房的碗柜是浅色的桦木或桃花心木，这里和侧房的餐室里装的都是铜制照明设备。跟壁炉配套的砖砌花架将客厅与门厅分隔开来。房间全都宽敞又明亮，地下室也一点都不潮湿。房屋的牢固性及其优点都清晰而骄傲地展示于外——那些简单相似的房屋沿街排列下去，冷静地相互观望。

因为今天是星期六，所有男人都在自家房屋外劳作。他们在挖排水沟，造假山，清理和焚烧枯枝败叶。他们比赛似的干着活儿，看谁更拼命更用力，这些对他们而言也是新鲜事物，他们不是靠干体力活吃饭的男人。星期六和星期日整整两天里都这么劳作的话，用不了一两年这里便会出现绿意盎然的大露台、石墙、美观的花圃和观赏灌木。地面现在一定很难挖，昨晚和今早一直在下雨。不过天色渐亮；天空破云而出，露出又长又细的一块三角形，蓝得依旧冷峻、精致，是属于冬天的颜色。房屋的后面，路的一侧种的是松树，它们体态笨重却匀称，不受寒风所动。这些树随时都可能被砍倒，以便为一家购物中心腾出地方，当初出售这些房屋时就许诺要建一个中心。

在这个新区的结构布局中，还能看到一些别的东西——老城区，坐落于山侧的荒芜老城。必须称之为"城"，因为有轨电车的轨道在那儿深入丛林，房子都有门牌号，一座城市该有的公共建筑屹立其中，直至水畔。然而像富勒顿太太这样的房子都被尚未砍伐的森林、野生黑莓和悬钩子丛分隔开来。这些幸存下来的房子的烟囱里冒着浓烟，墙面裸露，修葺之处显示出不同的年代，日渐阴暗。破烂的小棚、木头垛、肥料堆、灰色的木栅栏环绕着这一切。这些房子经常出现在含羞草路、金盏花路和石南快车道上那些又大又新的房子中间，它们阴暗而与世隔绝，用凌乱、陡峭且格格不入的屋顶和披屋表达着某种荒蛮。街道上不可能存在的荒蛮在那儿存在着。

"他们在聊什么？"伊迪丝说着又煮上一些咖啡。她在自家厨房里被生日派对的一片狼藉所包围——蛋糕、模制果冻和动物脸形状的饼干。一个气球在脚边滚动。孩子们都已经吃饱了，在闪光相机前摆了姿势，熬过了生日游戏；现在他们都在后面的卧室和地下室里玩，父母们则在喝咖啡。"他们在那边聊什么？"伊迪丝问。

"我没听。"玛丽说，手里拿着空奶油罐。她走向水槽前的窗户。云间的裂缝被撕开，太阳光芒四射。房子里似乎太热了。

"是富勒顿太太的房子。"伊迪丝说着，急匆匆地回到客厅。玛丽知道他们在聊什么。邻居们的对话本可以不那么恼人，却随时都会岔到这个话题上，在一轮又一轮相似的抱怨中汹涌地打转，逼得她绝望地看向窗外或低头盯住自己的膝盖，想方设法找出几句得体的解释来中断这个话题。她没有成功。她还得回去，他们在等奶油。

十来个邻家妇人围坐在客厅里，心不在焉地拽着孩子们递过来的气球。因为这条街上的孩子都太小，也因为住在这条街上的人们认为聚在一起有益身心，所以大部分生日派对妈妈都和孩子一起参加。这些每天碰面的女人今天戴着耳环，蹬着尼龙袜，穿着裙子,做了头发,还化了妆。有些男人也在场——伊迪丝的先生史蒂夫以及受他邀请前来喝啤酒的其他男人,他们都穿着工作服。刚提及的是为数不多的男女都感兴趣的话题之一。

"跟你们讲,我要是住她隔壁,我会怎么办,"史蒂夫表情愉快而温和,期待着人们发出的笑声,"我会让孩子们带上火柴去她那儿玩。"

"哦,有趣,"伊迪丝说,"这玩笑过时了。你只会说笑,我可试着做了点事情。我甚至给市政厅打了电话。"

"他们怎么说?"玛丽·卢·罗斯问。

"噢,我说,他们能不能让她刷刷墙,至少把那些棚屋扒掉一些,他们说不行,他们做不到。我说对这类人肯定有相应的条例吧,他们说他们明白我的感受,他们非常抱歉——"

"但是不行?"

"但是不行。"

"但是,那些鸡怎么办,我以为——"

"哦,他们不会让你我养鸡,但她在这件事上也获得了某种特殊许可,我记不得是怎么回事了。"

"我以后再也不买她的鸡蛋了,"贾妮·英格说,"超市卖得更便宜,再说谁在乎新鲜不新鲜?还有,天哪,那个味道。我跟卡尔说,我知道我们住到了乡下,可无论如何也想不到隔壁就是畜棚场。"

"街对面的状况可比隔壁更糟糕。我想不通我们为什么要劳神费力地弄一扇落地窗,不管什么时候家里来客人,我都想把窗帘拉起来,这样他们就看不到我家对面是什么样。"

"行了,行了,"在这些女人的说话声中,史蒂夫突然插嘴,"我和卡尔想告诉你们,要是我们能把修路的事办妥,她就不得不走。简单又合法。这就是妙处所在。"

"什么修路的事?"

"我们正要说呢。我和卡尔为此偷偷准备好几个星期了,不过我们不想提,怕万一办不成。你说吧,卡尔。"

"嗯,她正处于允许修路的地段,就是这样。"卡尔说。他是一位房地产销售员,矮壮结实,热情认真,事业有成。"我想到也许事实真是如此,所以我就去市政厅查了查。"

"这是什么意思,亲爱的?"贾妮随意地问道,一副贤惠妻子的模样。

"是这样的,"卡尔说,"我们有修路的许可,一直都有,一个地方建好了必然要通路。可他们从来没想过真的要修路,大家只是依照自己的喜好择地盖房。她房屋的一部分和五六处棚屋正好坐落于道路的必经之地。因此我们目前所做的就是让市政厅通路。反正我们需要一条路。如此一来她不得不搬走。这就是法律。"

"这就是法律,"史蒂夫流露出赞许,"多聪明的家伙。这些房地产经纪人都是些聪明人。"

"她能得到点什么吗?"玛丽·卢问。"我看见那栋房子就恶心,可我也不想看到什么人住进收容院。"

"哦,会付钱给她的。比实际价值更高。听着,这是为她好。

她为此得到了补偿,她本来既不能卖掉这栋房子,又无法出手。"

玛丽开口前先放下了咖啡杯,希望自己的声音听上去正常得体,既不带有情绪,也不流露出畏意。"可是,你们想过没有,她在这里住了很久,"她说,"我们大多数人出生之前她就住在这儿了。"她拼命地寻找一些其他的措辞,比目前这些更明智更通情达理;她不能在这群意志坚定的人面前流露出丝毫迹象,让他们认为她浅薄、不切实际,否则她就会毁了自己的论调。不过,她没有再争辩什么。她就是花一个晚上也找不到话来反驳他们,这些她无法战胜的说法正从四面八方向她袭来:棚屋、眼中钉、肮脏、地产、价格。

"你真的认为任由自己的宅邸沦落至此的人还有权要求我们考虑这考虑那吗?"贾妮反问,觉得丈夫的计划受到了攻击。

"她在这里住了四十年,现在我们来了,"卡尔说,"事情就是这样。而且不管你有没有意识到,反正单单耸立着这么一栋房子就压低了这条街上每一栋房子的转售价格。我是做这一行的,我了解。"

另外一些声音也参与了进来。只要声音里充满了主见与愤怒,说了些什么并不重要。这是他们的力量,他们成年的证明,自我的证明,严肃的证明。愤怒的情绪在他们中间升腾,让他们年轻的声音愈发响亮,席卷他们,如同裹上狂热的洪流。在这项新行动中,他们作为房主彼此赞美,就像赞美对方喝得迷醉时一样。

"现在最好把大家都聚起来,"史蒂夫说,"这样就用不着一家一家跑了。"

晚餐时间到了,天色渐暗。大家都在准备回家,妈妈们在帮孩子扣外套扣子,孩子们不大高兴,手里拽着气球、口哨和装满软糖的纸篮。他们已经停止打闹,几乎不再注意对方了。派对已经解散。大人也已经冷静下来,感到疲惫了。

"伊迪丝!伊迪丝,你有钢笔吗?"

伊迪丝拿来一支钢笔,大伙一边清理掉黏着冰激凌干结污迹的纸盘子,一边将卡尔起草的道路申请书在餐厅桌子上铺展开来。人们开始机械地签名,同时告着别。史蒂夫依然面带愠色;卡尔一手按着纸站着,一副公事公办的样子,不过看起来很是自豪。玛丽跪在地板上,跟丹尼的拉链做着斗争。她站起身,穿上外套,抚平头发,戴上手套,又摘了下来。她再也想不出还能做什么,于是走向餐桌,那是通往大门的必经之路。卡尔把笔递给她。

"我不能签。"她说。她的脸唰地红了,声音颤抖着。史蒂夫碰了碰她的肩膀。

"怎么啦,亲爱的?"

"我不觉得我们有这个权利。我们没有这个权利。"

"玛丽,你不在乎这里的环境吗?你也住在这里啊。"

"不,我——我不在乎。"哦,这不奇怪吗,在你的想象中,当你拥护某件事的时候,你觉得你一开口人们就会感到羞愧;可在现实生活里,他们都笑得别有意味,你明白你所做的一切不过是下一次派对喝咖啡时的笑料。

"别担心,玛丽,她在银行里有钱,"贾妮说,"她肯定有。我有一次请她帮忙照顾孩子,她直接就啐到我脸上了。她确实不是一个可爱的老太太,你知道的。"

"我知道她不是一个可爱的老太太。"玛丽说。

史蒂夫的手还搁在她的肩膀上。"嗨,你以为我们是什么人啊,一帮吃人的妖怪?"

"没有谁是为了好玩想赶她走,"卡尔说,"这很不幸。我们都明白。可我们得为社区着想。"

"没错。"玛丽说。但是她的双手塞进了外套的口袋里,她转身对伊迪丝道谢,谢谢你的生日派对。她突然意识到,他们是对的,为了他们自己,不论目的为何,他们非做不可。富勒顿太太老了,她的目光死气沉沉,任何事物都无法触动她。玛丽走出屋子,跟丹尼一起在街上走着。她看见一间间客厅的窗帘都拉上了,重重叠叠的花朵和树叶以及丰富的几何图案将这些房间与黑夜隔开。户外已然十分昏暗,白色的房子变得影影绰绰,云彩层层分离,炊烟从富勒顿太太家的烟囱里升起。花园区的格局,在白天时如此明确自信,而到了夜间似乎收缩成了原始的黑色山坡。

客厅里的各种声音已烟消云散,玛丽想着。也许这些声音会烟消云散,也许他们的计划会被抛诸脑后,也许这件事可以不必完成。可这些人都是成功人士,都是好人。他们想给自己的孩子一个家，碰到困难时他们互相帮助，他们计划成立一个社区——一说起这个词，他们就仿佛在其中发现了某种现代且恰如其分的魔力，丝毫没有犯错的可能性。

此刻，除了把手插进口袋，葆有不随波逐流的信念之外，你什么也做不了。

## 影像

　　此刻玛丽·麦奎德已经到了，我假装不记得她。这似乎是最明智的做法。她说："如果你连我都不记得，那你能记得的也不多了。"不过也不再多说什么，只有一次补充道："我打赌去年夏天你没去过你奶奶家。我打赌你连那件事也不记得了。"

　　即便在那年夏天，爷爷仍然在世的日子里，那个地方也被唤作"我奶奶家"。爷爷已退居到一个房间里，在靠前的最为宽敞的那间卧室。跟客厅和餐厅一样，那间卧室的窗户内侧装有木质遮板；其他的卧室里只有百叶窗。同时，露台挡住了光线，爷爷终日躺在近乎黑暗的环境中，他的白发在得到梳洗和照料后，眼下如婴孩的幼发一般柔软，身穿白色睡衣的他和枕头在房间里自成一方岛屿，让人们不敢接近又不得不靠近。玛丽·麦奎德身穿制服，成了房间里的另一座岛屿，她大部分时间坐在那里一动不动，身旁的风扇好像累了，如同搅打汤水那样扇动着空气。这里昏暗到没法读书或是织东西，于是她只是在呼吸间静候着，发出风扇转动般的声响，其中满是说不清道不明的陈年埋怨。

那时我还年幼，被哄睡在一张婴儿床上——在家我不睡婴儿床，这张床是为了我被放在奶奶家过道对面的一间房间里的。那里没有风扇，户外的炫目光芒——房屋周边所有平坦的田野，在阳光下化成了水的波影——透过拉低的百叶窗形成了闪电般的裂隙。谁能入睡？在露台上、在厨房里、在餐厅中，妈妈、奶奶、姑妈们的声音交织在一起，反复上演着她们的日常琐事（我的妈妈在用一把黄铜手柄的小刷子清洁白色桌布，圆桌上方的照明装置垂下未点亮的厚实的奶黄色玻璃花朵）。屋子里，饮食、烹调、拜访、交谈这一系列活动都在进行着，甚至有人在弹钢琴（那是我最年轻的姑妈，伊迪斯，还没出嫁，在吟唱并单手弹奏着，妮塔，胡安妮塔，南方的皎月轻柔坠下）。这番生活景象绵延不息。然而房顶很高，底下是一大片被浪费的暗淡空间，当我在婴儿床里热得无法入眠时，便抬头望向那些空旷的地方、沾了污渍的墙角，也感受着房子里所有人都曾有过的不明所以的感受——潮热之下，死亡确乎藏身其间，如同一小方施了魔法的冰块。玛丽·麦奎德身穿浆过的白色制服等待着，她本人体形硕大、神情沮丧，如同冰山，惴惴不安，在呼吸间静候。我认为她应该对这种感受负责。

所以我佯装不记得她。她还没穿上自己的白色制服，这并没有真正降低她的危险系数，不过至少意味着她发力的时刻尚未到来。没穿白色衣服的她在日光下竟然浑身都是斑点，你所能见到的每一处地方皆是如此，仿佛她是被燕麦片撒了个遍，她还顶着一头莹润拳曲、自然呈黄铜色的毛发。她的声音响亮、嘶哑，哀叹抱怨则是她的日常用语。"是要我一个人把所有洗了的衣服都晾起来吗？"她在庭院里对我喊道，于是我跟随她来到挂了晾衣绳的平台上，她呻吟着将装有湿衣服的篮筐放了下来。"把那些晾衣夹递给我。一次一个。把它们正面朝上递给我。这大风天，我片刻都不该出门的，我可有支气管的毛病。"我耷拉着脑袋，好像被链条锁缚在她身旁的一只动物，给她提供晾衣夹。在露天，三月的料峭寒日里，她的体形小了些，气味也淡了些。在屋里的时候，哪怕在她不常出现的那些房间里，我也总能嗅到她的气味。她的气味是什么样的？像金属，也像某种浓郁的辛香料（丁香——她患有牙疼①），又像是我着凉时擦拭在胸前的药物。我曾向妈妈提及此事，她说："别傻了，我什么都没闻到。"所以我再没谈论这件事，但确实有这样一种味道。它在玛丽·麦奎德准备的所有食物里，又或许是在我当着她的面吃的所有食物里——早上吃的麦片粥里，中午吃的炸薯条里，还有她在庭院里给我吃的抹了黄油的面包片和红糖里——某种口感粗粝、令人沮丧的陌生味道。我的爸爸妈妈怎么可能对此不知情呢？不过是出于自身的原因装作不知道罢了。这是我一年前才知道的事情。

在晾晒完所有的洗涤物后，她要浸泡自己的双脚。她的腿都如排水管般圆粗，从热气腾腾的水盆里径直伸出。她双手各搭在一侧的膝盖上，朝着蒸汽俯下身，发出一连串痛苦又满足

---

① 丁香有减轻牙痛的功效。

的咕哝声。

"你是护士吗?"尽管妈妈曾告诉过我这件事,我仍大胆问道。

"是的,我是,而且我宁愿自己不是。"

"你也是我的姑妈吗?"

"如果我是你的姑妈,你就得叫我玛丽姑妈,对不对?可你不这么叫,是吧?我是你家的表亲,我是你父亲的表妹。这就是为什么他们找了我,而不是普通护士。我是一名经验护士①。这个家里总有人生病,我得去照顾他们。我从来都没法休息。"

我对此持怀疑态度。我怀疑她不是被邀请来的。她到这儿来,做自己爱吃的饭,按自己的心意重新布置了东西,抱怨通风状况,毫不约束自己在这栋房子里的权势。如果她从没来过,我妈妈就永远不会卧病在床。

妈妈的床铺摆在餐厅里,免得让玛丽·麦奎德爬楼梯。妈妈的头发被扎成两小股稀疏的深色发辫,她面颊蜡黄,脖子上很温暖,跟往常一样散发着葡萄干的气味,但盖在被褥下的其他部位已经变成了某种庞大、脆弱而又神秘的物体,难以动弹。她沮丧地用第三人称来指称自己:"小心,别伤到妈妈了,别坐在妈妈的腿上。"她每次说"妈妈"时我都不寒而栗,好像听到了耶稣的名字一样,一种悲戚而羞愧的感觉随即在身上蔓延开来。我自己真正的、有着温暖脖颈的、既易怒又令人宽慰的人类母亲在我

---

① 指未经护校毕业,但因具有实际经验而被批准从事护理工作的护士。

和她之间构建了一个永远在受伤的幽灵,像上帝一样为我还不知道自己要做的坏事感到悲伤。

妈妈用钩针为一个阿富汗人编织方巾,用尽了所有紫色系的颜色。方巾落在床榻间,她却并不介意。一旦编织完毕,她就把它们忘了。所有那些关于塔楼上的王子们、一位被砍去头颅时在裙底藏匿小狗的皇后和另一位为丈夫吸出毒汁的皇后的故事,她都忘记了;还有她自己的童年,对我来说,那是一段和其他任何时期一样充满传奇色彩的岁月。被交由玛丽照料时,她孩子气地啜泣起来:"玛丽,我好想要你给我擦背!""玛丽,你能给我泡一杯茶吗?我觉得如果我再多喝一些茶的话,就会浮到天花板上去了,跟一只大大的气球似的,可你知道我就是想喝。"玛丽立即大笑起来。"你,"她说,"你不会飘去任何地方。得找一辆起重机才能挪动你。现在来吧,坐起身来,身体好转前病情总会先加重的!"她用嘘声将我赶下床,不算温柔地左右拖拽起床单来。"你是不是把你妈妈累坏了?这么好的天气,你来打扰你妈妈做什么?""我想她是感到寂寞了。"妈妈虚弱而假惺惺地维护着我。"她在这儿跟在庭院里一样会寂寞,"玛丽带着她盛气凌人、恐吓般的暧昧态度说,"穿好你的衣服,出去!"

她来之后,我爸爸也变了。他进来用餐时她总是伺候在旁,捉弄我爸爸让她像牛蛙一样鼓胀了起来,看上去很凶猛,脸色还发红。她把没煮过的、硬得像鹅卵石的白豆加入他的汤里,等着看良好的教养能否让他吃下去。她把某样东西粘在他的水杯底部,让它看起来像苍蝇。她装作不小心地递给他一把缺了齿的叉子。他把叉子朝她扔去，没击中她却着实吓到了我。晚餐时，爸爸妈妈会安静严肃地谈话。然而在我父亲的家族中，连成年人也会玩一些橡胶蠕虫和甲壳虫之类的把戏，胖姑妈们总会被邀请坐在快要散架的小椅子上，叔伯们则在大庭广众之下放屁，还说："哇，要忍住！"他们为自己感到骄傲，就像刚才是用口哨吹出了复杂的曲调。问到你的年龄时，人们都会说上一番冗长的调笑之词。因此，有玛丽·麦奎德在场时，爸爸便回归了他的家族行为方式，正如他重新开始享用成堆的炸薯条、咸猪肉和面粉厚实的馅饼，并饮用锡罐里如药水般浓稠味重的茶水，他心怀感激地说："玛丽，你真了解一个男人该吃什么！"他随即补充道，"你不觉得是时候给自己找一个男人来喂养了吗？"这番话倒没有给他招来一只横飞的叉子，而是一块洗碗抹布。

他对玛丽的调侃总是关于丈夫这一话题。"今天早上，我为你想到了一个人！"他会这么说。"听着，玛丽，我不是在戏弄你，你得好好考虑此事。"她先是从紧闭的双唇里发出愤怒的扑哧声和爆破声，脸涨得比你能想到的还要红，她的身体在椅子上扭动，威胁地发出嘈杂声。尽管妈妈必定会说，用男人来打趣一位老姑娘是残忍的，残忍且无礼的，但玛丽无疑很享受这一切，这一切荒诞的、臆想中的配对之举。在我父亲的家族中，这自然是她常被取笑的原因，此外还能有什么呢？在她变得愈发笨重粗鄙、令人生厌的时候，她便会受到更多的调侃。在那个家族中，像我妈妈一样被他们说成生性敏感是一桩坏事。对于任何针对个人的残忍行为，所有的姑妈、堂亲和叔伯都是铁石心肠、毫无顾忌的，甚至因为能有引发集体哄笑的失败事件或畸残的体形而倍感自豪。

虽然白昼日渐增长，晚餐时屋子里仍光线昏暗。我们还没有通上电。后来很快就会通上了，或许就在第二年夏天。但眼下餐桌上搁着一盏油灯。在光照下，爸爸和玛丽·麦奎德投射出庞大的影子，他们的脑袋随着谈笑风生笨拙地晃动着。我没有看他们，而是看着他们的影子。他们说："你在做什么梦？"可我没在做梦，我是在试图辨析危险，解读入侵的迹象。

爸爸说："你想跟我去看看陷阱吗？"为了捕捉麝鼠，他沿着河畔设置了一处套索。他更年轻的时候，曾没日没夜地在灌木丛中耗费数周的时间，走遍瓦瓦那什郡的所有溪流，那时他诱捕的不仅仅是麝鼠，还有赤狐、野生水貂和貂，所有在秋季里皮毛丰盈的动物。春季能被诱捕的只有麝鼠。现在他成了家，以务农为生，便只留着一处套索了，那儿也只维持了几年。这或许是他留着套索的最后一年。

我们穿过一片去年秋季曾犁耕过的田野。犁沟里卧着些许的雪，但并非真正的雪，而是一层霜花玻璃般薄薄的雪壳，我用脚跟便能踩得粉碎。田野徐缓向下延伸，直至河滩。有几处围栏被积雪压塌，我们可以直接踩过去。

爸爸的靴子走在前面。在我眼里他的靴子既独特又亲切，跟他的脸一样是他的标志所在。他把它们脱下后，它们矗立厨房一隅，散发出一股混杂了肥料、机油、结块的黑泥和鞋底边沿上刺鼻的破烂材料的气味。它们是他的一部分，暂时被他丢弃，只能在旁等待。它们拥有一种顽强不屈甚至蛮不讲理的表情，我认为那是爸爸相貌的一部分，是他面容的副本，做好了开别人玩笑或是殷勤有礼的准备。那种蛮横并没有令我感到诧异，因为爸爸总会回到我们身边，从我们的认知无法企及的地方回到妈妈和我身边。

有次，陷阱里有一只麝鼠。起初我看到它就像某种热带的深色蕨类植物，在河水的边缘处上下起伏。爸爸把它拽了上来，它的毛发停止浮动，粘连到了一起，蕨类植物变成了一条附带老鼠身体的尾巴，油光发亮，滴着水。它牙齿外露，眼睑湿答答的，瞳孔呆滞迟钝，如冲洗过的鹅卵石一般闪闪发光。爸爸把它甩了一甩，倒转过来，它身上冰凉的河水被甩成一场小雨。"这是一只不错的老麝鼠，"他说，"一只体形巨大的鼠王。看看它的尾巴！"接着，或许以为我在担心，又或许只是想向我展示简易而完美的机械装置的魅力，他从水中将套索捞起，向我解释它的运作原理，边解释边将老鼠的脑袋立马按进水里，仁慈地将它溺毙了。我不理解，也不关心。我只是想要触摸一下被水浸透的僵硬尸体，触摸实实在在的死亡本身，却没有这个胆量。

爸爸用一些被冬霜打得起皱的黄色苹果给陷阱重新上了饵食。他把老鼠的尸体放进他斜挎在身后的一个深色麻袋里，就像画里的小贩。他切苹果时，我看到了那柄剥皮刀，还有它纤细明亮的刀锋。

随后我们沿河而行，瓦瓦那什河中央阳光照耀的地方水流涌动、银光闪烁，水势如箭般倏倏急行。那便是水流，我想，我把水流想象成与水不同的东西，恰如风有别于空气，自有其侵入的形态。河岸陡峭湿滑，柳树丛站成两排，仍旧光秃裸露、屈身俯腰，看上去如草叶般羸弱。河流发出的声音并不响亮，却很深沉，似乎来自深底处某个隐秘的地方，那儿的河水从地下迸发出轰鸣声。

河流蜿蜒曲行，叫我失了方向感。我们在陷阱里发现了更多的麝鼠，将它们取出、摇晃，随后藏进麻袋，更换诱饵。我的脸和手脚逐渐冰凉，但我并未提起此事。我无法向爸爸提起此事。他从来没有告诉我要小心，要远离水岸边缘，他理所当然地以为我具备足够的判断力不跌落下去。我从没问过我们要走多远，或者套索是否存在尽头。稍过片刻，暮色渐深，我们身后出现了一丛灌木。很久之后，我才明白过来，那就是从我们家庭院看到的同一丛灌木，灌木丛中央拱起一座扇形的山丘，冬日里丘上的树木光秃秃的，看上去仿佛直指天际、瘦骨嶙峋的小树枝。

现在岸边没有杨柳，却长着浓密的灌木，高过我的头。我停留在通往河岸的小径半道上，爸爸则下到了河水里。他朝陷阱弯下身子的时候，我便看不到他了。我慢慢环顾四周，看到了别的事物。更远一些、沿着河岸上攀的地方，一个男人正在往下走。他穿越灌木时没有发出任何声音，行走自如，仿佛走在一条我看不见的路上。起初我只能看到他的头和上半身。他的皮肤深黝，额头高秃，长发别于耳后，脸上长着深深的竖着的皱纹。当他行至灌木稀疏处时，我看到了他的其余部分，他的长腿矫健利索，身体单薄，穿着土褐色的迷彩衣，手里拿着的东西在阳光的照射下泛出微光——一柄小型斧子，或称短柄手斧。

我没有动身去警告爸爸或发出呼叫。这名男子从我所在的小径前方某处穿过，继续向河边走去。人们说自己会被吓到身体麻痹，而我则是被吓蒙了，像被闪电击中一样。击中我的不是恐惧，而是一种既视感。我没有感到惊讶。这不是会令你吃惊的画面，当你一直认识的事物就在眼前，来得如此自然，它微妙、自怡、不疾不徐地进行着，仿佛最初是由你的一个心愿，一个临终时那种对可怕事物的渴求促就的。我此生早就知道会有这样一个男人，他就在门后或昏暗的走廊尽头转角。我当下就这样看见了他，我只是等待着，如同旧底片中在昏暗的正午天空下被电击的儿童，头发燃烧着，双眼如同孤女安妮[①]一样被烧穿了。这个男人从灌木中滑过，向爸爸靠近。我从未想到，或者说希望看到那种最糟糕的局面。

爸爸不知道。当他直起身，这名男子已经离他不到三英尺了，还把爸爸挡到了我的视线之外。过了片刻，我听见爸爸的声音传来，平静且友善。

"你好，乔。嗨。乔。我有一阵子没见到你了。"

那人一言不发，却缓缓挪到爸爸身旁，将爸爸细细打量了一番。"乔，你认识我的，"爸爸对他说，"我是本·乔丹。我以前来

---

[①] 由美籍漫画家哈罗德·格雷（Harold Gray，1894—1968）创作的连环画，自1924年8月5日起在纽约《每日新闻》报上连载。其名取自詹姆斯·惠特科姆·赖利（James Whitcomb Riley，1849—1916）1885年所作诗歌《小孤女安妮》。

看过自己的套索。今年河里有很多不错的老鼠，乔。"

男人朝我爸爸上过饵的套索匆匆投去一个不信任的眼神。

"你也应该设上一条套索。"

没有回应。这名男子举起自己的短柄手斧，轻轻劈向空中。

"但是今年太迟了。河水已经开始下退了。"

"本·乔丹。"这名男子说话时唾液横飞，仿佛正在克服结巴的毛病，费了大把的力气。

"我以为你早就认出我了，乔。"

"我没想过会是你，本。我还以为是塞拉斯家里的谁。"

"哎，我一直在跟你说是我。"

"他们一直在这里砍我的树，拆我的围栏。本，你知道是他们烧了我的东西。是他们干的。"

"我听说了。"爸爸说。

"我不知道是你，本。我从来没想过是你。我搞来这把斧子，就是为了随身带着吓唬他们。我知道是你的话，就不会这么做了。你上来看看我现在住的地方。"

爸爸唤我。"今天我的小女儿跟着我一块出来的。"

"那么你和她一起上来取取暖吧。"

我们跟着这个男人爬上斜坡，钻进灌木，他仍旧带着自己的短柄手斧，漫不经心地挥来舞去。树木让空气变冷，树底下留存了冬季真正的雪，有一到两英尺的厚度。树干四周有环状的空隙，一带奇妙、深邃的空间，如同你在呼吸时发出的温润湿气。

我们来到一片枯草地上，走过一条小路，进入另一片更为广阔的田野，有什么东西从地面上捅了出来。这是一个屋顶，向一面倾斜，没有尖顶，屋顶上方伸出一根带着盖帽的管道，烟雾从中升腾而出。我们沿着那种通往地窖的台阶往下走到一间地窖里，没错，它的确通往一间有屋顶的地窖。爸爸说："乔，你这个窝看上去修建得还不错。"

"这儿很暖和。在地底下自然很暖和。我想，再盖一间屋子有什么意思呢，他们既然烧毁过一次，就会再烧第二次。而且我要一间屋子有什么用呢？我需要的空间在这儿都有了，我把它弄得舒舒服服。"他在楼梯底部打开门。"这儿得小心碰头。我不是说所有人都应该住在地洞里，本。可动物们是这么做的，总之，动物这么做总有道理。但如果你成了家，就是另一码事了。"他哈哈大笑。"而我呢，没有结婚的打算。"

里面并非漆黑一片。从老式的地窖窗户透进一丝污浊的光线。不过那人点了一盏煤油灯放在桌上。

"现在，你可以看到你在哪里了。"

这里只有一个房间，泥坯地面上的木板没有合拢钉牢，只铺设了一条宽阔的通道以便行走，在某种类似平台的构造上有个炉子，其他地方还有餐桌、沙发、椅子甚至一个橱柜，几张雪橇上用来遮盖马匹的、肮脏至极的厚重毯子。如果房间里没有如此恶心的气味，一种煤油、尿液、泥土和腐败浓重的空气的气味，我也许会将它视为我本人愿意居住的那类地方，如同冬天里我拿柴火当家具在雪堆内部搭建的房屋，又像是我很久之前在露台底下搭的另一间屋子，用从未照过阳光或沾过雨水的奇特的粉状土做成地板。

但我很谨慎,坐在脏兮兮的沙发上,假装什么都没看。我爸爸说:"你这儿挺舒适的,乔,这就对了。"他倚餐桌而坐,短柄手斧就放在桌上。

"积雪开始融化前你本该见到我的。只有根烟囱露在外头。"

"你不觉得冷清吗?"

"我可不会。我不是那类会觉得冷清的人。我还有只猫,本。那只猫去哪儿了?它在那儿,在炉子后面。或许它不喜欢有人在场。"他把它拽了出来,这是一只肥硕的灰色公猫,眼神阴郁。"让你瞧瞧它的本事。"他从餐桌上取来一只碟子,又从橱柜上拿来一个梅森食品瓶[①],倒了些东西在碟子里。他把碟子放到猫面前。

"乔,这猫可不喝威士忌,是吧?"

"你等着瞧。"

猫立起身,呆板地伸了个懒腰,坏坏地朝四周探望了一番,然后低下头喝了起来。

"纯威士忌。"爸爸说。

"我打赌这场面你过去没见过。而且你以后可能也见不到了。无论何时,这只猫有了威士忌就不会先喝奶。事实上它不喝奶,它早忘了那是什么滋味。你想喝一口吗,本?"

"不知道你从哪儿弄来的那东西。我的胃可不如你的猫。"

猫喝完后,从碟子的一旁走开,等了一会儿,伸出爪子纵身

---

① 一种有密封螺旋盖的家用大口玻璃瓶,用来腌制或保存食品。

一跃，着陆时不算稳，却也没有跌倒。它摇摇晃晃，在空中抓挠了几下，意兴阑珊地发出喵喵的叫唤，接着向前横冲，躲到沙发底下去了。

"乔，你再这样下去就没猫可养了。"

"这伤不了它，它喜欢这样。让我们瞧瞧有什么能给这个小姑娘吃的？"我希望什么都没有，但他拿来一罐圣诞节糖果，看上去似乎是化掉了变硬再化掉的样子，以至于彩色的条纹都走了样。它们有股钉子的味道。

"是塞拉斯那一家人在骚扰我，本。他们白天晚上都来。人们不打算放过我了。晚上我能听见他们在屋顶上的声音。本，如果你见到塞拉斯那一家人，告诉他们我为了他们都备好了什么。"他举起短柄手斧朝桌子砍了下来，把破油布劈开。"我还弄了一把猎枪。"

"或许他们不会再找你麻烦了，乔。"

那人发出抱怨的声音，摇了摇头。"他们永远不会消停的。不。他们永远不会消停。"

"只要试着别在意他们，他们就会筋疲力尽地走开。"

"他们会把我烧死在床上。他们以前想这么干过。"

爸爸什么都没说，只是用自己的手指探了一下斧刃。沙发底下，随着一波波酒精作用下的妄想，那只猫刨爪子和叫唤的力度变得愈发衰弱。疲惫感袭来，寒冷过后的暖意以及难以承受的困惑让我睁着双眼睡了过去。

爸爸把我放了下来。"你该醒醒了。站起来。你看,我没法同时背着你还有这一麻袋的老鼠。"

我们已经来到一座绵长山丘的顶部,我在那里醒了过来。天色渐暗。这片蒙瓦瓦那什河润泽的乡野盆地袒露在我们面前——点点绿褐色灌木尚未绽芽,冬季过后的常青树深暗破败,从田野里露出,去年的犁耕让这片草褐色田野和其他田野的颜色更深了,隐约可见正在剥落的雪迹(和我们那天早些时候走过的田野一样),灰色谷仓的小型栅栏和地界,以及相隔甚远的房屋,看上去低矮又渺小。

"那是谁家的房子?"爸爸指着问道。

那是我们家的房子,一分钟后我才明白过来。我们是绕了半圈回来的,而冬天里没人见过房子的这一侧面,前门从十一月到四月都没开过,边角还塞满了破碎的布料来抵御东风。

"还有半英里不到的路了,还是下坡路。你能轻松走回家。很快我们就能看到餐厅里的灯光,你妈妈就在那儿。"

路上,我问:"他为什么拿着一把斧子?"

"现在听着,"爸爸说,"你在听我说吗?他拿着那把斧子不是为了伤害别人。这只是他的习惯,随身带着它。但是关于这件事,在家里什么都别说。别跟你妈妈或是玛丽提这事,谁都别提。因为她们可能会为此感到害怕的。你和我不会,但她们可能会。跟她们说这事也没用。"

过了一会儿他问:"你不能提什么事?"而我回答:"斧子。"

"你没有被吓着,是吗?"

"是的,"但愿如此,我说,"谁要烧他和他的床?"

"没有谁。除非跟上回一样,他自己烧的。"

"谁是塞拉斯一家?"

"谁都不是,"爸爸说,"就没这号人。"

"我们今天给你找了个人,玛丽。哦,真希望我们能把他带来家里。"

"我们以为你们跌进瓦瓦那什河里去了。"玛丽·麦奎德暴怒道,急切地脱下我的靴子和湿袜子。

"住在灌木丛外无人之地的老乔,乔·菲本。"

"他!"玛丽说话时仿佛发生了一场爆炸。"他是那个把自己的房子烧了的家伙,我知道他!"

"没错,现在他没房子也过得挺好。住在地底下的一个洞穴里。你会跟土拨鼠一样惬意的,玛丽。"

"我打赌他跟自己的排泄物住在一起,绝对是这样。"她为爸爸端来晚餐,他向她讲起乔·菲本的故事,带屋顶的地窖和铺在泥地上的木板。他没提到斧子,却讲了威士忌和猫的故事。对玛丽来说,这已经足够。

"做出那种事的人应该被关起来。"

"或许如此,"爸爸道,"但我也同样希望他们暂时抓不着他。老乔。"

"吃你的晚餐。"玛丽说着朝我弯下身子。有那么一会儿,我没意识到我不再怕她了。"看看她,"她说,"她的眼珠子都要掉下来了，她一直都在，全看在眼里吧。他也给她喂了威士忌吗？"

"一滴也没有。"爸爸一边说，一边沉稳地低头看着桌边的我。就像童话故事中的孩子们那样，我眼见父母跟可怕的陌生人做下约定，发现自己因事情的真相而感到恐惧，在经历了奇妙的逃亡后全新归来，谦恭有礼地拿起刀叉，准备好从此过上幸福的生活——和他们一样，我心藏秘密，感到惶惑又充满力量，一字不提。

## 感谢送我们回家

靠近湖区的小镇上,我和表兄乔治坐在一家名为"波普咖啡馆"的餐厅里。室内正渐渐变得昏暗,餐厅里还没亮灯,不过你仍能读出镜面上用灰泥涂抹的标语,夹在沾有蝇虫、微微泛黄的草莓圣代冰激凌剪贴画和番茄三明治剪贴画的中间。

"别探听消息了,"乔治读道,"如果知道些什么,我们就不会在这儿了。"还有:"如果你无所事事,那么你挑了个绝佳的地方来无所事事。"乔治一向会大声读出所有东西——海报、广告牌、柏马剃须膏[①]广告语:"米申河湾。人口一千七百。通往布鲁斯。我们爱自己的孩子。"

我在想,是谁的幽默感给我们提供了这些标语。我想也许是收银机后面的那个男人。波普?波普嚼着一根火柴,看向外面的街道,并未留意任何事,只是在等着有人被人行道上的裂缝绊

---

[①] 柏马剃须膏(Burma-Shave),1925 年创立的美国品牌,以其在高速公路上的创意广告语而闻名。

倒，或来一次爆胎，或自己出个糗什么的，他扎根在收银机的后方，体形硕大、愤世嫉俗又没什么好奇心，永远不会那样出糗的。甚至都不用那么惨；或许在他以外的世界里，人们只需要走来走去，驾着车来来回回、东走西访，就足以证明他们的荒诞可笑了。在一些小镇上，人们透过窗户往外看或坐在门前的台阶上，你从他们的脸上便知道他们有那样的判断；他们的漠然如此根深蒂固，致使理想破灭的源头仿佛被他们心满意足地藏在了暗处。

餐厅里只有一位女招待，她是个矮胖的女孩，斜倚在柜台上，刮抠着自己指甲上的甲油。把大拇指甲上的甲油剥得七七八八后，她用牙齿抵住自己的拇指，专心地来回刮擦着指甲。我们问她的名字，她却不回答。两三分钟后，她把拇指从嘴里拿出来，一边检查一边说道："我的名字我自己知道就行了，你要知道就得自己想办法。"

"没问题，"乔治说，"我叫你米基行吗？"

"我不介意。"

"因为你让我想起了米基·鲁尼[①]，"乔治说，"嗨，这个镇上的所有人都去哪儿了？大家都去哪儿了？"米基已经背过身，准备把咖啡喝光。她看上去似乎无意再多说什么，所以乔治变得有点神经质起来，他在被迫保持安静或是独处的时候便会如此。"嗨，这个镇上有姑娘吗？"他近乎哀怨地问道。"有姑娘，有舞

---

① 米基·鲁尼（Mickey Rooney，1920—2014），美国演员，曾获奥斯卡奖、金球奖和艾美奖。代表作有《百战敢死队》《人间喜剧》《玉面神驹》等。

会,或是任何别的什么吗?我们初来乍到,"他说,"你不想帮帮我们吗?"

"湖滨的舞厅劳动节不营业。"米基冷冰冰地说。

"有别的舞厅吗?"

"今天晚上在威尔逊学校有场露天舞会。"米基说。

"那么老派?不,不,我不喜欢那么老派的东西。每轮多出一名男性,还有那个,以前在教堂的地下室里这么跳过。是的,大家一起摇摆——我不喜欢那样。在教堂的地下室里。"乔治说着,隐约有点生气了。"你不记得那个,"他对我说,"那时你太小了。"

这时我才高中毕业,而乔治已经在市中心一家百货商店的男鞋柜台工作三年了,差别由此而来。不过我们在那座城市时从不打搅对方。此刻我们在一块儿是因为在一个陌生的地方不期而遇,是因为我有一些钱,而乔治一点也没有。我还有父亲的汽车,而乔治正处于换新车的节骨眼上,这总是令他有些易怒和不满。但他不得不重新调整这些客观事实,因为它们让他不安。我感到他正在捏造出足够的好感和亲切感,并且把我打造成成熟男人、好孩子、有头有脸的人物——无论是哪一种都不重要。我不认为我能重启一个过去的乔治,但如今金发的他仍有种柔和的、小猪般的俊朗,粉色的嘴唇袒露着,因为时常感到困惑,惊讶和愤懑的皱纹开始攀上他的额头。

我驾车来到湖区,把母亲从一处专为女士开办的湖滨度假胜地接回家里。湖滨度假胜地为减肥人士提供水果汁和农家芝士,

57

人们可以早起在湖区游泳，也无疑可以进行宗教活动，因为那儿附带一座小礼拜堂。我的姑妈，也就是乔治的母亲，当时也在那里，乔治大约比我晚了一小时才到，不是为了接他母亲回家，而是为了向她讨些钱。他跟他的父亲相处得并不融洽，在男鞋柜台挣得也不多，所以常常身无分文。他的母亲说，假使他愿意留下过夜并且第二天陪她做礼拜的话，就借笔钱给他。乔治说他愿意。之后乔治便和我离开，沿湖驱车半英里来到这座我们二人过去谁都未曾踏足过的小镇，乔治说这儿到处都是私酒商贩和姑娘们。

镇上的街道未经铺设，宽敞，覆盖着沙子，院子里空空如也。龟裂的土地上只能种耐苦耐寒的植被，如红黄色的金莲花，或长有褐色卷曲叶片的淡紫色灌木。房之间离得很远，各自的抽水泵、棚屋和厕所都被设在了屋后外侧；它们大多由木料建成，被漆成绿色、灰色或黄色。那儿种着高大的杨柳或白杨，纤细的叶片因尘埃而显得灰蒙蒙的。沿主街不见树木，但有一些长着茂草、蒲公英和绚丽蓟花的空地——即百货大楼之间的开阔地带。市镇厅规模出奇庞大，塔楼里设有大钟，红砖在镇上褪色的暗淡木墙中熠熠生辉。门旁的告示称，这是为在第一次世界大战中阵亡的战士建造的一座纪念馆。我们在市镇厅前方的喷嘴式饮水器喝了些水。

我们开着车在主街上来回兜了几圈，乔治说："真是垃圾场！老天，真是垃圾场！"还有："嗨，看那个！噢，也不怎么样。"街上的人们回家享用晚餐，百货大楼的影子扎实地横卧在街道上，随后我们走进了波普咖啡馆。

"嗨，"乔治说，"这个镇上还有别的餐厅吗？你有看到其他餐厅吗？"

"没有。"我说。

"我去过的其他所有城镇，"乔治说，"窗外都挂着猪肉，其实是从树上挂下来的。这儿可没有。天啊！我估计是过了季节。"他说。

"你想去看场表演吗？"

门开了。一个女孩走了进来，上前在一张凳子上坐下，裙子大部分在她身下挤作一团。她有一张似睡非睡的长脸，胸部扁平，头发拳曲，面色苍白，算是难看的了，却拥有那种无法言喻的性感气质。乔治眼前一亮，虽然也谈不上非常激动。"无所谓，"他说，"这也算凑合。紧要关头这样也凑合，不是吗？紧要关头。"

他走到柜台的尽头，在她身旁坐下，开始攀谈。大约五分钟后，他们朝我走了回来，那女孩在喝一瓶橘子汽水。

"这位是爱德莱德，"乔治说，"爱德莱德，爱德琳——甜心爱德琳。我要叫她甜心爱爱，甜心爱爱。"

爱德莱德吸吮着自己的吸管，并不太上心。

"她还没有约会安排，"乔治说，"你还没有约会安排，是吗，宝贝？"

爱德莱德非常轻微地摇了摇头。

"你对她说的话，她连一半都没听，"乔治说，"爱德莱德，甜心爱爱,你有什么朋友吗?有没有和善年轻的小女朋友可以跟迪基约会?你跟我,她跟迪基?"

"要看情况,"爱德莱德说,"你们想去哪儿?"

"你说去哪儿就去哪儿。开车去。或许一路朝北开去欧文桑德。"

"你们有车?"

"是的,当然,我们有车。来吧,你一定有迷人的小伙伴介绍给迪基的。"他的手臂环住这位女孩,手指在她的上衣上伸展开来。"快出来,我领你看看汽车。"

爱德莱德说:"我知道有个姑娘或许会来。和她在一起的那个家伙已经订了婚,他的未婚妻来找他,未婚妻住在他的家里,在湖滨他爸爸妈妈的家里,而且……"

"这真是有意思,"乔治说,"她叫什么名字?快点,我们这就去接她。你想整晚都坐着喝汽水吗?"

"我喝完了,"爱德莱德说,"她可能不会来。我不知道。"

"为什么不来?她妈妈不让她晚上出门?"

"哦,她爱干吗干吗,"爱德莱德说,"只是她有时候不想而已。我不知道。"

我们出去后上车,乔治和爱德莱德坐于后座。在主街上距离咖啡馆大约一个街区的地方,我们经过一位穿着宽松衣服、身材纤瘦的金发女孩,爱德莱德喊道:"嗨,停车!就是她!那是洛伊丝!"

我靠边停下,乔治把头探出窗外,吹起口哨。爱德莱德呼叫起来，那女孩毫不踌躇且从容不迫地来到汽车跟前。爱德莱德对她说明情况时，她面带微笑，着实冷淡却礼貌有加。整个过程中，乔治都在说："赶快，来吧，上车！我们可以在车里聊。"那姑娘笑了笑，并没有真正看向我们中的任何一个人，令我诧异的是，片刻后，她打开门，钻进了车里。

"我没事可做，"她说，"我男朋友不在。"

"是这样？"乔治说，我从后视镜里看到爱德莱德摆出了警告的表情。洛伊丝似乎没有听到他说的话。

"我们最好开车去我家，"她说，"我刚刚只是去买可乐，所以只穿了便装。最好开去我那儿，让我换上别的衣服。"

"让我知道我们要去哪儿，"她说，"那我就知道该穿什么了。"

我说："你想去哪儿？"

"好了，好了，"乔治说，"先做重要的事。我们弄瓶酒再做打算。你们知道哪里能弄到酒吗？"爱德莱德和洛伊丝异口同声说"知道"，随后洛伊丝对我说："我换衣服的时候，如果你愿意的话，可以进屋等。"我瞥了一眼后视镜，心想她同爱德莱德之间或许有某种默契。

洛伊丝家的门廊处有一张老旧的沙发，栏杆上挂着几张地毯。她走在我的前头，穿过庭院。她把浅金色长发系在脖子后方，她的皮肤上长着灰扑扑的雀斑，但并不是晒过后的古铜色，甚至连她的双眸都是浅色的。她冷漠，纤瘦，苍白。她的嘴角带着嘲弄，看起来还极其严肃。我想她跟我同龄，或是略长。

她打开前门，用清脆造作的声音说："我想让你见见我的家人。"

狭小的前厅里,地板上铺着油毡,窗前挂着印花纸帘。长靠椅的面料光滑,绘有尼亚加拉大瀑布的图案,上面放着一只"献给妈妈"的靠垫,一个黑色小炉子罩着夏天用的纱罩,大花瓶里插着纸做的苹果树花朵。一个虚弱的高个子女人走进房间,用擦碟布把手抹干,又把布块甩在一张椅子上。她的嘴里满是青白色的烤瓷牙,脖颈上长长的血管起伏颤动。洛伊丝如此突然又故作老套的通报叫人尴尬,我对她说了声"您好"。我不知道她会不会对这场乔治为了达到某些特定目的而安排的约会存有任何的误解。我认为不会。在她的脸上,我看不到任何纯真的迹象,那是张见过世面、沉着冷静、怀有敌意的脸。为了嘲弄我,她或许会将我设定成这幅约会漫画中的角色,一个在前廊咧嘴大笑、坐立不安的男孩,等着被引见给这个好姑娘的家人。但这有些牵强了。她甚至没正眼看过我,就同意跟我外出,此时又为何想让我难堪呢?她何必这么费心?

我和洛伊丝的母亲在长靠椅上坐了下来。她开始交谈,认为这是场约会。我注意到房子里的气味,陈腐狭小的房间所有的气味,床单、油炸食品、洗涤衣物、药用软膏的气味。还有灰尘,尽管看上去并不脏。洛伊丝的母亲说:"屋前你那辆车不错。是你的车吗?"

"我父亲的。"

"你父亲能有这么一辆好车不是很好吗!我一直觉得人们能丰衣足食真好。对于那些只有满满恨意和嫉妒的人,我可没时间应对。我觉得这挺好的。我打赌你母亲每次想要什么东西，都会直接去商场买——新的外套、床罩、锅碗瓢盆。你父亲是做什么的？他是律师、医生或诸如此类的什么职业？"

"他是注册会计师。"

"哦。那是坐办公室的，对吗？"

"是的。"

"我的兄弟，洛伊丝的舅舅，他在加拿大太平洋铁路公司伦敦[①]办事处工作。他在那儿的职位挺高，就我所知。"

她开始跟我说洛伊丝的父亲是如何在一场磨坊的意外事故中丧生的。我留意到有一位年迈的女性站在房间的门口处，可能是洛伊丝的祖母。她不像其他人那样纤瘦，倒像一坨垮塌了的布丁般松软，毫无形状可言，浅褐色的斑点在她的脸和胳膊上融化开来，嘴巴周围的短毛沾了潮气。这屋子里的部分气味似乎来源于她。这是一种被隐藏起来的腐败物的味道，如同叫不出名字的小动物死在露台底下时所散发出的那类气味。这气味、这慵懒的倾诉声和我不了解的一种生活有关，是关于这些人的一些东西。我想：我的母亲，乔治的母亲，她们是天真的。甚至连乔治也是，乔治也是天真的。但是其他这些人生来就狡猾、阴郁、世故。

关于洛伊丝的父亲，除去他的脑袋被割一事，我听进去的不多。

"咔嚓落地，想象一下，然后滚落到地板上！棺材都开不了。

---

[①] 加拿大安大略省西南部的一座城市。

那是六月，天气炎热。为了葬礼，镇上每个人都把自家花园给摘光了，把他们种的绣线菊灌木、芍药、铁线莲藤蔓上的花都给摘了。我估计这是镇上发生过的最为惨烈的事故了。

"洛伊丝今年夏天交过一个不错的男朋友，"她说，"他过去总是带她出门，当他家人不在别墅里，而他又不想独自在那儿打发时间的时候，就会在这儿过夜。他会给孩子们带糖果，甚至也给我带礼物。上头那个瓷象，可以在里边种花，那是他送给我的。他帮我修好了收音机，我从不送去维修店。你家的人在这儿有避暑别墅吗？"

我说没有，洛伊丝走了进来，穿一袭黄绿色料子做的连衣裙——跟圣诞节的礼品包装一样硬邦邦、闪亮亮的——蹬着高跟鞋，戴着莱茵石，在雀斑上搽了厚厚的粉。她母亲激动起来。

"你喜欢那条连衣裙吗？"她说，"她一路跑去伦敦买了那条连衣裙，这附近可买不着！"

我们出去时要经过那位老妇人。她望向我们时猛然认出了我们，凝胶般的浅色瞳孔一动不动。她的嘴巴微颤着张开，脸朝我探过来。

"你想对我的孙女做什么都行，"她说话时声音苍劲有力，像乡下女人一样嗓音粗哑，"但你得当心。你知道我在说什么！"

洛伊丝的母亲把老妇人推到自己身后，脸上挤满笑容，眉毛高抬，太阳穴上的皮肤紧绷着。"别介意，"她装腔作势地对我说，心烦意乱地做了个鬼脸，"别介意。老来昏聩。"笑容滞留在她的脸上；她的皮肤因此被向后拉紧。她仿佛一直在聆听脑海里不断响起的喧闹声。当我跟随洛伊丝往屋外走的时候，她拽住我的手。"洛伊丝是个好姑娘，"她低声说，"你们玩得开心点，别叫她闷闷不乐了！"她眉眼迅速闪动，表情十分怪诞，我想还天然带着点调情的意味。"晚安！"

洛伊丝身体僵硬地走在我的前头，纸样的裙子窸窣作响。我说："你想去跳舞吗，还是别的什么？"

"不，"她说，"我无所谓。"

"嗯，你可是精心打扮了一番……"

"星期六晚上我总是精心打扮。"洛伊丝说，她的声音往后向我飘来，低沉而轻蔑。接着她开始大笑，我在她身上瞥见了她母亲的影子，她母亲那种粗糙和歇斯底里的气质。"哦，我的天哪！"她喃喃道。我明白她指的是在屋子里发生的事情，我也跟着大笑起来，不知道还能做什么。于是我们像友人一样嬉笑着回到车里，可我们并不是。

我们驱车驶离小镇，来到一座农舍，那儿的一位妇女向我们兜售一个威士忌瓶子，里头装满了浑浊的家酿烈酒，这是乔治和我过去从没喝过的东西。爱德莱德曾说这个女人或许会让我们用她的前屋，结果她并不愿意，而原因在于洛伊丝。这位妇女一边从她头上戴着的男士盖帽底下朝我细细打量，一边对洛伊丝说："闲着倒不如换一个，是不是？"洛伊丝没有回应，绷着一张冷脸。稍后这位妇女说，如果今晚我们这么自命不凡的话，她的前屋可配不上我们，我们最好回到灌木丛里去。一路倒出车道时，爱德莱德一直念叨着："有些人开不起玩笑，不是吗？是的，自命不凡没有错……"直到我把酒瓶递给她，她才安静下来。我明白乔治并不介意，想着这已经叫她打消了驾车前往欧文桑德的主意。

我们把车停在车道尽头，坐在车里喝酒。乔治和爱德莱德喝得比我们多。他们不交谈，只是伸手拿瓶子，再递回来。这玩意儿跟我以前尝过的所有东西都不同；喝到胃里时，劲头足，叫人想吐。没有别的反应了，我开始有沮丧的感觉，觉得自己是喝不醉了。洛伊丝每次把酒瓶递回给我时，都会用一种彬彬有礼却隐约透露着轻视的姿态说声"谢谢"。我搂着她，可心里并不是非常情愿。我搞不清楚这是怎么回事。这个女孩靠在我的手臂上，轻蔑、默许、激愤、不善言辞、遥不可及。比起触碰她，我更想跟她说说话，而这毫无可能；对她来说，被触碰是小事一桩，而说话可不一样。与此同时，我意识到我应该越过此事，越过这第一步，直接进入第二步（对于按部就班行事和在汽车前后座上勾搭姑娘的例行手段，我是有所了解的，尽管并不十分全面）。我几乎希望我是和爱德莱德在一起。

"你想去散散步吗？"我问。

"这是你整晚的第一个好点子，"乔治从后座上对我说，"别急。"我们下车时，他说道。他和爱德莱德捂住了嘴巴，发出哄笑。"别急着回来！"

洛伊丝和我走在一条靠近灌木的货车车道上。田野里有月光，寒风拂过，凉飕飕的。我起了报复的念头，温和地说："我跟你妈妈聊了不少。"

"我想象得出来。"洛伊丝说。

"她跟我说了上个夏天跟你出去约会的那个家伙。"

"今年夏天。"

"现在来说是上个夏天了。他订过婚什么的,是吗?"

"是的。"

我不打算放过她。"他更喜欢你吗?"我说,"是那样吗?他更喜欢你?"

"不,我不会说他喜欢我。"洛伊丝说。随着她语气中的挖苦之意愈发浓烈,我觉得她是要开始显出醉意了。"他喜欢我妈妈,对孩子们也算好,但是他不喜欢我。喜欢我,"她说,"那是什么?"

"但是,他和你出去约会……"

"他只是在夏天时带着我四处转悠罢了。那些住在湖滨的家伙都这样。他们来这儿参加舞会,找个姑娘带着四处转悠。只在夏天的时候。他们总是这么做。

"为什么我知道他不喜欢我呢,"她说,"因为他说我总是在抱怨。你知道,你必须对那些家伙表现出感激,否则他们就会说你在发牢骚。"

我的发问竟引来这么一番长篇大论,这叫我有点吃惊。我说:"你喜欢过他吗?"

"哦,当然!我应该喜欢的,不是吗?我该立即跪下来感谢他。我妈妈就是这么干的。他送给她一个廉价的老象,斑斑点点的……"

"这家伙是第一个吗?"我问。

"第一个稳定的交往对象。你是这意思吗?"

不。"你多大了?"

她思考了一会儿。"我快十七了。我可以冒充十八或十九岁。我可以进出啤酒店的。我干过一次。"

"你在学校读几年级?"

她看着我,很是惊讶。"你以为我还在上学?我两年前就退学了。我在镇上的手套厂有份工作。"

"这肯定违法。你退学那会儿。"

"哦,要是你爸爸死了什么的,你就能获得许可了。"

"你在手套厂做什么?"我问。

"哦,我操作一台机器。类似于一台缝纫机。我很快就要开始做计件工了。这样赚钱多一些。"

"你喜欢这份工作吗?"

"嗯,说不上喜欢。这就是份工作——你问题可真多。"她说。

"你介意吗?"

"我没必要回答你,"她说话时,声音又变得单调微弱起来,"除非我愿意。"她拎起自己的裙子,用手把面料抚平。"我的裙子沾到毛刺了。"她说。她弯下腰,一根接一根把它们拔掉。"我的裙子沾到毛刺了,"她说,"这可是条好裙子。它们会不会留下印记啊?如果我把它们都拔了——一点一点地——我不会拔出线头的。"

"你不该穿这件连衣裙的,"我说,"你穿这裙子做什么?"

她晃了晃裙子,抖出一根毛刺。"我不知道。"她说。她带着微醉的满足感,用手撑开僵硬、光亮的裙面布料。"我想要给你们这些家伙看看!"她说,突然语气爆发出一点点凶狠。她傻傻地站在那里嬉笑谩骂,裙摆朝四面张开,这种醉醺醺的、轻蔑的、飘飘然的满足感眼下是不会叫人误会的。"我家里有一件仿山羊绒的毛衣。它花了我十二美元,"她说,"我有一件正在分期付款的皮草大衣,为明年冬天准备的。我有一件皮草大衣——"

"这很好,"我说,"我觉得人们能丰衣足食真好。"

她放下裙子,甩了我一巴掌。这对我而言,对我们俩而言,是种解脱。我们自始至终都察觉到我们之间有一种拉锯的局势。考虑到双方都有些醉意,我们在面对彼此时都尽可能保持了警惕,她紧张得差点要再给我一巴掌,而我则打算抓住她,或是回扇她。我们本可以将看对方不顺眼的地方宣泄出来。但这般胶着的时刻已经过去了。我们松了口气;我们没有及时行动。下一刻,我们既不想费力让敌意消散,也不想弄明白一种情绪是怎么被另一种情绪所替代的,我们接吻了。对我来说,这是第一次毫无预谋、没有迟疑,既不过分仓促也不像往常一样产生那种模糊的失望感的接吻。她靠着我笑得花枝乱颤,又开始说话,回到我们方才的谈话中,仿佛在此期间什么都没发生过。

"这不是很好笑吗?"她说。"你知道,整个冬天里,所有姑娘做的就是讨论上个夏天,关于那些男人聊个没完没了,而我打赌你们这些家伙甚至忘记了她们的名字——"

当我发现她心中还有另一种情感跟她的敌意并存时,就不想再说话了,事实上,这种情感跟她的敌意一样不近人情、叫人窒息。片刻后,我低声问:"我们有什么地方可去吗?"

她回答:"下一片田野上有座谷仓。"

她熟悉这片乡野;她曾经去过那儿。

午夜过后,我们驱车回到镇上。乔治和爱德莱德在车后座上昏昏入睡。虽然洛伊丝双眼紧闭,一言不发,可我不认为她睡着了。我在什么地方读到过"性交后动物感伤[①]",打算跟她说,但转念一想她应该不认得拉丁文,而且会以为我在——哦,卖弄玄虚,自以为是。之后,我又希望自己告诉她了。她会明白其中的意思。

事后,身体疲乏,热情冷却;肉体分离。我们掸去干草屑,用笨重、不连贯的动作把自己收拾妥当,离开谷仓时,发现月已西沉,但收割后平坦的田野仍在那里,还有杨树和星辰。我们踏上那一段忘情之旅,却仍回到了原处,最后发现各自都冻得发颤。我们回到车里,发现那两个人睡得四仰八叉。这便是:感伤。事后的感伤。

那段轻率之旅。因为是初次,因为有些奇妙的醉意,所以我才有了如此感受吗?不。是因为洛伊丝。做爱时,有些人只是潦

---

[①] 原文为拉丁文。

草完事，而另一些人则能持续良久，如同神秘主义者那般，在交付身体时更加忘情。而洛伊丝，爱欲中的神秘主义者，正远远地坐在车座另一侧，看上去冰冷淡漠、衣衫凌乱，完全将自己封闭了起来。我想对她说的所有话都在我的脑海中发出空洞的喧哗。"再来与你相会""怀念""爱"这些话我一句都说不出口。我们之间横亘的距离使这些话听上去连一半的真实感都没有。我想着：在抵达下一棵树木、下一根电话杆前，我要对她说些什么。可我没有。我只是把车开得更快了，快到小镇不断向我们靠近。

路灯从我们前面漆黑的树丛中放出盛大的光芒；后座上有些动静。

"什么时候了？"乔治说。

"十二点二十。"

"我们一定已经喝光那瓶酒了。我感觉不大舒服。哦，天啊，我感觉不大舒服。你感觉怎么样？"

"还好。"

"还好，嗯？像是今晚你毕业了似的，嗯？你是这么觉得的吗？你那位睡着了吗？我这位是睡着了。"

"我没有，"爱德莱德睡意蒙眬地说，"我的腰带在哪里？乔治——哦。那我的另一只鞋在哪儿？就星期六晚上来说，现在算早的了，可不是？我们可以去弄点东西吃。"

"我不想吃东西，"乔治说，"我要睡上一会儿。明天得早起，陪我妈妈去做礼拜。"

"好吧，我知道了，"爱德莱德说，带着不可置信的口气，情绪倒算不上太糟,"不管怎样,你本来应该给我买一个汉堡的!"

我已经驾车来到洛伊丝的家。直到汽车停住,洛伊丝才睁开双眼。

她静坐了一会儿,然后用双手将连衣裙的裙摆向下按压、扯平。她没有看我。我移动身体去亲吻她,但她似乎微微有些躲闪,我察觉到这最后的姿势中终究有一些欺诈做作的成分。她的真实面目并非如此。

乔治对爱德莱德说:"你住在哪儿?你就住在附近吗?"

"是的。再过去半个街区。"

"那好。你也在这儿下车如何?我们今晚要回家。"

他吻了她,接着姑娘们都下了车。

我发动车子。我们绝尘而去,乔治在后车座上安心地躺下睡觉。然后,我们听到有女人的叫喊声从后方传来,响亮、粗鄙的女人声音,充满攻击性,像是被遗弃了一样:

"感谢送我们回家!"

在喊叫的不是爱德莱德;是洛伊丝。

# 办公室

一天晚上，我在熨衬衣时想到了一条解救自我人生的出路。这条出路简单却大胆。我丈夫正在客厅里看电视，我走进去对他说："我想我应该有一间办公室。"

这听起来简直是异想天开，就连我本人也这么觉得。我要一间办公室来做什么？我已经有了一栋房子，它舒适宽敞，面朝大海；不论吃饭、睡觉、沐浴还是聚会，它都提供了合适的空间。我还有一个花园；一点也不缺地方。

不是这样的。不过对我来讲，公开说出如下的话可不容易：我是个作家。这听上去不大好。太夸张，也太虚假，至少难以让人信服。换个说法吧。我写作。这么说是否会好些呢？我努力尝试写作。这下就更糟了。虚伪的谦逊之态。那该怎么说呢？

无所谓。不管我怎么说，这些言辞都创造了一种沉默的空间，成为暴露隐私的微妙时刻。但大家还是挺客气的，沉默很快就被那些关切友好的言辞化解了，他们五花八门地讲了好多表示赞赏的话，什么"这太了不起了""对你来说可真是件好事""噢，这太叫人感兴趣了"。他们还兴致勃勃地向我寻根究底：你在写什么呀？小说，我回答。直到这时，我一直都是漫不经心地，甚至多少有点轻率地忍受着这种屈辱，这在我是很少见的，他们那种可以被察觉到的惊愕又总是一再被这些现成和圆滑的客套话所掩饰——不过，用来安慰人的漂亮话至此也就用尽了，他们最后只能说一声"啊"！

这就是我想要一间办公室的理由（我对我先生说）：在里面写作。我立马意识到，这听上去像是一个过分的要求，一次罕见的自我放纵。谁都知道，写作得要一台打字机，或者至少得有支铅笔、一些稿纸、一张桌子和一把椅子；在我卧室的一隅，这些东西我全都有。可是眼下我还想要一间办公室。

即使真的有了一间办公室，我会在里面写作吗？这一点就连我自己也不太有把握。说不定我会坐在那里，眼睁睁瞪着墙；纵然如此，我也是乐意的。我喜欢的恰好就是"办公室"这个词的发音，它显得庄重、静谧、举足轻重且意味深长。不过，我并不想对我丈夫提及这一点，所以我干脆做了一番冠冕堂皇的辩解，据我回忆，我是这样向我丈夫陈述理由的：

对男人来说，家自然是再好不过的工作场所。他可以把工作带回家来做，有地方专门为他腾出来；整栋房子也得跟着重新安排，使他对周围的环境尽可能满意。不论是谁，一眼就能看出他在这里工作。他不需要接电话，不需要寻找丢失的东西，不需要为哭闹的孩子操心，也不需要去喂猫。他可以关紧房门。假设

（我是这么说的）一个当妈妈的，她要是把自己锁在房间里，而孩子们明明知道她就在里面，那会怎么样呢？对孩子们来说，光是想想都难以容忍。一个女人，愣愣地坐在那里，茫然地凝视着一片不属于她丈夫和孩子的地方，这往往会被看作有违人情。所以一栋房子对女人来说是不同的。女人跟男人不一样，男人可以走进房子，办完事了就从房子里出来，而女人就是这栋房子本身：两者密不可分。

（这都是实话，尽管像往常一样，为了争取一些我恐怕不该得到的东西时，我总是加强说话的语气和情绪。在某些时候，多半是在春天凄风苦雨的漫漫长夜里，冷冰冰的球茎正含苞待放，远处的光线太过黯淡，还不足以漂泊过海。我已经打开了窗户，感觉整栋房子都缩回成一大堆木材、塑料和那些构成它的简陋材料。房子里的生命也消退了，只留我暴露在外，两手空空。但我体会到一种猛烈而无法无天的颤抖，那是由自由带来的，由一种残酷而完美到我如今难以承受的孤独所带来的。这时我才知道，在其余的时间里，我总是受到庇护和阻碍，始终感到温暖而被束缚着。）

"要是你能找到一间够便宜的房间，就去吧。"这就是我丈夫对此的全部答复。他不像我，他对任何事都无须多加解释。你常常能听到他说"他人的心就像一本合着的书"这样一类的话，事后也没有收回之意。

在当时，连我自己也认为这个愿望难以达成。在我看来，这个愿望说到底实在太不合理了，他也许压根儿就不会同意。若是我想要一件貂皮外套，或者一条钻石项链，几乎都要容易些——毕竟这些才是女人要的东西。孩子们得知我的计划后都明显怀疑起来，对此事也并不上心。可我还是来到了离我们家两个街区远的商业中心，好几个月以来我一直在注意这儿，我看到一幢大楼的门窗上贴着几张"出租告示"，但并没有想过它们会和我有关。大楼里面开设着一家药房和一家美容院。登上楼梯时，我有种完全不真实的感觉。租用办公室这样的事肯定很复杂：你不能只是敲敲空房子的门，等着有人放你进去；要想办成这样的事，得通过一些渠道。再说，房东的要价往往也高得吓人。

然而事实证明，我甚至连门都没敲一下，一个女人就从一间空办公室里走了出来，她拖着一台真空吸尘器，用脚把它推过大厅，朝门口走来，很明显，那大厅通向大楼后部的公寓。她和她丈夫就住在这套公寓里，他们姓马利。他们就是这幢大楼的业主，想把大楼的办公室租出去。她对我说，刚才正在打扫的那几间屋子是留给一个牙科医生做办公室用的，所以我不会感兴趣。不过她愿意带我去看看另一个地方。她把吸尘器放到一边，拿来了钥匙，请我到她的公寓去。她说她丈夫不在家，我不明白她说这话时为何要叹气。

马利太太头发乌黑，相貌精致，大约四十出头，虽然衣着邋遢，但风韵犹存；她薄薄的嘴唇上抹着鲜润的口红，看上去娇嫩而肿胀的双脚上穿着一双粉红色羽绒拖鞋，随性地体现了她的女性气质。她总是逆来顺受，身上散发着一股疲惫而忧心忡忡的气息，这说明她一生都在无微不至地关心着一个男人。而这个男人时而精力充沛，时而脾气乖戾，时而喜欢黏人。关于这一点，我究竟在开始时看出了多少，日后又明白了多少，这当然很难说清。不过我确实认为她不会生孩子，生活的重担不允许她有孩子，不论是什么重担都不允许，这一点我没有看错。

我所在的等候室显然是间客厅兼办公室。我首先注意到的是摆放在桌面、窗台和电视机上的船舶模型——大型帆船、快速帆船和"玛丽女王号"游艇。没有船舶模型的地方放着盆栽植物和一大堆杂七杂八的所谓"男性"装饰品——瓷鹿头、青铜马以及用笨重的、有纹理的材料制成的闪闪发亮的大烟灰缸。墙上挂着好多嵌在镜框里的相片和学位证书之类的东西。其中有一张是狮子狗和斗牛犬的合影，它们分别穿着男性和女性的服装，沮丧尴尬地摆出一副亲热的姿势。照片上横着写有"老朋友"三个字。不过，整个房间里最为突出的是一张嵌在镀金相框里、有专属灯光的肖像：这是一个长相英俊、满头金发的中年男子，他坐在办公桌后面，身穿西装，看上去十分富态，红光满面又惬意。我还得补充一句，也许这是我事后才认识到的，这幅肖像也明显暴露出这个男人在他所扮演的角色中心神不宁、缺乏信念，他这样坚持不懈地向所有人展示着自己，这种倾向发展下去势必导致祸患。

马利夫妇不重要。我一看到那间办公室就想要它。它比我所需要的大一些，被分隔成目前这个格局，倒是挺适合做医生办公室的。（马利太太遗憾但又含糊地说，原先这里有过一个按摩师，但他现在离开了。）墙壁阴冷而光秃，颜色白中带灰，以免刺得人睁不开眼睛。既然马利太太坦诚地告诉我当下这里显然没有医生要来，过去一段时间里也没有来过，我便提出月租二十五美元的价格。她说她得和她先生商量一下。

第二次来时，他们接受了我提出的租金，同时我也见到了马利先生本人，我又把对他妻子说过的话重复了一遍，我不会在正规上班时间里使用这间办公室，只是周末或晚上偶尔用一下。他问我租这间办公室做什么用，一开始我还在犹豫是否应该告诉他我要在这里做速记，但后来我如实相告。

他愉悦地听进了我的回答。"啊，你是一位作家。"

"嗯，是的，我写作。"

"那么，我们会尽力保证你能舒服地待在这里，"他爽快地说，"我也是个有很多爱好的人。所有这些船舶模型都是我在业余时间里制成的，它们可以让我终日紧张的神经松弛一下。每个人都得有个放松神经的消遣。我敢说你也一样。"

"差不多。"我坚决赞同，甚至为他用并不较真的宽容态度来看待我的行为一事而感到宽慰。至少他没有问我的孩子们由谁来照看，我丈夫是否赞成，我原以为他八成会提出这些问题。十年，或许十五年的漫长岁月已经征服了照片中的这位人物，使他变得脾气温和、体态臃肿。他的臀部和大腿上惊人的脂肪堆积让他做什么动作都喘着气，肥肉好像被抖动的枕垫，让他像家族里的女长辈一样行动不便、周身不适。他头发上和眼睛里的光泽都已消退，面容模糊，原先那种最突出的和蔼可亲的表情也已消失殆尽，最后成了一个卑怯谦恭、常年疑神疑鬼的人。我没有仔细观察他。我犯不着为了租一间办公室担负起结识更多人的责任。

周末我搬了进来,没让家里人帮忙,尽管他们肯定乐意出力。我带来了我的打字机、一张折叠方桌和一把椅子,还有一张小木桌,我在小木桌上放了一个电炉、一个水壶、一罐速溶咖啡、一把匙子和一个黄茶缸。这就是我的全部家当。我心满意足地打量着光秃秃的墙壁,思忖着这些精简又必需的家具给我带来的不算昂贵的尊严。何况还显而易见地减少了大量打扫、清洗以及擦拭的麻烦呢。

马利先生看了这番境况却不太愉悦。在我安顿好之后不久他就来敲门了,说有几件事要向我说明一下——我不用房间外的那盏灯,所以得拆下来,还有暖气片和如何使用窗外遮篷的事,等等。他以忧郁而神秘的眼神环视着房间里的每一样东西,然后说,这地方对一位女士来说实在太不舒服了。

"对我来说这儿足够完美了。"我说,我本想说些让他丧气的话,但没这么做,因为我对那些莫名不太喜欢或者干脆不想认识的人总要讲点情面,有时还要故意装得彬彬有礼,傻乎乎地希望这样他们就会乖乖地走开,不来烦我。

"你坐着等待创作灵感来临时,需要一把舒服的安乐椅。我楼下地下室里就有一把,自从我母亲去年去世,存放在那里的东西五花八门的。地下室的角落里还放着一卷地毯,它白白搁在那里,对谁都没用。我们可以把这地方好好收拾一下,让它对你来说更像自己的家。"

不过说真的，我说，说真的，我挺喜欢它现在这个样子。

"要是你想挂窗帘的话，材料的费用我来付。这儿总得有点色彩才好，我担心你老在这儿坐着会不会闹出病来。"

哦，不会的，我笑着说，我保证不会生病的。

"你如果是个男人，那就另当别论了。女人要的东西总是得舒服一点的。"

于是我站起身来，走到窗前，透过活动百叶窗的板条，俯视星期日空荡荡的街道，借此避开他那张大胖脸，那一副指责人的脆弱模样。我试着用一种很冷淡的腔调说话，我在自己的脑海里经常能听到这种腔调，但要我从这张胆怯的嘴里发出这种腔调可就太难了。"马利先生，请您别再为这件事纠缠我了。我说过这儿很适合我。我想要的都有了。谢谢您告诉我灯的事。"

这话的效力让人震惊，足以让我抬不起头来。"我真没想要纠缠你，"他一板一眼地说，语气冷淡而忧伤，"我只是为了让你舒服一点才提出这些建议的。假如知道我碍了你的事，我早就走开了。"他走后，我觉得舒畅多了，甚至还为自己的胜利感到有点兴奋，尽管依然为事情结束得如此轻松而心怀愧意。我跟自己说，对他这样的人，迟早得给点难堪，从一开始就让这类事了结更好。

接下来的周末，他又来敲我的房门。他谦逊的表情过于夸张，简直足以看成是对我的嘲笑，不过从另一种意义上说，那种谦逊又是真的，反正连我自己都糊涂了。

"我一分钟都不想耽误你，"他说，"我从没想要当个讨厌鬼。

我只是想来告诉你，上次冒犯了你我很抱歉。我特来向你致歉。我带来了一件小礼物，希望你能收下。"

他带来了一盆我叫不出名字的植物，叶片光滑、茂密，花盆用粉色和银色的箔纸裹着，显得过分考究。

"说真的，"他一面说，一面把这盆植物放在我房间的一个角落里，"我可不想在你我之间造成反感。都怪我不好。我考虑过了，你也许不会接受家具，但一小盆长得挺讨喜的植物又有什么呢，它会为你的房间增色不少。"

此刻，我不可能告诉他我不想要植物。我讨厌室内盆栽。他还告诉我怎样照料这盆植物、隔多久浇一次水等等。我向他道了谢。除此之外，我还能做些什么呢。在他的道歉和礼物的背后，他心里肯定明白我的手足无措，甚至为此而暗暗高兴，这点让我非常不爽。他滔滔不绝地说着什么"反感""冒犯""道歉"。我一度试图打断他，我本想告诉他，我早就在自己的生活里准备好一块地方，不让好感或反感之类的东西闯入，而且事实上在他和我之间压根儿就没有必要讨论什么感情不感情的。可是话到嘴边，又完全说不出口。我怎么能在公开场合同一个一心想跟我表示亲昵的人发生正面冲突呢？再说他那盆用光面纸裹着的植物也弄得我有点不知所措了。

"写作进行得怎么样了？"他装出若无其事的样子问，仿佛我们之间种种不愉快的分歧已经全被撇在了一边。

"哦，跟平常差不多。"

"那好，要是你写作时缺素材的话，我这里有的是。"停顿。

"可我猜我在这里一定耽搁你不少时间了。"他用一种令人厌恶的轻松语调说。这是一次考验,而我竟败下阵来。我微微一笑,两眼被那盆异常动人的植物给吸引住了。我回答说不要紧。

"我刚才正好想起了那个家伙,那个在你搬来之前住在这儿的按摩师。你都能写一本关于他的书了。"

我摆出一副倾听的架势,两只手也不再去把玩那串钥匙。如果说胆怯和伪善是我的两大恶习,那么好奇心无疑是第三个。

"他在这里干得不赖。唯一的问题就是他的'按摩'方法比书上列得还要多。哦,他哪儿都'按摩'。他搬走之后,我就上这儿来了。你猜猜我在这里发现了什么?隔音设备!整个房间全是隔音的,这样他在进行'按摩'时就不会打扰别人了。你坐在这里写书的这间办公室正是他那个房间。

"我们刚开始知道这事情是因为有天一位女士来敲我家的门,希望我能给她一把他办公室的钥匙。他把自己锁在房里不见她。

"我猜他对治疗那个女人的特殊病症感到不耐烦了。我估计他大概觉得他一直都在为她的病忙个不停,时间也够长的了。你知道,这位女士年纪也不小了,而他还只是个青年男子。他有一个年轻的好妻子和两个你肯定乐意见到的最漂亮的孩子。如今世上总是会发生一些肮脏的事。"

我费了些时间才悟出其中的道理,他对我说起这件事并不只是为了说长道短,而是以为作家一定会对这类事情特别感兴趣。在他的观念里,写作和淫荡之间一定有某种隐隐约约、耐人寻味的联系。尽管这种观念似乎是如此过时,如此幼稚,也不值得我浪费精力去驳斥。我现在总算明白了，为了我自己而不是为了他，我必须避免伤害他。我之前以为只要言行粗鲁一点就可以解决问题，那真是犯了个大错。

下一件礼物是一把茶壶。我坚持说我只喝咖啡，让他把茶壶送给自己的太太。他却说茶更能安神，还说他从一开始就知道我跟他一样，也是个神经紧张的人。茶壶的表面有一层金色涂料，还有玫瑰花图案，纵然它的外观极其丑陋，可我知道它并不便宜。我把它摆在桌子上。我也继续照料那盆植物，它在我房间的一角俗不可耐地茁壮成长。我真不知道还能做些什么。他又给我买了一个非常奇特的废纸篓，八面全写着汉字；他还给我那把椅子买了个泡沫橡胶靠垫。我鄙视自己屈服于他的讹诈。说实在的，我甚至一点也不怜悯他；但我就是摆脱不了他，摆脱不了他那种谄媚的欲望。他本人也很清楚我的容忍是被他收买过去的，在某种意义上，他一定还因此而恨我。

他在我办公室里赖着不走的时候，就跟我聊起他的身世。我立即意识到，他在我面前吐露自己的人生显然是希望我把这些写下来。当然，他也许曾向很多人谈起过这些，并没有什么特别的原因，可对我唠叨这些生平琐事似乎是出于一种特殊的需求，甚至是一种迫切的渴望。他的一生跟大多数人一样，也是坎坷不平的；他以前信得过的人也曾辜负过他，他所依靠的人也曾拒绝向他给予帮助，那些受过他精神上和物质上帮助的密友也曾背叛过他。其余一些人，只不过是些陌生人和过路人，有时也无缘无故地以各种新奇独特的方式折磨过他。有时他甚至还受到过生命威胁。此外，由于他的妻子体弱多病，脾气反复无常，这也很伤他的脑筋。他能做些什么呢？他扬了扬手说："事情怎么样你看得很清楚。不过，我到底还是活下来了。"他看向我，期盼我会同意他的这一说法。

我开始习惯蹑手蹑脚地走上楼梯，打算不发出一点声响地用钥匙打开房门；这样做自然很蠢，因为我没法不让打字机发出声响。我的确考虑过干脆手写算了，并且还不停地想拥有那个该死的按摩师的隔音设备。我跟我丈夫谈过这个问题，他却认为这根本算不上什么问题。告诉他你很忙，丈夫说。实际上，我确实跟他说过这样的话；他每次来到我的门前总要带些小礼物或送点什么东西，他问我一切可好，我回答说，今天我很忙。啊，那么，他说，他绝不耽误我一分钟，说着就轻易地穿门而入。正如我曾经说过的，他其实一直都明白我心里在想些什么，我是多么怯懦地想要摆脱他。他明明知道，却毫不在意。

一天晚上，我回家后突然发觉一封打算寄出的信落在了办公室里，于是返回去取信。我从街上就看到我办公室的灯亮着。接着，我看见他正弯着腰趴在我的折叠桌上。显而易见，他晚上总到我办公室里来读我写的东西！他在门边听到了我的声音，到我进门时，他正拎起废纸篓，对我说他觉得应当替我收拾一下东西。他马上就离开了房间。我什么话也没说，只知道自己正因愤怒和满足而颤抖。他能有正当理由是一个奇迹，一种令人难堪的安慰。

　　他下一次来敲我的门时,我早把房门反锁上了。我听得出他的脚步声和他那表示亲昵的哄骗式敲门声。我继续大力地敲着字,不过也时不时停手,这样他就会知道,我已经听到他的敲门声了。他喊我的名字,好像我在捉弄他似的;我紧闭着嘴不应答。跟以往一样,莫名出现的内疚感使我困扰,但我还是继续打字。那天我发现花盆里植物根部周围的土壤已经干了,我也没去管它。

　　我对接下来发生的事毫无准备。我发现在我房门上贴着一张便条,上面说要是我能去一趟马利先生的办公室,他将十分感激。我立马就去了,打算让这事就此收尾。他坐在桌旁,周身隐约显露出他的威严。他远远地看着我,仿佛他现在不得不以一种全新的和极不赞成的消极眼光来看待我似的,好像他表现出尴尬不是为了他自己,而是为了我。他以一种相当做作的不情愿的语调开了口,他说他在答应租给我这间办公室时就已经知道我是一个作家。

　　"这一点并没有使我担心,虽然我早就听说过许多关于作家和艺术家的事,这类人在我看来可不算催人上进。你当然知道我指的是哪类事。"

　　这话听起来真新鲜;我想象不出这样说下去会导向什么结果。

　　"那时候你到我这儿来说,马利先生,我想要个地方写点东西。我相信了你。我把办公室租给了你。我并没有向你提任何问题。我就是这种人。可你得知道,我越琢磨这件事,说实在的,我就越觉得奇怪。"

"你奇怪什么?"我问。

"还有,你本人的态度也并没有让我放心。你把自己锁在房间里,拒不开门。这可不是人的正常行为。没有事情要隐瞒的人不会这样。特别是对于像您这样自称有丈夫和孩子的年轻女人来说,整天在打字机的嗒嗒响声中消磨时光,就更不正常了。"

"但我并不以为——"

他抬起手,摆出一副宽宏大量的样子。"现在我只要求你对我开诚布公,我认为我的要求并不过分,要是你利用那间办公室干什么别的事,或者在不该由你使用这间办公室的任何时间里过来,在这儿会见你的朋友或随便什么人——"

"我不明白你是什么意思。"

"还有一件事,你自称是一个作家。老实说,我读过的书可不算少,但我从没见过署你名字的出版物。或许你是用别的名字来写作的吧。"

"不是。"我说。

"那好,我并不怀疑,有些作家的名字我确实没听说过,"他和蔼可亲地说,"这事就到这里。不过,你必须用名誉向我担保,你在办公室里绝不会再做什么骗人的事,或行为不端的事——"

不知为何,我迟迟未大动肝火,他蠢到令我难以置信,连心中的怒火都被堵住了。我当时只知道站起身,穿过大厅,任他在身后叫嚣,然后锁上了房门。我想,我无论如何得离开这儿。可是，等我在自己的房间里坐定之后，看着摆在面前的工作，我又想起我是多么喜欢这间办公室，我在这里工作得多好。于是我决定不让他把我逼走。毕竟，我感到我们之间的这场斗争已经陷入僵局。我可以拒不开门，不去理睬他的那些便条，见面时不跟他说话。我的房租是预付的，如果现在就走，很可能是拿不回退款的。我决定不去理会。为了防止他偷看我的书稿，我每天晚上都把稿子带回家去。现在看来，即使采取这样的预防措施也有损了我的尊严。就算他偷看了又有什么关系？这跟老鼠在黑夜里从我的手稿上惊惶地跑来跑去有什么两样？

自此以后，我好几次在房门上见到他的便条。我本不想去看，可又次次都看。他的指责变得越来越具体了。说他听到了我房间里的声音。说我的行为妨碍了他妻子下午的小憩。（其实除了周末外，我下午从不到这儿来。）还说在垃圾箱里发现了一个威士忌酒瓶。

我对那个按摩师的有关传说深表怀疑。看到马利先生一生中的传奇故事是怎样被编造出来的，让我感到不适。

随着便条的内容变得越来越恶毒，我们也就不再见面了。有一两次我走进大厅时，看见他那穿着厚运动衫的驼背消失了。我们的关系渐渐变成了某种完全是幻想的东西。他写便条指责我跟"五号"里的人过往密切。这是附近的一家咖啡馆，我想他提及它是为了含沙射影。我觉得今后不会再发生什么了；便条肯定会继续写下去，而内容也一定会越来越荒诞，所以对我来说也就会越来越不起作用。

在一个星期天的上午,大约十一点钟,他来敲我的房门。我刚进办公室,脱下外套,把水壶放到电炉上。

这回出现在眼前的是另一张面孔,一张冷漠而变了形的面孔,由于抓到了犯罪证据,它欣喜得露出了阴森森的冷光。

"我不知道你是否愿意跟我到大厅来一下。"他激动地说。

我跟着他去了。盥洗室里的灯亮着。这是专供我一人使用的盥洗室,但他从没给过我钥匙,所以盥洗室的门总是开着。他在门前停住,推开房门,低垂着眼,站在那里,谨慎地呼着气。

"你看,这是谁干的?"他问,声音听上去充满了悲痛。

抽水马桶上和洗手盆上的墙面都涂满了画和点评,就是你在海滩的公厕和日趋败落的小城镇的市镇厅厕所里常常见到的那一类东西,而我就是在那种小城镇里长大的。跟我们通常看到的一样,它们都是用口红完成的。我认为头天晚上准有人来过这里,很可能是那些星期六晚上总到闹市区游荡闲逛的流氓干的。

"这扇门早就应当上锁的,"我冷静而镇定地说,好像这样就可以使自己置身事外,"真是一团糟。"

"说得对。依我看,这可全是些不堪入目的脏话。对你的朋友来说这也许只是个玩笑,对我可不是。更别提那些画作了,一大早,打开房门一眼就能看到这些玩意儿真好。"

我说:"我相信口红是可以被洗刷掉的。"

"我真庆幸没让我太太看见这样的东西。可别让一个有良好教养的女人为这些东西心神不宁。现在你干吗不让你的朋友们拿着水桶和刷子上这儿来举行一次聚会呢？我倒真想见识一下有这种幽默感的人。"

我转身离开，他吃力地赶到我的前头。

"在我家墙上怎么会出现这样的装饰品，这还不是明摆着的事。"

"你要是指这件事跟我有关，"我用极不耐烦的口吻直截了当地说，"那你一定是疯了。"

"那么这些东西又是从哪儿来的呢？这是谁的厕所？呃，谁的？"

"这厕所根本就没有钥匙，谁都能进来。说不定昨晚我回家以后，邻街的孩子来这里干的，我怎么知道？"

"真是丢人啊，把什么事都推到孩子们身上，分明是大人腐蚀了他们。你该好好反省一下这件事。有法律在嘛，禁止淫秽的言语及行为的法律。我想它同样适用于此类事件和文学领域。"

我迄今还记得，为了控制住自己，我第一次有意识地深呼吸了。我真想杀了他。我还记得他的脸看上去是多么松弛和恶心，他的眼睛都快合上了，鼻孔张得大大的，只因嗅到了得理不饶人和胜利的宜人气息。如果没有发生这件蠢事，他本来输定了。可是他大获全胜。即使在这凯旋一刻，他可能还是从我脸上看出了某种使他气馁的东西，所以向墙边退了过去，开始说什么他实际上并不真的认为这类事是我本人干的，多半是我的一些朋友——我走进自己的房间，甩上了房门。

茶壶正发出可怕的声响，壶里的水都快煮干了。我把它从炉子上抢下来,拔掉电炉的插座。我在那里站了一会儿,愤怒到几乎窒息。等到这阵痉挛过去,我做了我必须做的事情。我把打字机和稿纸放到椅子上,收起折叠桌。我使劲拧紧速溶咖啡罐盖,把它和黄茶缸还有茶匙一起塞进我把它们装来的袋子里,那袋子还折叠着放在书架上。我幼稚地想报复那盆植物,它就放在我房间的角落里,摆在那里的还有那把花哨的茶壶、废纸篓、靠垫,以及——我都忘了——一个小小的塑料卷笔刀,搁在那盆植物的后面。

就在我拿着东西朝汽车走去时,马利太太走了过来。自从我们第一次见面以来,我很少见到她。她看上去似乎并不怎么心烦意乱,反倒显得温顺而通情达理。

"他躺下了,"她说,"他有点反常。"

她拿着里面装有咖啡罐和茶缸的那个口袋,显得这样镇静,我的怒气渐散,被一种有趣的沮丧心情所取代。

我尚未找到另一间办公室。我打算过一阵子再试试,眼下就算了。至少得等到我脑海里那幅清晰的画面消退后再说,尽管我实际上从没见到过这样的画面:马利先生手拿抹布和刷子,拎着一桶肥皂水,正在笨手笨脚地——故意装得笨手笨脚地洗刷着厕所的墙面,他费力地屈着背,懊恼地喘着气,心里还在编造着另一个不知为何永远无法圆满的关于背信弃义的荒唐故事。与此同时,我在这里遣词造句,认为摆脱他是我的权利。

## 一盎司良药

我父母从不喝酒。他们对此并不热衷。事实上我还记得,当七年级的我和班上那些一时间被严重洗脑的同学一起签下滴酒不沾的誓约时,妈妈说:"你们只是头脑发热跟着胡闹,那个年纪的小屁孩知道什么。"天气炎热时,爸爸会喝上一杯啤酒,但妈妈从不陪他一起喝,而且——不知是碰巧还是有意——爸爸的这杯啤酒一直是在屋外喝的。我们在这个小镇上认识的大多数人在这方面都和我们一样。我不该说这就是麻烦的根源,因为我所遭遇的麻烦都忠实地反映了我那狭隘的天性——正是由于我的这种天性,在做母亲的本该感到自豪、有成就感的场合(我的意思是,诸如我第一次出发参加正式的舞会,或是我为直升大学而玩命复习准备),妈妈却用一种忧心忡忡、无比绝望的神情看着我,好像她没法指望我,也不敢奢求我跟其他女孩一样,那些梦寐以求的由女儿斩获的战利品——兰花、好对象、钻戒——会由她朋友的女儿们在适当的时候带回家,却肯定不能指望我。她一心只希望我给她惹的祸不要太大——比如说，跟一个永远无法赚钱养活自己的男孩私奔也好过被人贩子拐骗，沦为用来交易的白奴。

不过无知，妈妈说，无知，或者说得好听点，天真，可不像人们认为的那样，一直都是好事，我可不敢保证它对于你这样的女孩来说是否危险；接着她习惯性地引用一句话来强调她的观点，她引用的话不仅幼稚浮夸，还陈旧到发霉。听到这儿，我甚至没有皱眉，因为我心里非常清楚，这一套肯定对贝里曼先生奇迹般地奏了效。

那应该是四月的一个晚上，我在贝里曼家照看孩子。我已经恋爱一年了，至少是从九月的第一个星期开始的，当时一个名叫马丁·科林伍德的男孩在学校大会上对我露出了一个惊讶、赞赏并且不祥的殷勤笑容。我一直没明白我哪儿让他惊艳了；展现在他眼前的只是一个原原本本的我；穿着一件旧衬衫，自己在家烫的头发已不成样子。几个星期后，他第一次约我出去，还在走廊的暗处吻了我——还有，我应该交代一下，他吻的是我的嘴。我可以肯定地说这是第一次有人正式亲吻我，而且我还记得当天晚上和第二天早上我都没洗脸，只想留住那一吻的印记。（正如你将看到的那样，在这段感情中，我一直表现平平，痛苦万分。）两个月后，在经历了恋爱的几个阶段后，他抛弃了我。他爱上了在圣诞剧《傲慢与偏见》中跟他演对手戏的女孩。

我说我再也不要和那部剧有任何瓜葛，于是找来另一个女生替我负责给剧组化妆。不过当然我最终还是去看了那场戏，和闺蜜乔伊斯一起在前排就座。在看到身穿白色马裤和丝绸马甲、留着络腮胡子的达西先生时，我心里既难过又高兴，就在这时，乔伊斯握住了我的手。毫无疑问，看见马丁扮演的达西先生使我彻底败下阵来。不管怎样，哪有少女不为达西倾心，再加上这个角色使马丁在我眼里又多了一份傲慢和男性魅力，叫我一时难以记起他只是一个高三学生，长得还过得去，智商不过一般（除此之外，由于偏好戏剧俱乐部和学生乐队，名声也有点不好），只是碰巧成了第一个拿得出手又对我有意思的男孩。在戏的最后一幕，他们给了他一个机会拥抱伊丽莎白（玛丽·毕晓普，脸色蜡黄，身材也不好，唯有一双灵动的大眼睛算得上漂亮），当他们俩真的抱在一起时，我把指甲狠狠抠进乔伊斯出于同情紧握着我的手掌心里。

从那晚起，我经历了数月的痛苦，这痛苦实实在在，也多少是我自找的。为什么人在提起这种事情时，会忍不住轻描淡写、冷嘲热讽，甚至惊讶于自己年少轻狂时曾经卷入如此荒谬的情感呢？这就是我们在谈及爱情时通常会做的。当然，在谈起少年时代的爱情时，这几乎必不可少，你一定认为我们会在百无聊赖的午后闲坐着回忆点点滴滴的痛苦往事来自娱自乐。不过，说实话，回忆起我做的那些愚蠢、可悲并多少有些难为情的事，也就是热恋中的人们经常会做的那些事，我的心情并没有变好。更糟糕的是，我也没有为此感到惊讶。我徘徊在他可能现身的地方，然后装作没看见他；谈话时，我采取可笑的迂回战术，只为了不经意间提及他的名字时那略带伤痛的快感。我没完没了地做着白日梦。事实上，假如计算一下，我想念马丁·科林伍德——

对，为他憔悴，为他落泪——的时间可能是我和他在一起时间的十倍；对他的念想占据着我的心，片刻不停，然后让我身不由己。假如我一开始夸大了自己的情绪，那么现在我真想摆脱这些情绪。那些做过无数遍的白日梦已经变得令人沮丧，甚至再也起不到暂时安抚心情的作用。做数学题时，我清晰地回忆起马丁亲吻我脖子的情景，相当机械而无助地折磨着自己。一切回忆都历历在目。一天晚上，我一时冲动想吞下浴室橱柜里所有的阿司匹林，不过只吞了六片就停下了。

妈妈察觉出事情有些异样，给我找来一些补铁药。她说："你确定学校里一切还好吗？"学校！当我告诉她马丁和我已经分手的时候，她只说了一句："这再好不过了。我从没见过那么自负的男孩。""马丁的傲气足以击沉一艘军舰。"我闷闷不乐地说，接着就上楼哭去了。

我去贝里曼家的那晚正值星期六。我经常星期六晚上去他们家照看孩子，因为他们喜欢在星期六晚上开车去约二十英里外的贝利维尔镇，一个更大、更热闹的镇，或许是去吃顿晚饭、看场演出。他们仅在我们镇上生活了两三年——贝里曼先生作为新建造门厂的经理被调到这里——而且一直处在小镇社交生活的边缘，我猜这种生活方式是他们自己的选择；他们的朋友多数是跟他们一样的年轻夫妇，外地人，住在镇外山上新建的农庄式别墅里，我们以前常去那儿滑雪橇。这个星期六晚上，他们邀请了另外两对夫妇到家里喝酒，然后再一起开车去贝利维尔镇参加一家夜总会的开业庆典；他们都显得十分欢乐。我坐在厨房里，假装在做拉丁文功课。前一天晚上我们中学刚举办过春季舞会。我没有参加，因为只有一个男生约我，而且这个男生还是米勒德·克朗普森，他约过太多女生了，以至于大家怀疑他是按照字母顺序来约全班女生的。不过舞会举办地点是阿莫里酒吧，离我家只有半个街区；我看得见穿着暗色西装的男生和裹在大衣里、身着长长的浅色晚礼服的女生们神情肃穆地走在街灯下，绕过地面上最后的片片残雪。我甚至听得见舞会的音乐，直到今天，我都没有忘记他们放的曲子是《芭蕾舞女》，还有——啊，我的伤心之曲——《开往中国的慢船》。今天早上，乔伊斯给我打电话，压低嗓音小声告诉我（仿佛我们正在谈论的是我患的不治之症），对的，昨天晚上M.C.（马丁·科林伍德）是和M.B.（玛丽·毕晓普）一起去的，她穿的那件晚礼服一定是用别人的旧蕾丝桌布做的，因为它松垮垮地垂在那里。

贝里曼夫妇和他们的朋友们走后，我走进客厅去看杂志。我沮丧至极。宽敞的房间，柔和的灯光，再配上绿色和叶褐色色调，如舞台背景一般，成了情绪演变的绝佳背景。在家的时候，我的情感生活还算顺利，毕竟我总埋首在成堆的织补熨烫工作、孩子们玩的拼图游戏和石头收藏中。我们家人来人往，是总会在楼梯上互相撞到的那种家庭，还会在收音机上收听曲棍球比赛和超人故事。

我站起身来，找出贝里曼夫妇的《死亡之舞》唱片，放进唱片机，并关掉客厅里的灯。窗帘只拉上了一部分。街灯斜照在窗玻璃上，映出一片薄尘般的金色矩形光晕，透过这片光晕，可以看见光秃的枝丫随猛烈而馥郁的春风摇曳的影子。这个夜晚，天气温暖，漆黑一片，残雪正在渐渐消融。一年前，这一切——音乐、风、黑夜、树枝的影子——会带给我莫大的幸福感；而如今，幸福不再，这一切只会勾起那些熟悉到乏味并多少有些丢脸的个人忧思，于是我放弃了，只当灵魂已死，走进厨房，决定一醉方休。

不，不是那样的。我走进厨房，只是想从冰箱里找瓶可乐什么的，却发现前方的台面上摆着三只漂亮、高大的酒瓶，都装着满满半瓶金色液体。甚至就在我看到它们并把它们掂起来感受分量时，也没有做出要酩酊大醉的决定；我只想喝点东西。

接着，我的无知、我那灾难性的天真开始作祟了。我的确见过贝里曼夫妇和他们的朋友们喝起高杯酒来如同我喝可乐一般随意的样子，却从没对此向往过。不。我一直认为烈酒不是喝来应付极端严峻的局面，就是为了获得荒唐放纵的效果，不论这效果具体如何。如同喝下巫婆透明药水的小人鱼那样，我喝酒的方式再随意不过。我瞥了一眼水槽上方漆黑的窗玻璃上映出的自己那张呆板的脸，然后一脸庄重地从每个酒瓶里倒出一点威士忌（现在想来那是两个牌子的黑麦威士忌和一种昂贵的苏格兰威士忌），直到把酒杯斟满。我这么做是因为我这辈子还没看过别人是怎么斟酒的，也全然不知人们经常在酒里掺兑水和苏打等等，加上我在穿过客厅时看到贝里曼家客人们端着的酒杯差不多都是满的。

我把酒尽快喝光，然后放下酒杯，站着看自己映在窗玻璃中的面庞，真有点希望它会变样。但除了喉咙火辣辣的，我没有感觉到丝毫不同。真是让人失望至极，亏得我还费了那么大力气。但我不会就此罢手。我又倒了满满一杯，然后往每个酒瓶里加水，加到差不多刚进来时看到的高度。跟第一杯酒相比，喝第二杯时我只放缓了一点点。也许是感到脑袋里开始嗡嗡作响，我小心翼翼地把空酒杯放到台面上，走进客厅，在一张椅子上坐下。我伸手打开椅子旁边的一盏落地灯，然后感觉整个房间朝我扑了过来。

当我说我盼望着取得荒唐放纵的效果时，可没料到会发生这种情况。我原以为情绪会大幅度变化，我会突然感到一阵欢乐和放纵，一种无法无天和逃脱一切束缚的感觉，伴随着一点眩晕，或许还有放声大笑的冲动。可我从没想过天花板会像别人朝我扔来的巨大盘子一样旋转不停，也没料到浅绿色的椅子会幻化成一团难以名状的东西，膨胀、交融、分崩离析，和我玩一场游戏，饱含没有意义也没有生命力的巨大恶意。我的头昏昏沉沉；于是我闭上眼睛。可紧接着我又睁开眼，睁得大大的，猛一抽身从椅子上站起，穿过走道，赶到了贝里曼家的卫生间。谢天谢地，谢天谢地！我吐得一塌糊涂，遍地都是，然后像石头一般重重倒地。

自这一刻起，我对后来发生的事情再也没有连贯的印象；接下来一两个小时的记忆被拆分成了一块块生动却不可思议的碎片，其间只有黑暗和不确定。我倒是记得自己躺在卫生间的地板上，侧过脸看那些排列得漂亮整齐的六边形白色小瓷砖，由于刚刚被呕吐折磨得快散架了，能有片刻的正常神志，我不禁心怀感激。然后，我还记得自己坐在走道电话机前的高脚凳上，有气无力地拨通乔伊斯家的电话号码。乔伊斯不在家。她的妈妈（一个相当愚笨的女人，她似乎并没有察觉到事情有什么不对劲——为此我习惯性地对她抱有一丝感激）告诉我她正在凯·斯特林格家。我不知道凯的电话号码，于是我直接问了电话接线员，我感觉自己不能再冒险低下头去看电话簿了。

凯·斯特林格不是我的朋友，但她是乔伊斯新交的朋友。她因她不羁的生活方式和头发而小有名气。她那一袭长发的颜色虽然是天生的，却非常奇怪，从头顶的皂黄色渐变至发梢焦糖般的棕色。她认识很多比马丁·科林伍德带劲得多的男孩，多是辍学的和入选镇曲棍球队打比赛的男孩。她和乔伊斯乘着这些男孩的车四处兜风，有时还和他们一起——当然是对妈妈们撒了谎——去镇北高速公路上的盖拉歌舞厅玩。

我让乔伊斯接电话。她很激动，有男孩在她总是这样，而且她似乎根本没有听懂我在说什么。

"噢，今晚不行，"她说，"这儿来了群小朋友。我们正准备打牌呢。你认识比尔·克兰吗？他也在。罗斯·阿穆尔——"

"我吐了，"我努力把话说清楚，却沙哑得不成人声，"我喝醉了，乔伊斯！"然后我就从凳子上摔了下来，话筒从我手里摔了出去，令人沮丧地跟墙壁来回碰撞了好一阵子。

我没有告诉乔伊斯我在哪里，所以她想了一会儿后给我妈打了电话，用小姑娘们都爱用的诡计，颇费了一番周折，才从我妈口中套出话来，但这其实根本没有必要。她和凯，还有男孩们——总共有三个男孩——对凯的母亲编了个谎，说是要去什么地方，然后钻进车里，开车出发。他们到时发现我还躺在走道的宽幅地毯上。我又吐了，而这次我没能赶到卫生间。

事实证明，碰巧来到事故现场的凯·斯特林格正是我所需要的人。她对危机情有独钟，尤其是这种见不得人、丢人现眼、必须对大人保密的危机。她变得兴奋、强势、高效，那种人们称之为狂放的活力其实仅仅是伟大女性本能的泛滥：渴望管理、安抚和掌控一切。我可以听见她的声音从四面八方向我传来，告诉我不要担心，让乔伊斯找出家里最大的咖啡壶给我煮上满满一壶咖啡（浓咖啡，她说），还让男孩们把我抬到沙发上去。稍后，在我意识模糊、动弹不得之际，她又叫人拿来一把硬毛刷。

接下来我躺在沙发上，身上盖着他们从卧室找来的钩织薄毯。我头也不想抬。房子里满溢着咖啡的香气。乔伊斯走进来，面色异常苍白。她说贝里曼家的小孩醒了，不过她给了他们饼干，让他们回去睡觉，所以没事了，她没让他们走出房间，相信他们不会记得。她说她跟凯已经把卫生间和走道打扫干净，不过她担心地毯上还有一块污迹。咖啡煮好了。我对这一切都不太明白。男孩们打开了收音机，正在翻看贝里曼家收藏的唱片；他们把唱片全都摊在地上。我觉得这样做有点不对，却想不明白哪里不对。

凯用一只巨大的早餐马克杯给我端来满满一杯咖啡。

"我不知道我喝不喝得下去,"我说,"谢谢。"

"坐起来。"她轻快地说,好像她每天都跟醉汉打交道似的,我也不必以为自己有多么重要。(多年以后,在产科病房,我又听见并认出了她那种说话口吻。)"来,喝。"她说。我喝了一口,就在这时我突然意识到自己只穿了一条衬裙。乔伊斯和凯帮我脱掉了衬衫和裙子。她们把裙子刷干净,又把衬衫彻底洗净,因为衬衫是尼龙布做的,这会儿正挂在卫生间里晾着。我把薄毯拉到腋下,凯忍不住笑了。她给每个人都倒了咖啡。乔伊斯把咖啡壶端了进来,按照凯的指示,我一喝掉就要不停地给我添咖啡。有人跟我打趣说:"你一定超级想把自己灌醉。"

"没有,"我一边听话地喝着咖啡,一边闷闷不乐地说,"我只喝了两杯。"

凯笑了起来:"我想说的是,可它的确把你给灌醉了。你预计他们什么时候回来?"她说。

"很晚,我想一点以后吧。"

"到那时你应该也没事了。再喝点咖啡吧。"

凯和其中的一个男孩开始跟随收音机里的音乐跳起舞来。凯的舞姿十分性感,但脸上仍旧是扶我起来喝咖啡时那副略带优越感、宽容、相当冷漠的表情。那个男孩正对她低声耳语,而她则微笑着,连连摇头。乔伊斯说她饿了,走去厨房看看有什么吃的,像薯条或薄脆饼干之类偷吃一点也不会太明显的食物。比尔·克兰走过来,在我旁边的沙发上坐下,隔着钩织薄毯拍了拍我的腿。他什么也没对我说,只是拍我的腿,带着一副在我看来十分愚蠢，还有些恶心、荒唐和骇人的表情看着我。我感到非常不舒服。就凭比尔·克兰脸上那副表情，我不明白为什么人们都说他长得很帅。我紧张地挪了挪腿，他不屑地看了我一眼，仍然不停地拍我。于是我爬下沙发，用薄毯裹住身子，想去卫生间看看衬衫干了没。刚开始走路时我趔趄了一下，然后出于某种原因——可能是想让比尔·克兰知道他并没有吓到我——我立马夸大了动作，大喊："看我走直线！"在大家的一片哄笑中，我一路蹒跚、跌跌撞撞地走向过道。就在我走到客厅和过道之间的拱门时，前门的门把手转动了一下，发出一声极其轻微却真切的咔嗒声，接着我身后的一切都安静了下来，当然收音机除外。这时，那条钩织薄毯在它自身的某种微妙恶意的驱使之下，突然滑落到我的脚上，而那里——啊，这简直是一出安排精妙的闹剧中的精彩时刻！那里站着贝里曼先生和夫人，两人脸上的表情都十分符合当时的情形，任何一个老派的闹剧导演也不能指望看到更贴切的表情了。他们一定一直在准备着这副表情，一定是这样的，他们不可能在受到惊吓的第一时间里就做出这样一副表情。我们这么吵，他们绝对一下车就听见了，而出于同样的原因，我们却没有听见他们的声音。我想我一直没弄明白他们为什么回来得那么早——头痛，争吵——而当时我也确实没立场问。

贝里曼先生开车送我回家。我记不起自己是怎么坐上那辆车，怎么找到并穿上自己的衣服，也记不清是以怎样的语气向贝里曼夫人说出"晚安"，如果有说过的话。我也不记得我的朋友们后来怎样了,虽然在我的想象之中他们拿起大衣,仓皇逃跑,还习惯性地发出一阵轻蔑的哄笑声,以掩饰逃离时的屈辱。我记得乔伊斯手里拿着一盒薄脆饼干,说我是晚饭吃——我想她说的是德国泡菜——恶心得吐了,才打电话向他们求助的。(后来我问她对于这个说法贝里曼夫妇作何反应时,她说:"根本没用的。你一身酒气。")我记得她还说:"噢,不,我求求您了,贝里曼先生,我妈妈神经十分脆弱,我不知道这种打击会对她造成怎样的伤害。只要您开心,我可以给您跪下,但您可千万别给我妈妈打电话。"她给人下跪的样子我没有印象——再说,她说完可能马上就可以下跪了——所以看来这个威胁也只是说说而已。

贝里曼先生对我说:"好吧,我猜你也知道你今晚的行为性质很严重。"他说话的口气就好像我会被指控过失犯罪或其他更严重的罪名似的。"我要是放任不管就太不像话了。"他说。我想除了对我感到生气和厌恶之外,他一定还担心把这副德行的我送回家,该如何面对我那思想保守的父母,他们始终可以说我是在他家搞到酒的。众多禁酒协会的人会认为单凭这一点他就应该负责,而我们镇上禁酒协会的人满大街都是。从做生意的角度考虑,与镇上居民搞好关系对他而言可是十分重要的。

"我想,这肯定不是头一回了,"他说,"假如是头一回,一个女孩会聪明到往三个酒瓶里兑水吗?不可能。嗯,这次她确实够聪明,但还是没有聪明到足以料到我会发现的地步。你觉得呢?"我张嘴想回答,虽然感觉挺清醒的,却只能发出一声响亮、凄凉的傻笑。他把车停在我家门口。"灯亮着,"他说,"现在进去告诉你父母事情的真相。要是你不说，记住我会的。"他没有提支付我当晚照看孩子工钱的事，而当时我也没想起这件事。

我走进家门，试图直接上楼，可妈妈叫住了我。她来到前厅，虽然我没有开灯，但她一定立马闻到了我身上的酒气，因为她朝我奔来，同时发出一记极为惊讶的叫声，就好像看到了一个马上要摔倒的人，而事实上，就在我招架不住我那难以置信的倒霉劲真的跌向栏杆时，妈妈一把抓住了我的肩膀。于是我把事情的始末原原本本都告诉了她，甚至连马丁·科林伍德的名字和一时冲动吞服阿司匹林的事都没省去，真是失策。

星期一早上妈妈坐公车去贝利维尔，找到那家酒品店，买了一瓶苏格兰威士忌。接着她不得不等回程的公车，还遇到了一些她认识的人，可她却没能把酒瓶好好藏在包里；她还为此生自己的气，怪自己没带个合适的购物袋。她一回来便步行到贝里曼家，连午饭都没顾得上吃。贝里曼先生还没回工厂。妈妈走进去和贝里曼夫妇谈了一次话，她表现得十分出色，让贝里曼夫妇印象深刻。然后贝里曼先生还开车把她送回了家。她以她惯有的率直、冷静的方式和他们讲话，而这总令那些准备好跟一个母亲打交道的人们刮目相看，她还告诉他们尽管我功课似乎还不错，但情感发育极度滞后——或许是畸形的。我猜对我的行为的这套分析尤其能打动贝里曼夫人，她特别爱读儿童教导方面的书籍。她们俩之间的关系也因此迅速升温，升温到我妈竟举出具体事例来说明我的困境所在，毫无防备地将马丁·科林伍德的故事和盘托出。

几天之内，我为了马丁·科林伍德试图自杀的事已传得满城风雨。而这之前，全镇的人都已经知道星期六晚上贝里曼夫妇回到家正好逮住我喝得烂醉如泥、东倒西歪，浑身一丝不挂，只穿了件衬裙，跟三个男孩共处一室，其中一个还是比尔·克兰。妈妈说过我得用照看孩子挣的钱来赔她给贝里曼夫妇赔礼时买的那瓶酒，只是我的雇主们恰如四月残雪般消失得无影无踪，要不是七月一些新搬到镇上、住在街对面的人还没来得及和邻里攀谈就急需保姆的话，恐怕我到现在还赔不了那笔钱。

妈妈还说放任我跟男孩出去约会是一个巨大的错误，所以在我年满十六周岁之前决不允许我再和男孩出去了，到时也要酌情考虑。这根本不是什么实在的煎熬，因为事实上也确实过了那么久才有人愿意约我出去。假如你以为有关我在贝里曼家神奇经历的消息会使我成为小镇及周边地区一切狂欢嬉闹场合的受邀嘉宾的话，那就大错特错了。伴随初次堕落举止而来的非凡知名度似乎使我带上了运气特别差的标记，就好比一个女孩未婚生子，结果还是三胞胎，没人愿意跟她有任何往来。不管怎样，那段时间我是整个中学里电话最安静、名声最坏的女生。我不得不默默忍受着，直到第二年秋天，十年级的一个身材丰满的金发女孩跟一个已婚男人私奔，两个月后又在苏圣玛丽城被人发现跟一个男人——不过不是同一个男人——未婚同居后，大家才忘记我。

不过这次事件倒是产生了一个积极又意外的好结果：我把马丁·科林伍德彻底抛在了脑后。这不仅仅是因为他在第一时间就公开声明他一直认为我是个疯子；凡事只要涉及他，我便顿丧尊严，就在一个月甚至一个星期之前，我那温柔的倾慕之情可以让我忘掉他的这句话。是什么把我带回了现实世界呢？是我所经历的灾难那可怕又迷人的真实感；是事情发生的方式。倒不是说我很享受这个过程；我是个敏感的女孩，所有的曝光令我痛苦不堪。但那个星期六晚上事情进展的方式——正是这个令我着迷；我感觉自己瞥见了人生情节的无耻、绝妙和令人震惊的荒诞性，这些不是虚构的，而是即兴发挥。我对此无法自拔。

当然了，那年六月马丁·科林伍德参加了高级大学入学考试，然后就去城里的一所培养殡仪人员——我想是这么称呼的——的学校修了一门课程，学成回来后就进了他叔叔的殡仪产业。我们住在同一个镇上，对彼此的情况大多都有所耳闻，但我想这么多年来，除了远远地看上一眼外，我们没有面对面过，也没有看到过彼此。我参加过他新婚妻子的送礼会，但那会儿大家都会参加彼此的送礼会。不，我认为我们真正意义上的再次相见是在我婚后数年回老家参加的一个亲戚的葬礼上。就在那时，我看见了他，虽然已经不是当年风流倜傥的达西先生，但一身黑色正装的他依然十分英俊。我看见他正看向我，脸上的表情近似于一抹似曾相识的微笑，是当时的场合所允许的最接近微笑的表情。我知道他一定是突然回忆起了我对他的痴情或是我那早已尘封的小灾难，并为此感到意外。我对他报以一个温柔却不解的眼神，现在的我已经是一个成熟女人了，就让他慢慢挖出他自己的灾难吧。

## 死亡时刻

事后，他们的妈妈利昂娜·帕里在沙发上拥被而卧，尽管厨房里已经燥热不堪，女人们还是一个劲儿地往炉子里添柴，而且没人把灯打开。利昂娜喝了点茶，拒绝吃饭，开始以一种唠叨不停但尚未歇斯底里的口吻说起话来：我几乎没怎么离开过这屋子，我离开都不到二十分钟——

（至少有四十五分钟呢，埃莉·麦吉暗想，但她没有说出来，这不是时候。可她记得很清楚，因为当时有三部她很想听的广播剧，她每天都听，今天却连一半都没听成。那时利昂娜正在她的厨房里没完没了地说帕特里夏的事。利昂娜在用埃莉的缝纫机给帕特里夏做一身牛仔女装。她飞速转动着机器，不是把线放回去而是径直把线拉出来拽断，哪怕埃莉拜托过她不要那样做，那样很容易把针给弄断。帕特里夏要在那晚山谷里举办的音乐会上穿戴这副行头，她要演唱西部歌曲。帕特里夏和"梅特兰山谷艺人组"一起演唱，他们在全国各地巡回演出，举办音乐会，给舞蹈伴奏。帕特里夏被称为"梅特兰山谷的小甜心""金发宝贝""有着嘹亮歌喉的微型小家伙"。她有一副嘹亮的歌喉，对她这般单薄的孩子而言几乎算得上惊人的了。从她三岁起，利昂娜就鼓励她当众唱歌。

从没怯过一次场，利昂娜边说，边向前探着身子猛踩踏板，在这孩子看来，登台表演是很自然的事。利昂娜的和服式晨衣滑下来，露出精瘦的胸部，她干瘪的乳房在灰粉色的睡裙里起伏着，上面粗大的青筋毕露。这孩子不在乎，就算是英国国王在观看，她也会站起来唱她的歌，唱完了，再坐下，她就这样。她甚至还有一个符合歌手身份的响亮名字呢，帕特里夏·帕里，听着可不就像刚刚在广播里播报过吗？再来就是那头天生的金发了。虽然她这辈子每天晚上都得让我用布条给她卷头发，可真正天然的金发可比自然卷要少见得多。它还从不变黑。我们家族遗传的天生金发从不变黑。我和你提过的那个表妹，就是一九三六年当选圣凯瑟琳小姐的那个，她就是这样，还有我已故的姨妈……)

埃莉·麦吉没有说话，利昂娜喘了口气，突然接着说道：二十分钟。我出门前对她说的最后一句话就是：你得留神孩子们！她都九岁了，不是吗？我正打算跑到路对面去缝完这套行头，你留神孩子们！我出了门，下了台阶，走到花园尽头，就在我从大门上取下挂钩的那一刻，什么东西阻止了我，我心想，出事了！出什么事了，我对自己说。我站在那儿，回头看看花园，只看见一些玉米秆子和冻白菜立在那里，我们今年压根儿没来得及收割它们，我把马路看了个来回，只看见芒迪的老猎狗躺在自家的门前，路上没有往来的汽车，连院子里都空空荡荡，我猜是天太冷了，孩子们也不出来玩。我又想，老天爷啊，说不定是我把日子搞错了，现在不是星期六早晨，是什么我忘了的特殊日子吧。接着我想这一切可能都是因为雪之将至，从空气中我能感受到雪的气息，你知道那会儿有多冷，路上的水洼全都结了冰又裂成碎片，可没下雪，没下，还没有下雪呢。于是我穿过马路，朝麦吉家跑去，上了前门台阶，埃莉问，利昂娜，出什么事了，你看起来这么苍白，她说……

这些话埃莉·麦吉也听在耳里，但一言不发，因为眼下可不是那种较真的时候。利昂娜越说声音越高，现在她随时都可能崩溃，开始尖叫：别让那孩子靠近我，别让我看见她，就是别让她靠近我。

厨房里的女人们便会蜂拥而至，围住沙发，她们庞大的身躯在半明半暗中模糊不清，她们的面孔隐隐呈现出苍白和沉重，挂着哀恸与同情的仪式性假面。现在躺下吧，她们会以一种礼节性的安慰口吻说道。躺下吧，利昂娜，她没在这儿，没事了。

救世军里的一个姑娘会以她温柔沉稳的声音说，你必须原谅她，帕里太太，她只是个孩子。有时，救世军姑娘则会说：那是上帝的旨意，我们不明白。另一位救世军妇女，年纪长些，脸色油光蜡黄，嗓音几乎像男人一般粗壮。她说：在天堂的花园里，孩子们像花朵一样盛开着。上帝需要给他的花园再添一朵小花，于是他挑中了你的孩子。姐妹啊，你应当感谢上帝，并且感到喜悦。

这些女人说话时,其他人不自在地听着;她们的脸在听到这些话时显露出一副尴尬又稚气的严肃表情。她们泡茶,把别人送来的和她们自己做的馅饼、水果蛋糕和司康饼摆上桌。没人吃东西,因为利昂娜不肯吃。除了那两个来自救世军的女人,许多女人都哭了。埃莉·麦吉掉着泪。她体态敦实,面容平和,胸部丰满;她无儿无女。利昂娜在被单下曲起膝盖,边哭边来回摇晃,低下头后又向后仰倒(她们中的一些人,略带歉疚地注意到她脖子上有一道道的污垢)。然后她渐渐平静,用近似惊讶的口气说:这孩子可是我喂奶喂到十个月大的。他还这么乖,你从来不会注意到他在屋子里。我总说,他是我养过的最好的孩子。

在黑暗、过于燥热的厨房里,利昂娜在她们充满母性的肉体上感受到了悲恸的庄严,在不梳洗、不讨喜又落寞的利昂娜面前,她们是谦逊和恭顺的。当男人们进屋时——孩子的父亲、一个表亲和一个邻居,带着一捆木料或是羞愧地来讨东西吃——他们立即感受到有什么把他们拒之门外,并指责着他们。他们走出屋子,跟别的男人说:唉,她们还在难过呢。孩子的父亲略有醉意,一副寻滋挑衅的样子,他觉得自己在被人期待着什么,却并不能做到,他说,这不公平,唉,这对本尼没有任何好处,她们会把眼珠子都哭出来的。

乔治和艾琳始终在玩剪纸游戏,他们在商品目录上剪东西。他们从商品目录上剪了一家人,妈妈、爸爸和孩子们,也给这家人剪衣裳。帕特里夏在看着他们剪,她说,看你们这些孩子剪的！瞧瞧这些白边！你们打算怎么把这些衣服给他们穿上，她说，你们连折叠的地方都没有剪。她接过剪子来，剪得整整齐齐，一点白边都不剩。她苍白精明的小脸向一边歪着，嘴唇抿在一起。她做起事来像个大人似的，不会装腔作势。尽管长大后她要当歌星，或许要在电台唱歌或是给电影配曲，可她从来不摆歌星的架子。她喜欢看电影期刊，还有印有服装和房间内饰图片的杂志；她喜欢透过窗户往上城区的一些宅子里窥探。

本尼想爬上沙发。他去抓商品目录，于是手上挨了艾琳的打。他开始呜咽。帕特里夏毫不费劲地把他拽了起来，抱到窗户边。她让他站在一张椅子上向外张望，对他说，汪汪，本尼，看汪汪——那是芒迪家的狗，那狗站起来抖抖身子，沿着街跑远了。

汪汪，本尼试探性地叫道，同时压低双手，身体靠向窗户，要看狗狗上哪儿去了。本尼十八个月大了，唯一会说的字眼就是"汪汪"和"布拉姆"。布拉姆是这条路上偶尔会出现的磨剪刀人，布兰登才是他的名字。本尼记住了他，他一来，本尼便会跑到外面去迎接。其他只有十三四个月大的小孩子都比本尼知道的词汇多，而且会做些别的动作，如挥手再见和拍手，大多看上去也更加伶俐讨喜。本尼细长瘦削，皮包骨，脸长得跟他父亲一样——苍白、文弱、无精打采；就缺一顶脏兮兮的鸭舌帽了。但他挺乖的，他会站在窗前，一站就是几个钟头，望着窗外，嘟哝着"汪汪，汪汪"，一会儿用低沉的疑问语气，一会儿又轻柔地哼哼，手由上至下抚过窗玻璃。虽然他已经挺高了，可他喜欢你把他像小婴儿一般抱起来搂住。他会躺着，仰视着你微笑，带着一丝怯懦或不安。帕特里夏知道他蠢笨，她厌恶蠢笨的事物。他是她唯一不厌恶的蠢家伙。她会为他擤鼻涕，手法熟练，且不带感情，她还会试着让他开口说话，跟着她咿呀学语，她会凑低自己的脸，朝他靠拢过去，急切地说，嗨，本尼，嗨，而他会看向她，缓慢地露出一抹困惑的笑意。这样的情景叫她生出一种情绪，一种忧伤、疲惫的情绪，于是她会走开，将他留下，去看一本电影杂志。

早餐她只喝了一杯茶，吃了点小圆糖面包，现在她饿了。她在厨房餐桌上的脏碟子、一摊摊牛奶和粥糊里翻来找去，捡起一个小圆面包，但它已被牛奶浸透，她又把它扔了回去。

这地方臭气熏天，她说。艾琳和乔治没有一点反应。她踢了踢干结在亚麻地毡上的粥痂。看看那个，她说。看看那个！这儿为什么总是一团糟？她漫不经心地走来走去，踢踢这儿，踢踢那儿。接着，她从水槽下面拿出了一个清洁桶和一把长柄勺，开始从炉灶的储水池里舀水。

我要把这儿打扫干净，她说。这儿从不像别人家那样被清洁过。我要做的第一件事就是擦地板，你们这些孩子得帮我……

她把水桶放到炉子上。

那水本来就是热的。艾琳说。

不够热，要滚烫才行，我见过麦吉太太擦她家的地板。

他们整晚都在麦吉太太家。救护车赶到之后，他们就一直待在那儿。他们看到利昂娜和麦吉太太以及其他的邻居开始给本尼脱衣服，看上去他的一部分皮肤也被拉扯了下来，本尼出了点动静，那声音不像是哭，更像是小狗的后半截被车碾碎后发出的声音，只不过更痛楚更大声罢了——但是麦吉太太看到了他们，她冲他们大喊，离开，离开这儿！到我家去，她大叫道。救护车把本尼带去医院后，麦吉太太过来告诉他们，本尼得在医院住一阵子，他们要住在她家。她给了他们花生酱面包和草莓果酱面包。

他们睡的床上有羽绒被和熨平的床单；毛毯暗淡柔软，闻起来有点樟脑球的味道。最上面还有一床"圣诞星"①的被子，他们之所以知道那叫什么，是因为当他们准备上床时，帕特里夏说，天哪，多漂亮的被子！麦吉太太看起来很惊讶，心烦意乱地说，哦，是的，那是"圣诞星"。

在麦吉太太家里，帕特里夏很有礼貌。虽然这儿不像上城区的某些住宅那样考究，可外侧有仿砖石的墙面，里面有纯装饰性的壁炉，篮筐里还种着蕨类植物，这可跟公路边的其他房子不一样。麦吉先生也不像其他人一样在工厂里干活，而是在一家商店里工作。

乔治和艾琳在这栋房子里感到十分羞怯恐慌，以至于有人跟他们搭话时，他们都不知如何作答。

他们都醒得很早，平躺着，在新床单上辗转难安，看着房间渐渐亮了起来。这个房间里挂了淡紫色丝质窗帘和软百叶窗，墙纸上印着淡紫色和黄色的玫瑰。这是间客房，帕特里夏说道，我

---

① 《圣经·新约·马太福音》所载耶稣诞生时出现在伯利恒上空之星。

113

们住在客房里呢。

我得尿尿了。乔治说。

我来告诉你卫生间在哪儿。帕特里夏说,就在过道尽头。

可乔治怎么也不愿走过去上卫生间。他不喜欢这么做。帕特里夏试图强迫他去,可他不肯。

看看床底下有没有尿盆。艾琳说。

他们这儿有卫生间就不会有尿盆。帕特里夏生气地说。他们要个臭烘烘的旧尿盆干什么?

乔治执拗地说他就是不要去上卫生间。

帕特里夏起来,蹑手蹑脚地走到梳妆台边,拿了个大花瓶。乔治尿完后,她非常小心地打开窗户,几乎没有发出一点声响,倒空了花瓶,并用艾琳的内裤把它擦干。

现在,她说,你们这些孩子闭嘴安静躺着。别大声说话,小声嘀咕就行了。

乔治小声地问,本尼还在医院里吗?

是的,他在。帕特里夏简短地回答。

他要死了吗?

我告诉你一百次了,不会的。

他会死吗?

不会!他就是皮肤被烫伤了,里面又没被烫伤。他不会因为皮肤被烫坏一点就死掉不是吗?别这么大声讲话。

艾琳开始把头埋进枕头里。

你怎么了?帕特里夏说。

他哭得太可怕了。艾琳说，脸藏在枕头里。

当然挺痛的，所以他才哭。他们一把他带到医院，就会给他点东西止痛。

你怎么知道？乔治说。

我就是知道。

他们安静了片刻，接着帕特里夏说，我这辈子从没听说过谁会因为皮肤烫伤而死掉。你全身的皮肤都烫坏了也没事，只不过再长一层罢了。艾琳别哭了，不然我揍你了。

帕特里夏纹丝不动地躺着，仰头盯着天花板，麦吉太太家客房里的淡紫色丝质窗帘映着她那轮廓分明的苍白的侧影。

早餐时，他们吃了玉米片、吐司、果酱和印象中从没尝过的葡萄柚。帕特里夏盯着乔治和艾琳，对他们厉声说："说'请'！说'谢谢'！"她对麦吉夫妇说，真冷啊，今天要是下雪我可不意外，您说呢？

可他们没有回答。麦吉太太的脸浮肿着。早饭后她说，别起来，孩子们，听我说。你们的小弟弟——

艾琳开始大哭，这把乔治也引得哭起来；他一面抽泣，一面得意地对帕特里夏说，他就是这么死的，他就这么死了！帕特里夏一语不发。是她的错，乔治哽咽道，可麦吉太太说，哦，不，哦，不！但帕特里夏呆滞地坐着，神色谨慎而礼貌。她沉默着，直到哭声略略平息，麦吉太太叹息着站起来，开始清理饭桌。然后帕特里夏提出要帮忙洗碟子。

麦吉太太把他们带到市中心买葬礼上穿的新鞋子。帕特里夏不参加葬礼，因为利昂娜说她有生之年不愿再看到帕特里夏，不过帕特里夏也得买新鞋子，唯独落下她会显得不友善。麦吉太太带着他们三个去了鞋店，叫他们坐下，跟店主解释了一番。他们站在一起，严肃地点着头，嘴里嘀嘀咕咕。那个男人让他们脱去鞋袜。乔治和艾琳脱下他们的鞋袜，露出指甲缝里粘满黑泥的脚。帕特里夏悄声告诉麦吉太太她得去趟洗手间，麦吉太太告诉她在哪里，就在商店后头。她到了后面就脱下鞋袜，用凉水和手纸尽可能把双脚擦干净。等她回来时，听见麦吉太太正轻声跟店主说，你该看看我给他们用过的床单。帕特里夏从他们身旁走过，假装没听到。

艾琳和乔治得到了牛津鞋，帕特里夏得到了她自己挑的交叉绑带的鞋。她在矮镜前看看它们。她走来走去地欣赏，直到麦吉太太说，帕特里夏，你现在别太在意鞋子了！你信吗？当他们走出那家商店时，麦吉太太在店主旁边用同样温柔的嗓音说。

葬礼结束后，他们就回了家。女人们已经把家里收拾干净，并把本尼的东西收了起来。葬礼后，他们的父亲因为在后棚喝了太多啤酒而吐了，所以待在了屋外。他们的母亲被扶上了床。她在那儿躺了三天，其间由他们的姑妈料理家务。

利昂娜告诉他们可不能让帕特里夏靠近她的房间。别让她上这儿来，她哭道，我不想见她，我还没忘记我的宝贝儿子！可帕特里夏根本就不想上楼。她对这一切都毫不在乎，她翻看电影杂志，用布条卷头发。就算有谁哭了她也不在意，对她来说好像什么都没有发生过。

"梅特兰山谷艺人组"的经理来看望利昂娜。他告诉她，他们要在罗克兰举行一场大型音乐会和谷仓舞会，他想邀请帕特里夏去那儿演唱，如果出事之后这样的邀请还算合时宜的话。利昂娜说她得考虑一下。她从床上起来，下了楼。帕特里夏正坐在沙发上看一本杂志，头始终低着。

你头发做得不错，利昂娜说。我看你一直在给自己做。给我刷子和梳子！

她对丈夫的姐姐说，什么是生活？你得继续过下去。

她上了趟街买了两首歌的活页乐谱：《愿轮回永不中断》和《众人皆知主之所能》。她让帕特里夏学习这两首歌，帕特里夏在罗克兰的音乐会上演唱了它们。观众席上的人们开始交头接耳，因为他们听说了本尼的事，报纸上登过。他们指认出利昂娜，她盛装出席，坐在舞台边上，低着头在哭。有些观众也哭了起来。帕特里夏没有哭。

十一月的第一个星期（没有下雪，还没有下雪），磨剪刀人推着手推车沿着公路走来。孩子们在院子里玩，他们听见他来了。当他还远远地在路上时，他们就听到他那难懂的吆喝声了，哀伤而凄切，奇怪到如果你不知道他是个磨剪刀的，准会以为那是个在世间游荡的疯子。他穿着同一件脏兮兮的棕色外套，垂着的褶边破烂不堪，他戴着同一顶没顶的毡帽。他这样吆喝着沿路而来，孩子们听到声音后纷纷跑回屋里去取刀子和剪刀，或者跑到路上，兴奋地大喊：老布兰登，老布兰登（那是他的名字）。

接着，在帕里家的院子里，帕特里夏开始嘶喊：我恨那个磨剪刀的老头！我恨他！她尖叫着。我恨那个磨剪刀的老头！我恨他！她嚷嚷着，站在院子里一动不动，脸色煞白，神情委顿。这凄切的喊叫引得利昂娜和邻居们跑了出来，他们把她拖回屋子，可她依旧在叫喊。他们没法让她说出究竟出了什么事，他们猜她一定是为了什么在发疯。她双眼直愣愣的，大张着嘴巴；她那尖尖的小牙齿几乎成了透明的，边上微微腐烂了；这让她看上去像一只雪貂，一只被愤怒或恐惧逼疯了的可怜小动物。他们试图摇醒她，扇她耳光，往她脸上浇冷水；最后只得将大量的威士忌混在一剂镇静糖浆里，逼她喝了下去，并把她送上床。

那可是利昂娜最有出息的孩子呢，邻居们一边往家走一边议论纷纷。那个歌星，他们说，因为现在一切恢复了常态，他们又和从前一样不喜欢利昂娜了。他们阴沉地笑着说，是啊，那个未来的电影明星。她在院子里大喊大叫，你还以为她疯了呢。

这栋房子和其他从来不曾上过涂料的木头房子一样，有着修补过的陡峭屋顶，窄小倾斜的门廊，烟囱中冒出袅袅炊烟，孩子们贴在窗户玻璃上模糊不清的脸。房子后面是一条狭长的土地，有些地方犁耕过了，有些地方则荒废着长出了杂草，到处是石子儿，再后面是松树，不太高。前面是院子，死气沉沉的花园，灰白的公路从镇上延伸而出。下雪了，雪花缓缓飘下，均匀地落在公路、房屋和松树上，起先是大片的雪花，接着是越来越小的雪片，它们落在坚硬的犁沟与田间的石块上，没有消融。

**那天的蝴蝶**

我不记得迈拉·萨伊拉是何时到镇上来的，尽管她在我们班上肯定有两三年了。我想起她毕业那一年，那时她的弟弟吉米·萨伊拉上一年级。吉米·萨伊拉不习惯一个人去洗手间，他得到六年级的门前来找迈拉，然后她会带着他下楼。很多时候，当他不能及时找到迈拉，有纽扣的小棉裤上就会出现一大片深色的污渍。之后迈拉不得不来求老师："请问我可以带我弟弟回家吗？他尿湿裤子了。"

第一次发生这种情况时，迈拉就是这么说的，坐在前排的所有人都听见了——虽然迈拉的声音极为轻柔——一阵压着声的窃笑惊动了班上其他人。我们的老师，一个冷静且温柔的女孩，戴着一副细金边眼镜，如长颈鹿般举止僵硬地表现出牵强的关心，在一张纸上写了些什么拿给迈拉看。迈拉犹疑地重复道："我弟弟出了点意外，拜托了，老师。"

每个人都知道了吉米·萨伊拉的糗事，课间休息时，他也不敢去学校操场（如果他没有像通常那样，因为在学校做一些不该做的事情而被留校的话），那儿有其他低年级的和一些高年级的男孩正等着追赶他，把他围堵到后墙边，用树枝抽打他。他只能跟迈拉待在一起。但是我们学校有两大阵营，男孩一边，女孩一边，据信如果你没有站在你所属的一边，就很容易被抽打。吉米不能站在女孩这一边，迈拉也无法站在男孩那一边，而除非是雨雪天气，否则任何人都不能留在教室里。所以每次课间休息，迈拉和吉米都站在两方阵营居间的小后廊里。或许他们会观看大家打棒球比赛、玩捉人游戏、跳绳，秋天搭建树叶做的屋子，冬天堆砌雪做的城堡；或许他们根本什么都不看。无论何时你碰巧看向他们，他们的脑袋总微微下垂，纤瘦的身板弓着，一动也不动。他们有着细长光滑的鹅蛋脸，一脸忧郁与谨慎，头发黝黑、油腻、闪亮。小男孩的头发挺长，是在自家修剪的，迈拉的则编成粗重的发辫盘于头顶，这让她从远处看起来好像戴了一条对她而言过大的头巾。他们深黑眼珠上的眼睑从未完全睁开；他们总是满脸倦容。但远不止如此。他们就像中世纪画作里的孩子，木刻而出的小身板用以祭祀或巫术，面孔光滑而沧桑，温顺、隐秘地沉默着。

我们学校的大多数老师都已经教学多年，课间休息时，他们会消失于教师办公室，不来打扰我们。可我们自己那位老师，那个戴着易碎金边眼镜的年轻女士，习惯性地在某扇窗户后观望我们，有时会现身，看上去欢快而不安，出来阻止小女孩们之间的打斗，或是让挤作一团玩真心话大冒险的高年级生转而开始一场跑步比赛。一天，她走出来喊道："六年级的女生，我要跟你们谈谈！"她劝诱地微笑着，诚挚又极不自在，露出箍在她牙齿上的精致金丝边。她说："六年级有个叫迈拉·萨伊拉的女生，她是你们同一级的，是不是？"

我们咕哝不语。但格拉迪斯·希利轻声道："是的，达林小姐！"

"嗯，那为什么她从来不和你们一起玩呢？我每天都看到她站在后廊那儿，从来不玩。你们觉得她站在那儿看起来快乐吗？你们想想，如果是你被留在那儿的话，你会很开心吗？"

无人回答；我们面对着达林小姐都很恭敬自制，厌烦于她不切实际的问题。然后格拉迪斯说："迈拉没法出来跟我们一起玩，达林小姐。迈拉得照看她的弟弟！"

"噢，"达林小姐怀疑地说，"那不管怎样，你们应该对她更友好些。你们不这么觉得吗？难道不应该吗？你们会努力对她更好一点的，是不是？我知道你们会的。"可怜的达林小姐！她的鼓动很快便混乱起来，她的劝说变成抱怨和底气不足的恳求。

待她离开后，格拉迪斯·希利柔声学道："你们会努力对她更好一点的，是不是？我知道你们会的！"然后，她将嘴唇向后收，贴住自己的大牙，意兴盎然地嚷道："我不在乎是下雨还是结冰。[①]"她诵完整首词，以华丽地旋开身上的皇家斯图亚特风

---

[①] 出自美国民谣歌曲《塑料耶稣》(*Plastic Jesus*)。

格的苏格兰格呢短裙收尾。希利先生经营一家商店，兼卖干货和女装，他女儿在我们班里的领导地位部分得益于她闪闪亮亮的花格呢短裙、蝉翼纱的女式衬衫和钉有铜纽扣的天鹅绒外套，但也要归功于她提前发育的胸部和蛮横的性格。现在我们所有人都开始模仿达林小姐了。

此前我们不太注意迈拉。但现在，一个新游戏应运而生；开始是这么说的："让我们对迈拉友善一点！"然后我们会以三或四人一组的形式地走向她，打个手势之后一起说"你——好，迈拉，你好，迈——拉"，再接着说些这样的话："你用什么洗头发的呀，迈拉，真是漂亮有光泽，迈——拉。"或是："噢，她用鱼肝油洗头发呀，是吗，迈拉，她用鱼肝油洗的，你闻不出来吗？"

而且说实话，迈拉身上确实有一股味道，但那是像坏水果一样腐烂甜腻的气味。那便是萨伊拉一家的生计，他们开着一家小水果店。她爸爸整天坐在窗边的高脚凳上，他的衬衣敞着，露出大肚皮和肚脐边上几簇黑色毛发。他爱嚼大蒜。但如果你进到店里，是萨伊拉夫人悄无声息地从悬挂在店面后部松垮的印花窗帘处出来接待你。她的黑发做了波浪卷，笑起来丰润的双唇紧闭，嘴唇极力扯向两边，报价时她的声音细微尖锐，看你敢不敢跟她讨价还价，若你不还价，将水果袋子递给你时，她的眼神中就会带着公然的嘲弄。

冬天的一个早晨，我早早地走在学校的上山路上，一个邻居送我一程到了镇上。我住在一座农场里，离镇子约有半英里，我本来不该去镇上的学校,而是应该去附近的一所乡村学校,那儿有六个学生和一位由于更年期而有点精神错乱的老师。但我妈妈是个有野心的女人,她说服了小镇理事们接收我,而我爸爸会支付额外的学费,所以我就进了镇上的学校。我是班上唯一一个带午餐盒的人,唯一一个在高高的空荡荡的芥末色衣帽间里吃花生酱三明治的人,也是唯一一个在春天道路泥泞时穿橡胶靴的人。因此,我常感到有一点危险,但无法确切说明危险是什么。

我看见迈拉和吉米走在我前面的山丘上,他们俩总是很早就去学校——有时太早,以至于不得不在外面等守门人来开门。他们走得很慢,迈拉时不时地半转身过来。我经常像她那样磨蹭,想要同落在自己身后某个重要的女孩一起走,却不敢停下来等。眼下我觉得可能迈拉也在和我做一样的事。我不知道该怎么办。我不能让人看到跟她走在一起,更何况我不想这么做——可是,另一方面,那种由谦卑而满怀期待的转身所带来的恭维感并非让我无动于衷。某个我无法抗拒出演的角色正在形成。一种自觉的行善意识使我无比愉悦,还没等我细想自己在做什么,我叫出了声:"迈拉!嘿,迈拉,等一等,我带了一些焦糖爆米花!"她停了下来,我加快步伐赶上去。

迈拉等着,但她没有看我,她以她见到我们时一贯的内敛而僵硬的姿态等着我。也许她以为我在戏弄她,也许她以为我会跑过去,朝她脸上扔个空爆米花盒子。我打开盒子给她看。她拿了一点。当我把盒子递向吉米的时候,他躲在她外套后面不愿意拿。

"他这是害羞了，"我安慰道，"很多小孩都是这样害羞的。或许长大点就不会了。"

"是的。"迈拉说。

"我有一个四岁的弟弟，"我说，"他害羞得不行。"其实不然。"再来点爆米花吧，"我说，"我以前一天到晚吃爆米花，但现在不了。我觉得这对气色不好。"

沉默了片刻。

"你喜欢艺术课吗？"迈拉细声问。

"不。我喜欢社会研究、拼写和健康课。"

"我喜欢艺术和算术课。"迈拉可以心算加法和乘法，比班里其他所有人都快。

"在算数方面，我希望能像你一样出色。"我说道，觉得自己很洒脱。

"但我不擅长拼写，"迈拉说，"我出错最多，说不定我会不及格。"她听起来并没有为此感到不快，而是庆幸于还有这么一件事可以说。她的脑袋一直远离我撇向一边，盯着维多利亚街沿路肮脏的雪堆，说话的时候，她发出一种好像在用舌头舔舐嘴唇的声音。

"你不会不及格的，"我说，"你的算数不要太厉害。你长大了想做什么？"

她看起来迷惑不解。"我会帮我妈妈，"她说，"在店里工作。"

"好吧，我要做个空姐，"我说，"但别跟其他人讲。我没告诉什么人。"

"好,我不会说的,"迈拉说,"你看报纸上的《斯蒂夫·凯尼》①吗?"

"看。"想到迈拉也看漫画就怪怪的,或者说,除了她在学校的那个角色之外,她做任何事情都很怪。"你看《瑞普·柯尔比》②吗?"

"你看《孤女安妮》吗?"

"你看《贝特西和男孩》③吗?"

"你都没怎么吃爆米花,"我说,"吃点吧。抓一大把。"

迈拉看向盒子。"里头有奖品。"她说。她把它扯了出来。那是一枚胸针,一只小小的锡制蝴蝶,镏着金,镶嵌着看起来像是宝石般的彩色玻璃块。她用棕色的手握着它,微微笑着。

我说:"你喜欢这个吗?"

迈拉说:"我喜欢这些蓝色的玻璃块。蓝色的玻璃块就像蓝宝石一样。"

"我知道。我的生日石就是蓝宝石。你的生日石是什么?"

"我不知道。"

"你的生日是什么时候?"

"七月。"

---

① 弥尔顿·卡尼夫(Milton Caniff)所作的长篇冒险连环画,从 1947 年 1 月 13 日开始连载,直至 1988 年 6 月 4 日。
② 艾利克斯·雷蒙德(Alex Raymond)作于 1946 年的连环画,讲述同题名私家侦探的冒险故事。
③ 凯罗琳·海伍德(Carolyn Haywood)作于 1945 年的儿童漫画作品。她出版了四十七部儿童文学作品,以贝特西和艾迪系列最为出名。

"那么你的生日石是红宝石。"

"我更喜欢蓝宝石,"迈拉说,"我喜欢你的生日石。"她把胸针递给我。

"你留着吧,"我说,"谁找到的就归谁。"

迈拉一直伸着手,似乎不明白我是什么意思。"谁找到的就归谁。"我说。

"那是你的爆米花,"迈拉胆怯又郑重地说,"是你买的。"

"但是你发现的。"

"不是——"迈拉说。

"好了!"我说。"听着,我要把它送给你。"我从她手里取过胸针又塞回到她手里。

我们俩都吃了一惊。我们看着彼此;我涨红了脸,但迈拉没有。当我们的手指触碰在一起时,我意识到某种誓约形成了。我惊慌失措,但我想这没关系。我想着,我可以来早一点,以后早上跟她一起走。我可以在课间休息的时候去她那儿,跟她说说话。为什么不呢?为什么不呢?

迈拉把胸针放进口袋。她说:"穿漂亮裙子的时候我可以戴上它。我的漂亮裙子是蓝色的。"

我就知道会这样。在学校,迈拉始终穿着她的漂亮裙子。甚至在隆冬时分,在一群身着羊毛彩格呢裙和哔叽布束腰外衣的人中间,她仍穿着天蓝色塔夫绸,或积尘的绿松石色绉纱,虽光彩照人却令人悲伤,这些衣服改自成年女子的长裙,V形领口处沉甸甸地挂着一个大大的蝴蝶结,折在迈拉空荡荡的胸前。

我很庆幸她没有戴上胸针。要是有人问她从哪儿得到的，而她告诉了他们，我该说什么呢？

隔了一天，也许是隔了一个星期，迈拉没有来上学。通常她是被留在家里帮忙。可这次她没有再回到学校。过了一个星期，然后两个星期，她的位子都是空的。后来学校里换教室，迈拉的书本从她的桌子里被取出来，放到了壁橱的搁板上。达林小姐说："等她回来了，我们再给她找个位子。"考勤的时候她也不再点迈拉的名字。

吉米·萨伊拉也没有来学校，因为没有人带他去卫生间。

迈拉缺席到第四还是第五个星期的时候，格拉迪斯·希利来上学时说："你们知道吗？迈拉·萨伊拉生病住院了。"

确实如此。格拉迪斯·希利有一个做护士的阿姨。拼写课上到一半的时候，格拉迪斯举起手告诉了达林小姐。"我想你也许想知道。"她说。"噢，是的，"达林小姐说，"我确实已经知道了。"

"她生了什么病？"我们问格拉迪斯。

格拉迪斯说："白血病，或是别的什么。她在输血。"她对达林小姐说："我姨妈是护士。"

于是达林小姐让全班给迈拉写封信，信中大家说："亲爱的迈拉，我们正一起给你写信。我们希望你很快好起来回到学校。致敬……"达林小姐说："我想到了一个主意。谁想在三月二十号去医院看望迈拉，为她举办一个生日派对？"

我说："她的生日是在七月份。"

127

"我知道,"达林小姐说,"是七月二十号。但因为她生病了,所以今年她可以在三月二十号那天过生日。"

"可是她的生日在七月。"

"因为她生病了,"达林小姐厉声警告道,"医院的厨师会做个蛋糕,你们都可以送个小礼物,每人二十五美分左右。我们必须在两点到四点之间过去,因为那会儿才是探视时间。而且不能全班都去,不然人太多了。所以说谁想去,谁想留下来做补充阅读?"

我们所有人都举了手。达林小姐拿出拼写成绩单,挑选了前十五名,十二个女孩和三个男孩。那三个男孩不愿意去,所以她又顺次选了后三个女孩。我不知道是从什么时候开始的,但我想,此时迈拉·萨伊拉的生日派对可能已经变成了时尚。

也许是因为格拉迪斯·希利有一个做护士的姨妈,也许是因为对疾病和医院感到兴奋,或仅仅只是因为这样迈拉就彻底不再受缚于我们生活中的条条框框了。我们谈起她时,就好像她是我们拥有的某样东西,而且她的生日派对变身为一项慈善事业。课间休息时我们像妇女般沉重地谈论起来,最后裁定二十五美分太少了。

在一个阳光灿烂、积雪消融的午后,我们带着自己准备的礼物一起去了医院,一位护士领着排成一列的我们上了楼,经过半掩的门和他人悄声的谈话,下到一间厅房。护士和达林小姐一直在说"嘘——",但我们反正已经都踮着脚在走路了。我们在医院的举止完美得体。

这家乡村小医院没有儿童病房，迈拉也不能算是儿童；他们把她和两个白发老太太安排在同一间病房。我们进门的时候，一个护士正在她们周围竖起屏风。

迈拉坐在床上，穿着宽大硬挺的病号服。她的头发放了下来，长发辫散落于肩，垂到床罩上。但她的脸还是没变，一直都是那样。

达林小姐说，迈拉已经被告知了关于派对的事情，所以这个惊喜不会使她不安；但她似乎还无法相信，或者说还没有理解是怎么回事。她看着我们，就像她从前看着在操场上玩耍的我们一样。

"好了，我们来了！"达林小姐说道。"我们来了！"

然后我们说："生日快乐，迈拉！你好，迈拉，生日快乐！"迈拉说："我的生日在七月份。"她的声音比任何时候都要微弱、缥缈、呆滞。

"不必在意是什么时候，真的，"达林小姐说，"假装就是今天！你多大了，迈拉？"

"到七月份，"迈拉说，"十一岁。"

随后，我们都脱下外套，露出派对服装，把我们用浅系花色纸包装好的礼物摊放在迈拉的床上。其中一些人的妈妈用漂亮的缎带在礼物上扎了巨大复杂的蝴蝶结，还有一些粘上了用仿制玫瑰和山谷百合扎成的小捧花。"送给你，迈拉，"我们说，"送给你，迈拉，生日快乐。"迈拉没有看我们，而是盯着粉蓝之间点缀着银斑的缎带和迷你捧花，它们让她开心，就像那只蝴蝶一样。她的脸展现出一副天真无邪的模样，带着微微的不易觉察的微笑。

"打开它们，迈拉，"达林小姐说，"这些都是给你的！"

迈拉把礼物拢到自己身边，拨弄着它们，像刚才那样笑着，还带着一种谨慎的自知和意想不到的自豪。她说："星期六我就要去伦敦的圣约瑟夫医院了。"

"我妈妈在那儿待过，"有人说，"我们去看过她。那儿都是修女。"

"我爸爸的姐姐是个修女。"迈拉平静地说道。

她开始拆礼物，那骄傲的神态简直让格拉迪斯都略逊一筹，她将薄页纸和彩带拆来拆去，取出书本、智力玩具、剪纸图，仿佛这些都是她赢得的奖品。达林小姐说也许她在打开每一份礼物时都该喊一声送礼物的人的名字，再说声谢谢，以确保她知道礼物都是谁送的，所以迈拉说："谢谢，玛丽·路易斯，谢谢，卡罗尔，"轮到我时，她说："谢谢，海伦。"所有人都向她解释了为什么送她这样那样的礼物，大家围绕着迈拉谈天说地，兴高采烈，气氛带着小小的欢腾，尽管她并不快乐。一个上面写着"迈拉生日快乐"的蛋糕被送到病房里，粉字白底，插了十一支蜡烛。达林小姐点燃蜡烛，我们所有人都唱了生日快乐歌，叫嚷着："许个愿，迈拉，许个愿——"迈拉吹熄了蜡烛。然后我们都吃了蛋糕和草莓冰激凌。

四点钟，蜂鸣器响起，护士把剩下的蛋糕和脏盘子拿了出去，我们穿上外套准备回家。大家都说："再见，迈拉。"迈拉坐在床上看着我们离开，背挺得笔直，她没有扶靠枕头，双手放在礼物上。但是走到门口时，我听见她的呼唤；她在叫："海伦！"只有少部分人听见了。达林小姐没有听见，她早就走到前面去了。我回到病床前。

迈拉说："我收到太多东西了。你拿点什么吧。"

"什么？"我说，"都是为你的生日准备的。生日的时候你总能收到很多礼物。"

"嗯，你拿点什么吧。"迈拉说。她挑选出一个人造革化妆盒，里面装有镜子，还有一把梳子、一把指甲锉、一支天然唇膏和一条绣着金边的小手帕。我之前就注意到了这个。"你拿这个吧。"她说。

"你不想要吗？"

"你拿着吧。"她把它塞进我的手里。我们的手指又触碰在一起。

"等我从伦敦回来，"迈拉说，"你可以放学后来我家玩。"

"好的。"我说。医院的窗户外面，从街上传来一阵响亮的嬉闹声，也许是大家在追逐今年最后的雪球。这声音使得迈拉、她的胜利、她的礼物，最重要的是她那有我一席之地的未来，变得模糊，变得晦暗。所有摊在床上的礼物，那些折叠的包装纸和彩带，那些出于歉疚送出的礼物，都已沉入这阴影之中；它们不再是单纯的礼物，可以被毫无风险地触碰、交换和接受。我现在不想要这个化妆盒了，但我编不出谎言来让自己脱身。反正我会送给别人的，我想，我一定不会玩它的。我会让我弟弟把它拆开。

护士端着一杯巧克力牛奶回来了。

"怎么回事，你没有听到蜂鸣器响了吗？"

于是我解脱了，被那些如今包围住迈拉的层层壁垒，她那未知而遥远的弥漫着乙醚气息的医院世界，以及我自己内心的背叛所释放。"嗯，谢谢你。"我说，"谢谢你送我这个。再见。"

迈拉有没有说再见？似乎没有。她坐在高高的病床上，纤瘦的棕色脖颈从对她而言过于宽大的病号服中伸出来，那张轮廓鲜明的棕色面孔没有受到背叛的影响，也许她早已忘了她送出的礼物，准备好被大家隔离开，成为传奇，跟她曾经站在学校后廊时一个模样。

## 男孩和女孩

我爸爸是个狐农。也就是说,他把银狐圈起来喂养;到了秋天和初冬,当它们的皮毛处于最佳状态时,他就把它们宰掉,剥下皮来,卖给哈得逊湾公司或蒙特利尔皮货贸易公司。这些公司送给我们的挂历很气派,厨房门口一边挂一个。日历以清冷的蓝天、黑松林和深浅莫测的北方河流为背景,上面头插羽毛的冒险家竖起了英国国旗或法国国旗,健壮的土著人却弯着腰搬运货物。

圣诞节前那几个星期,爸爸晚饭后就到地窖去干活。地窖被粉刷得雪白,工作台上方的一只一百瓦的灯泡将它照亮。我和弟弟莱尔德坐在最高的那级台阶上观看。爸爸从狐狸身上把皮反剥下来。狐狸被剥去那傲人而厚重的皮毛之后,竟出人意料得小而难看,就像只老鼠。那些剥得光溜溜的狐狸被装进一个口袋里,埋进垃圾堆。有一次,雇来的帮工亨利·巴里把这个口袋朝我抛过来,说:"圣诞礼物!"我妈妈觉得这一点也不好笑。实际上,整个剥制过程——也就是屠宰、剥皮和熟皮的过程——她都不喜欢；而且她也希望这一过程不必非在家里进行。因为满屋子都是味儿。爸爸把狐皮内里朝上在一块长板子上拉伸开，随后小心翼翼地把那些凝结的网状血管和脂肪球刮掉，血腥味、动物油脂味加上狐狸本身刺鼻的臊味渗透家里的各个角落。我觉得这种气味有季节感，让人心生安慰，就像橙子和松针的味道一样。

亨利·巴里的支气管有毛病。他会一声接一声地咳嗽，直到他窄长的脸变得通红，那双嘲讽的淡蓝色眼睛噙满泪水；然后他揭开炉盖，再退得远远地站定，噗的一声把一大口浓痰径直吐进火焰中心。我们佩服他这种表演，佩服他能随心所欲地让肚子咕咕直叫，也佩服他的笑声。他的笑声充满尖锐的哨声和咯咯声，让他带病的胸腔都鼓动了起来。有时很难说清他在笑什么，不过可能都是在笑我们。

被打发上床之后，我们仍能闻到狐狸的味道，仍能听到亨利的笑声。然而这气味、这笑声飘荡在楼上憋闷而寒冷的空气之中，逐渐地消失、削弱，更使我们惦记着楼下那温暖、安全、灯光通明的世界。我们害怕冬天的夜晚。我们怕的不是外面，尽管每年这个时候我们家被风吹成的雪堆环绕，像睡着的大鲸鱼；还有风从白雪覆盖的田野和冰封的沼泽上吹过来，凄厉地呼啸着，使人感到恐怖，搅得人彻夜不安。我们害怕的是里面，是我们睡觉的这个房间。在这个时期，我们家的楼上还没有收拾好。一面墙上有砖砌的烟囱。地板中央是个四方的洞口，四周围着木栏杆；我们就从这儿上楼梯。楼梯口的另一边是些谁也用不着的东西——一卷竖立的军用油毡,一辆用柳条编的婴儿车,一个盛蕨类植物的篮子,一些有裂纹的瓷盆瓷罐;一幅巴拉克拉瓦之战[①]的画,让人看了悲伤。等到莱尔德长大到能懂这些事情时,我便告诉他那边住着蝙蝠和骷髅。不管什么时候,只要有人从二十英里外的县监狱逃跑,我总觉得他已经设法从窗口钻了进来,藏在军用油毡的后面。但是我们也有保证自身安全的法则。开着灯的时候,只要我们不离开那方破地毯就平安无事,这块地毯给我们界定了卧室范围;关灯以后,除了自己的床就没有安全的地方了。关灯时我不得不跪在床尾,把胳膊伸出去老远才拉得到灯绳。

黑暗中我们躺在自己的床上,躺在我们狭窄的救生筏上,眼睛牢牢盯住从楼梯口射上来的微弱光线,唱着歌。莱尔德唱的是《铃儿响叮当》,不管是不是圣诞节,他都唱这首;我唱《丹尼少年》。我喜欢听到自己柔弱、恳切的声音在黑暗中响起。这会儿,我们已能分辨出结着冰霜的窗户的高大轮廓,它阴郁、发白。当唱到"当我死了,因为我很可能死去"时,我不由得一阵哆嗦,几乎唱不下去了,这倒不是因为被子冰凉,而是因为产生了一种愉快的情绪。还有那句"你会跪下对我说'Ave'[②]"——可"Ave"到底是什么意思?我每天都忘了把它搞清楚。

莱尔德唱着唱着便睡着了。我听见他那轻快而心满意足的长长呼吸声。现在对我来说,这是最完美的私人时间,可能也是

---

[①] 1854年10月克里米亚战争中英法联军与俄国的一场大战。
[②] 拉丁语,天主教的祈祷语。"Ave, Maria",即万福马利亚。

一整天中最好的时刻。我裹紧被子，继续给自己讲夜复一夜讲给自己的其中一个故事。这些故事都是关于我自己的，是我稍长大一点后的事情，你一听就知道这些故事发生在我的小天地里。不同的是，在这个天地里，我有施展勇气、胆量和自我牺牲精神的机会，在生活里却从未有过这样的机会。我从被炸毁的房子里往外救人（真正的战争离朱比利如此遥远，这让我泄气）；我用枪打死了两只威胁校园安全的狂暴的狼（老师们吓得躲在我身后）；我骑着骏马英姿飒爽地走过朱比利的主街，向感激我的市民们挥手致意；至于他们是为了我的什么英雄事迹而表示感激，那还没有编出来（除了在奥兰治日①游行时扮英王威廉三世的人以外，这地方还没人骑过马）。故事中的我总是在骑马、射击，尽管我一共才骑过两次马，而且因为我们没有马鞍，两次都是骑在光秃秃的马背上。第二次骑马时我从马背上滑了下来，正掉在马蹄下面，幸亏那马从我身上平静地迈了过去。我倒是真的在学射击，不过还什么东西都打不中，就连篱笆桩上那些马口铁罐也打不着。

那些狐狸活着的时候住在我爸爸给它们营建的世界里。这个世界的周围圈着高高的围栏，好像中世纪的城镇，大门夜间落锁。沿着这个城镇的街道排列着结实的大畜棚。每个畜棚都有一扇真正的门，可容一人出入；顺着铁丝网有一个木头搭的斜

---

① 奥兰治日是为纪念发生于 1690 年在北爱尔兰的博伊奈战役，为每年最靠近 7 月 12 日的星期一。在该战役中，国王威廉三世的军队击败了詹姆斯二世的军队。

坡，狐狸可以在上面跑上跑下；还有一个窝——形状像个带气孔的衣服箱子，狐狸在这里睡觉、过冬、产仔。食碟和水碟绑在铁丝网上，从外面就可以倒空和清理。这些碟子是用旧的马口铁罐做的，斜坡和窝是用碎旧木料做的。一切都整洁而精巧。我爸爸总是不知疲倦地想出些新花样，而他最喜欢读的书就是《鲁滨孙漂流记》。他在小手推车上装了一个白铁桶，用来往畜棚里送水。夏天，送水是我的活儿。这季节狐狸一天要喝两次水，上午九点到十点之间一次，晚饭后一次。我在水泵那儿把桶装满水，推着小车穿过谷仓前的空地，推到畜棚才放下车，灌满水壶，然后顺着"街道"边走边倒水。莱尔德也跟着干，提着他那个浇花用的绿白相间的小水壶。水壶装得太满，直撞他的腿，水直往他的帆布鞋上溅。我用的是真正的浇水用壶，是我爸爸的，尽管我只拎得动大半壶水。

那些狐狸都是有名字的，名字印在一块白铁牌子上，挂于门侧。狐狸刚生下来时不会被命名，要等它们闯过第一年剥皮这一关，活下来成为种狐后才给起名字。我爸爸起的名字无非是"普林斯""鲍勃""沃利""贝蒂"之类。我起的名字有"斯达""特克""莫琳""黛安娜"。莱尔德给一只狐狸起名"莫德"，这是他孩提时我们家雇用的一个姑娘的名字；他管另一只狐狸叫"哈罗德"，那是学校里一个男同学的名字；他还给一只狐狸起名叫"墨西哥"，但他没说是为什么。

给它们起名字并没有把它们变成宠物或类似的存在。除了爸爸外，没有谁进过畜棚，而他两次因被咬伤而血中毒。狐狸在自己的畜棚里踏出了小道，我给它们送水时，它们就在这些小道上来回徘徊，几乎不叫——它们把力气攒到夜间，到那时它们可能会进行一场疯狂的大合唱——但它们总是对我虎视眈眈，尖尖的脸上一副恶毒的表情，清澈的黄眼睛燃烧着。它们很漂亮：四条腿纤细灵敏，沉甸厚实的尾巴派头十足，脊背下方深色的皮毛上撒着银花——银狐便是由此得名——然而它们尤其美在那张轮廓分明、满是敌意的面孔和那双金黄色的眼睛上。

除了送水，当畜棚之间长出高杂草、藜和开花的毒草时，我也要帮爸爸割掉它们。他用大镰刀割，我用耙子把草收成堆。然后他用草叉把刚割的草甩到畜棚顶上摊开，好让狐狸凉爽一些，也可为狐毛遮挡阳光，狐毛曝晒过度会变成棕色。除非跟我们手上正在干的活儿有关，爸爸是不跟我说话的。在这一点上他跟妈妈就大不一样了。妈妈只要心情好，就会给我讲各种各样的事情——她还是一个小姑娘时养过的狗的名字，长大后交往的男孩子都是谁，她以前的几条裙子是什么式样——她想象不出这些现在变成什么样了。不论爸爸有什么想法和故事都是私密的，我在他面前有点腼腆，从来不问他任何问题。尽管如此，我却很乐意在他眼皮底下干活，而且感到挺自豪。有一回，一个卖饲料的人到畜棚来跟爸爸说话，我爸爸对他说："请你见一见我新雇来的帮工。"我转过身去拼命耙起草来，高兴得满脸通红。

"我差点弄错了，"那卖饲料的说，"我还以为只是个小姑娘呢。"

等到割完草，这一年似乎突然又过去了好些日子。黄昏，我在草茬上走着，意识到秋日的晚霞映红了天际，四周渐渐静寂下来。当我把运水小车推出大门外挂上锁时，天几乎全黑了。一天晚上，就是这个时候，我看到爸爸妈妈站在谷仓前被我们称为"跳板"的小土坡上说话。爸爸刚从屠宰房出来，还系着他那条血迹斑斑、硬巴巴的围裙，手里拎着一桶切好的肉。

在谷仓里看到我妈妈是件怪事。她不常到屋外来，除非要干什么活儿——晾晒衣服或到菜园子里刨土豆等等。她光着难得见太阳的粗腿，没解开围裙，腹部那一块在洗刷晚饭用的碗盘时被弄湿了，她站在这儿显得格格不入。她的头发用方巾扎起，只有几绺落在外面。她一大早就把头发这样扎起来，说没时间好好打理，就这样扎一整天。这也是事实，她确实没时间。这些日子我们家的后廊上堆满了一筐筐从镇上买来的桃、葡萄和梨；还有自家种的洋葱、西红柿和黄瓜。所有这些东西都等着被做成果冻、果酱和蜜饯，或腌菜和辣酱油。厨房炉子里的火整天烧着，瓶瓶罐罐无时不在开水锅里叮当乱响。有时她在两把椅子之间横搭一根杆子，挂一个粗布口袋，用来挤蓝黑色的葡萄浆做果冻。我也被她派了活儿，我会坐在桌子旁边给被热水泡过的桃子剥皮，或者切洋葱，切这东西总辣得我两眼生疼，泪水汪汪。一干完活儿我就跑出屋外，趁着妈妈还没有想好接下去让我干什么之前，就跑到听不见她喊我的地方去。我讨厌夏天里那又热又暗的厨房，讨厌那绿色的百叶窗，讨厌那些粘蝇纸，讨厌那张不变的铺着油布的旧桌子，讨厌那面有波纹的镜子，讨厌那块凹凸不平的油地毡。我妈妈干活太累太专心了，顾不上跟我说话，更没心思跟我讲关于师范学校毕业舞会的事；汗水顺着她的脸直往下淌，她总是点着那些罐子默默地数着，把一杯杯的糖倒进去。在我看来，屋里的活儿没完没了，枯燥乏味，而且特别压抑；在外面给爸爸干活却像是参加一场仪式盛典，意义重大。

我把小车推到谷仓，平时这车就放在那里，我听到妈妈说："等莱尔德再大一点，你就有真正的帮手了。"

我没听见爸爸说了什么。他站在那儿听着，就像听推销员或陌生人说话那般彬彬有礼，然而却透露着一种想接着干手头活儿的气势。他这副模样让我很高兴。我觉得这里的活儿不关妈妈的事，而且我希望爸爸也这么想。她提到莱尔德是什么意思？他谁的忙也帮不上。这会儿他上哪儿去了？也许荡秋千荡得头都晕了，也许在兜圈子，也许在想办法捉毛毛虫。他从没在我身边待到我把活儿干完。

"到那时候我就可以让她在屋里多干些活儿了。"我听见妈妈说。她谈起我来那么死气沉沉，语带遗憾，总是让我心神不宁。"我一转身她就跑了。就像家里根本没这么个女儿似的。"

我走到谷仓一角，在一袋饲料上坐下，不想在他们俩的谈话过程中露面。我觉得妈妈是信不过的。她比爸爸亲切，也比爸爸好糊弄，可是你不能信赖她，也不会知道她说的话和做的事究竟是为了什么。她爱我，熬夜给我做我想要的那种很难做的衣服，好让我开学穿；可她也是我的敌人。她总在打鬼主意。这会儿她就在密谋让我多在屋里干活，不让我给爸爸干活，尽管她知道我讨厌在屋里干活（正因为她知道我讨厌这个）。在我眼里，她这样做完全是出于任性，滥用权威。我倒没有想过她可能是感到孤单，或者有点妒忌。我觉得大人不会这样，他们太幸运了。我坐在那儿，百无聊赖地用脚后跟踢着一袋饲料，扬起尘土，直到妈妈走了才出来。

不管怎么说，我并不认为爸爸会把妈妈的话放在心上。谁能想象莱尔德会做我这些活儿？他会记得给狐圈上锁吗？他会用一头绑着叶子的木棍清洗喂水的碟子吗？就算是让他推车送水，能担保他不会把车弄翻吗？这说明妈妈对实际情况知之甚少。

我忘了说都喂狐狸吃什么了。爸爸那血迹斑斑的围裙提醒了我。我们喂狐狸吃马肉。那时候大多数农民还养马，等马老得干不动活儿了，或是折了腿，或是倒地不起——这种情况时有发生——马主人就会招呼我爸爸，他和亨利便开着卡车到他们农场去。通常他们当场就把马击毙、屠宰，付给农民五到十二块钱不等。要是手边已经有太多现成的马肉，他们会把马活着弄回来，在我们家的马厩里养个几天或几星期，等到需要肉时再宰。战后，农民都在买拖拉机，渐渐地要把马全部淘汰，所以有时我们也能得到一匹别人再也用不着的健康的好马。如果碰上冬天，我们可能会把马放在马厩里一直养到春天，因为我们有的是草，而且要是赶上雪下得太多——扫雪机并不是总能清出路来——坐着马拉的雪橇进城就方便多了。

我十一岁那年冬天，我们马厩里养着两匹马。我们不知道它们以前叫什么名字，反正我们管它们叫迈克和弗罗拉。迈克是一匹老驮马，乌黑，冷淡。弗罗拉是匹栗色驾车母马。我们坐雪橇外出时把两匹马都驾上。迈克慢腾腾的，很好驾驭。弗罗拉容易受惊，见到汽车甚至别的马会猛地偏到一旁去，不过我们喜欢她，她速度快，走起来蹄子抬得高高的，神气十足，恣肆不羁。星期六我们常到马厩去，一打开那舒适、昏暗、弥漫着牲口味的马厩的门，弗罗拉便扬起头，转动着眼珠，绝望地低声嘶叫，当即变得神经紧张起来。走进拴它的马厩可不安全，它会踢人的。

这年冬天，当初我妈妈在谷仓前说的那番话我渐渐听得更多了。我感觉不再安全。我周围的人在心里对这个问题似乎有种一成不变的潜在想法，无法偏离。以前我认为"女孩"这个词就跟"小孩"这个词一样，是单纯的，无忧无虑的；现在看来似乎不是这么回事。"女孩"并非像我原先以为的那样，就是我这样的人；我必须成为一个"女孩"才行。"女孩"是一种定义，被提及时总是带着强调，带着责备和失望。"女孩"还是拿我开玩笑的一个由头。有一次莱尔德和我打了起来，我第一次不得不使出全身力气对付他，尽管如此，有那么一会儿他还是抓住了我的胳膊，拧住不让我动，真的伤到了我。亨利看见了这一幕，大笑起来，说："噢，总有一天莱尔德会让你见识见识的！"莱尔德长大了很多，可我也长大了。

外婆来我们家住了几个星期，我又听到了别的说法。"女孩不要那样摔门。""女孩坐下时要双膝并拢。"更糟糕的是，当我提出问题时，她说："那不关女孩的事。"我照旧使劲摔门，照旧尽可能地坐没坐相，认为唯有如此才能葆有自我的自由。

春天到了，两匹马被放到了谷仓外边的场院里。迈克靠着谷仓的墙站着，想蹭一蹭脖子和腰腿；可弗罗拉来回小跑着，在围栏旁竖起前腿，用蹄子把围栏蹬得嗒嗒直响。雪堆融化得很快，露出了棕灰色的硬地，露出了我们熟悉的起伏的地面，冬日奇异的雪景消融后，裸露的土地显得平坦而光秃。这让人有种展开、释放的美妙感觉。现在我们只在鞋外套着胶鞋，脚轻得荒唐。一个星期六，我们去马厩，发现所有的门都敞着，放进了难得的阳光和新鲜空气。亨利在里边闲逛着，他在欣赏自己收集的那些日历。日历钉在马槽后面的墙上，我妈妈可能从来也没有看过马厩的这一部分。

"来跟你的老朋友迈克告别的？"亨利说。"来，你给它喂些燕麦吧。"他给莱尔德窝成杯状的手里倒了一捧燕麦，莱尔德去喂迈克。迈克的牙都坏了。它慢吞吞地吃，不厌其烦地把燕麦在嘴里倒来倒去，想找到一颗残余的白齿把燕麦嚼一嚼。"可怜的老迈克，"亨利悲哀地说，"马没了牙，也就完了。世道就是这样。"

"你们今天就要用枪打死它吗？"我问。迈克和弗罗拉在马厩里养了那么久，我几乎忘了它们也是要被击毙的。

亨利没有回答我，反倒用颤抖的尖声唱起来，伤感的歌声中带着嘲讽。"啊，可怜的内德大叔，再没有活儿可干，他去了，去到善良的黑人该去的地方。"迈克那又厚又黑的舌头在莱尔德的手上不停地舔着。没等歌唱完我就出去了，在"跳板"上坐下。

我没见过他们枪毙马，不过我知道他们在哪儿动手。去年夏天，我和莱尔德碰见一堆还没埋掉的马的内脏。我们俩还以为那是一条大黑蛇在太阳底下盘绕着。那是在谷仓旁边的一块地里。我想要是进到谷仓里找到一条宽缝或在木板上找到一个节孔，就能看到他们枪毙马了。我并不想看这种事情，但假如一件事情真的要发生，那最好还是看看，知道是怎么回事。

我爸爸提着枪从房子那边走过来了。

"你在这儿干什么？"他问。

"没什么。"

"去房子附近玩吧。"

他把莱尔德打发出了马厩。我对莱尔德说："你想看他们射杀迈克吗？"不等回答，我便把他领到了谷仓前门，小心翼翼地打开门走进去。"别出声，不然他们会听见咱们的声音。"我说。我们听见亨利和爸爸在马厩里说话，接着又听到迈克倒退着被赶出马厩时蹄子擦着地面发出的沉重脚步声。

谷仓的阁楼又冷又暗。从墙缝间，透进一道道细微的纵横交错的阳光。干草堆得不高，如起伏的乡野，我们深一脚浅一脚地直打滑，就像踏过一个个山丘和谷地。沿墙约四英尺高的地方有一圈梁柱。我们在一个角落里把干草摞高，我把莱尔德推了上去，自己也抽身上去了。这道梁柱并不太宽；我们用手掌平贴着谷仓的墙，顺着梁柱慢慢挪。木板墙上有不少节孔，我找到一个，透过它可以看到我想要看的场景——场院的一角、大门和一部分田地。莱尔德没有找到节孔，抱怨了起来。

我指给他两块木板间的一道宽缝。"安静点，等着。要是让他们听见，咱们就麻烦了。"

爸爸拎着枪进入了视线。亨利抓着缰绳把迈克牵了过来。他放开缰绳,掏出卷烟纸和烟叶,给我爸爸和他自己卷烟。这会儿,迈克在围栏边去年的枯草里嗅来嗅去。接下来,爸爸打开大门,他们把迈克牵出门外。亨利把迈克从道上牵开很远,牵到一片地上,他们正交谈着什么,声音不大,我们听不到。迈克又搜寻起来,想找到一口鲜草,可没找到。爸爸笔直地走开,走出一段于他而言似乎合适的距离就停了下来。亨利也从迈克身边走开,不过是朝旁侧走,仍然随意地牵着缰绳。爸爸举枪,迈克抬起头仿佛发现了什么,接着爸爸对它开了枪。

迈克没有立刻倒下,但它摇晃着,突然歪向一边,先是侧身倒下,随后翻滚过来背朝地躺着,四条腿让人吃惊地空蹬了几秒钟。见此情景,亨利大笑起来,就好像迈克给他变了个戏法似的。开枪时,莱尔德惊奇地呻吟般吸了一口长气,大声说:"马还没死。"我觉得他可能是对的。可是马腿不蹬了,又侧过身去,肌肉的颤抖渐渐平息。两个男人走过去,一本正经地看着它;他们俩弯下腰,查看马的前额,子弹就是从那里打进去的。现在我看见棕色的草上有马血。

"现在他们就要剥皮、宰割了,"我说,"咱们走吧。"我的腿有点抖,还好,往下一跳正好是干草。"现在你已经见过他们怎么开枪杀马了。"我用祝贺的口吻说,仿佛自己以前已经见过多次。"咱们去瞧瞧谷仓里有没有猫在干草堆里下崽吧。"莱尔德跳了下来。他似乎又变小了,又听话了。突然我想起他小时候我是怎么把他领进谷仓,叫他顺着梯子爬到最高的梁柱上的。那也是

145

个春天，干草也不多。我那样做是为了寻求点刺激，渴望发生点什么好向别人讲述。他那时穿着一件笨重的棕白格子小外套，是用我的一件外衣改的。他照着我的话一直爬上去，坐在最高的梁柱上，下面一边是低得多的干草，另一边是谷仓的地板和一些旧机器。然后，我尖叫着跑去找爸爸："莱尔德爬到最高的梁上去了！"爸爸来了，妈妈也来了。爸爸一边非常平静地说着话，一边爬上梯子，用一只胳膊夹着莱尔德下来了。看到这情景，妈妈倚在梯子上哭了起来。他们俩对我说："你为什么不看住他？"然而始终无人知晓实情。莱尔德还不太懂事，说不出真相。可是每每我看见这件棕白格子外套挂在衣橱里，或是看见它放在破袋子的最下边——这是它的最后归宿——总感到心里沉甸甸的，感到摆脱不掉的内疚引发的悲伤。

我看着莱尔德，他恐怕都不记得这件事了，我不喜欢他那因过冬而变得苍白的瘦脸上的表情。他没有害怕，也没有不安，只是有点冷漠，正专注于某件事。"听着，"我用一种格外愉快而亲切的口吻说，"你不会说出去的，对吧？"

"不会。"他心不在焉地说。

"发誓。"

"发誓。"他答道。我把他背在身后的那只手拽过来，确保他的手指没有交叉[1]。即便如此，他可能会做噩梦，还可能因此把事情泄露出去。我决定我最好做足功课把他看过后产生的想法彻底

---

[1] 西方迷信认为两手指交叉在一起会带来好运或减轻说谎的罪过。

赶出他的大脑——在我看来，他的脑子不可能同时装很多东西。我拿出攒下的钱，那天下午我们到朱比利去看了一场茱迪·卡诺瓦①的电影，我们俩都笑了个够。看过电影后，我觉得不会有问题了。

两个星期之后，我得知他们要杀弗罗拉了。我是头一天晚上知道的，我听到妈妈问干草还够不够吃，而爸爸回答："嗯，过了明天就只剩下那头母牛了，再说再过一个星期应该就可以放它到外面吃草了。"所以我明白第二天上午就该轮到弗罗拉了。

这一次我不想看。那种事只能看一次。自从上次看过之后，我倒没有经常想起这事，可是有时当我在学校忙于学习，或者站在镜子前梳头，琢磨着自己长大后会不会漂亮的时候，脑海中就会闪现出整个场面：我会看到爸爸那从容、熟练的举枪姿势，听到在迈克四蹄乱蹬时亨利发出的笑声。我并没有太强烈的恐惧和反感的情绪，城里的孩子可能会那样。动物的死我见得太多了，我们以此为生，不可避免。然而我感到有点羞愧，因而在对待我爸爸和他的工作上持有一种新的警惕和一份疏远感。

那天天气很好，我们在院子四处捡被冬天的狂风刮断的树枝。这是我们被吩咐干的活儿，同时我们也想用这些树枝搭一顶圆锥形帐篷。我们听到弗罗拉的嘶叫，接着是爸爸的声音和亨利的吼叫，我们跑向谷仓外的院子去看个究竟。

马厩的门开着。亨利刚刚把弗罗拉牵出来，弗罗拉挣开了

---

① 茱迪·卡诺瓦（Judy Canova，1913—1983），美国百老汇歌舞剧女演员，曾参加美国广播公司的节目长达十二年，当选过最幽默的广播明星。

缰绳，自个儿在院子里从这头到那头来回跑着。我们俩爬上了围栏。看着弗罗拉奔跑、嘶鸣、竖起前腿、腾跃、示威，可真带劲，它就像西部电影里大牧场中一匹未经驯服的马，尽管它只不过是一匹驾辕的老马，一匹栗色的老母马。爸爸和亨利在后面追着它跑，试图抓住晃来晃去的缰绳。他们想把它逼到一个角落去，眼看就要成功了，只见弗罗拉突然眼神狂暴地从他们两人中间突围，从谷仓的一侧一拐就不见了。我们听见弗罗拉越过围栏时，栏杆哗啦一声倒了。亨利喊道："它跑到地里去了！"

那就是说马跑到了房子旁边那片很长的L形田地里。要是它转过中心点，朝车道跑去，那里的大门可是敞着的；这天早晨卡车刚开进田里。这时我在围栏的另一边，离车道最近，于是爸爸冲我喊："快去关上大门！"

我可以跑得飞快。我跑过花园，跑过挂着秋千的那棵树，跳过一道沟便到了车道。敞着的大门就在那儿。马还没有跑出来，道上还看不见马的影子；它一定是跑到田的那一头去了。大门很重。我把它从石子地上提起来，推过车道。我刚关了一半，弗罗拉便进入视线，直朝我飞奔过来。当时正好有时间拴上链子。莱尔德急忙穿过沟渠来帮我。

我非但没有关上大门，反倒把大门尽可能敞开。我这样做并不是事先打定的主意，而是直觉使然。弗罗拉一直没有减速，径直从我身旁飞奔而去。莱尔德跳上跳下地吼叫道："关门！关门！"即便为时已晚。爸爸和亨利到田里来晚了一步，没有看见我干了什么。他们只看见弗罗拉朝通往市镇的大路奔去。他们会以为我没有及时赶到。

他们没有浪费时间来盘问此事。他们返回谷仓去取要用的枪和刀，带着这些上了卡车，掉转车头，颠簸着从田里向我们这边开来。莱尔德冲他们喊："让我也去吧，让我也去吧！"亨利停下车，让莱尔德上了车。他们走后，我关上了大门。

我想莱尔德会讲出去的。我不知道自己会面对怎样的状况。我以前从没违抗过爸爸，也不明白自己究竟为何如此。弗罗拉其实跑不掉。他们会开着卡车追上它的。就算今天上午追不上，下午或明天也会有人看见它并给我们打电话。这一带没有它可以逃离的荒野，只有农场。更重要的是，这匹马是爸爸花钱买来的，我们需要用它的肉喂狐狸，我们需要靠狐狸来维生。爸爸本来就够辛苦的了，我这么干是给他增加工作量。而且爸爸发现这件事后就不会再信任我了，他会知道我并不是完全站在他这一边的。我站在了弗罗拉那边，这么一来，我对谁都没用了，甚至对弗罗拉也没用。尽管如此，我并不后悔；弗罗拉向我跑来时，我敞开了门，这是我唯一能做的。

我回到屋里，妈妈问："外面怎么乱成了一片？"我告诉她弗罗拉踢倒围栏跑了。"你可怜的爸爸，"她说，"现在他还得漫山遍野地去追马。唉，一点钟以前别打算吃饭了。"她展开了熨衣板。我本想告诉她，可转念一想觉得还是不说为好，便上楼坐到了自己的床上。

最近我一直在设法把我那部分房间收拾得漂亮一些，将带花边的旧窗帘铺在床上，又用做裙子剩下的印花布为自己布置了一个梳妆台。我还打算在我的床和莱尔德的床之间挡上点什么,把我这一部分跟他那一部分隔开。阳光下,那块带花边的窗帘不过就是块布满灰尘的破布。晚上我们也不再唱歌了。有天晚上我正唱着,莱尔德说:"你听起来傻里傻气的。"我当时坚持唱了下去,可是第二天晚上便没有再唱。说来说去,也没有多大必要再唱了,我们不再害怕了。我们知道楼梯那边只不过是些旧家具,一堆乱七八糟的旧东西。我们也不再遵守那些法则。莱尔德入睡后,我仍醒着给自己讲故事,然而这些故事的内容也不同以往,发生了奇妙的变化。故事可能还是照老样子开头,一开始便是触目惊心的险情,发生了火灾或碰上了野兽,而且有一段时间我也可能会救人;然后事情就倒过来了,不是我在救人,而是有人在救我。救我的可能是我们班上的某个男孩子,甚至是我们的老师,那个给女孩胳肢窝挠痒的坎贝尔先生。故事每次进展到这里便有很大篇幅着重于我的模样——头发有多长,穿着什么样的衣服;等到我把这些细节都编出来,故事真正的兴奋点早已不见。

一点以后车才回来。车后盖着防水油布,这意味着下边有肉。妈妈不得不重新把饭菜都热上。亨利和爸爸在谷仓脱掉了沾满血污的罩衫,换上了平日干活穿的衣服,他们在水槽那儿洗胳膊、脖子和脸,往头上撩水梳头。莱尔德举起一只胳臂,炫耀上面的一道血迹。"我们枪杀了老弗罗拉,"他说,"把它切成了五十块。"

"哎呀,我不想听这些,"妈妈说,"还有,这副样子可别到我的饭桌旁来。"

爸爸让他去把血迹洗掉。

我们坐下来,爸爸做了饭前祷告,亨利像往常一样把口香糖粘到他的叉子顶端;他拿下口香糖时总要让我们看看那口香糖的模样。我们动手传递着一碗碗热气腾腾、烧过了头的蔬菜。莱尔德从桌子对面看着我,得意而清楚地说:"不管怎样,弗罗拉跑掉都是她的错。"

"什么?"爸爸问。

"她本来能关上大门的,可她没关。她让门敞着,弗罗拉就跑了。"

"他说得对吗?"爸爸问。

饭桌旁每个人都看着我。我点了点头,极其费劲地咽下一口食物。让我感到丢脸的是,我竟泪水盈眶。

爸爸厌恶地哼了一声。"你为什么这么干?"

我没有回答。我放下叉子,等着从饭桌上被赶走,仍旧没有抬头。

可是没人赶我走。有一阵子谁也没说话,然后莱尔德不动声色地说:"她在哭。"

"算了。"爸爸说。他的语气宽容,甚至有点开心,他的话永远宽恕了我,也永远摈弃了我。"她只是个女孩。"他说。

对此我没有反对,甚至心里也不想反对。也许他说得对。

## 明信片

昨天下午，就昨天，我沿着街道走去邮局，想着自己有多讨厌下雪天、咽喉炎和迟迟不结束的冬季尾声，真希望自己能打包行李去佛罗里达，就像克莱尔那样。那是星期三的下午，我只工作半天。尽管我工作的地方叫金氏百货商店，但那里其实只售成衣和纺织品，并非百货。他们以前还卖食品杂货，但我几乎记不起来了。妈妈过去常带我去那儿，把我放在高脚凳上坐好，老金先生会给我一把葡萄干，说"我只给漂亮的小姑娘"。老金先生去世之后，他们停售了食品杂货，而现在这家百货商店甚至都不再是"金氏"的了，它属于姓克鲁伯格的什么人。他们从没亲自来过店里，只是委派霍斯先生来做经理。我负责楼上的童装销售，圣诞期间临时加设一个"玩偶世界"。我已经在那里工作了十四年，霍斯倒不会找我的麻烦，他知道他要是这么做了，我不会忍气吞声。

邮局的工作窗口每星期三关闭，但我有钥匙。我打开自家的信箱，取出署着妈妈名字的朱比利报纸、电话账单和一张我差点忽略的明信片。我先看了看明信片上的图画，上面绘有棕榈树、炎热的蓝天以及一家汽车旅馆的正面；旅馆前部有个广告牌，形似一个壮硕的金发女人，我想到了晚上就会亮起霓虹灯。这个女人说"睡在我这儿吧"——一个气球对话框里写着从她嘴里说出的这些字。我把明信片翻过来看：这地方太贵了，我还是没有睡在她那儿。天气好得不行。气温在75华氏度[①]上下。你在朱比利的冬天过得怎么样？希望不太坏。做个好姑娘。克莱尔。日期是十天前。好吧，有时候明信片确实会迟到，但我打赌其实是他把这明信片放在口袋里好几天才想起要寄。这是他三个星期前去佛罗里达后我收到的唯一一张卡片，而这会儿我正期待他这星期五或星期六亲自回来。每年冬天，他都会和他住在温莎的姐姐珀琪、姐夫哈罗德一起去佛罗里达。我感觉他们俩不喜欢我，可克莱尔说我净胡思乱想。每当我不得不和珀琪说话的时候，我总会犯一些错误，比如我明知道是些无关的话，可还是会说和我毫不相干的事；她总是不露声色，但我事后回想总是羞得脸发烫。都怪我试图用不像是在朱比利时那种习以为常的说话方式，真是活该。为了给珀琪留下深刻的印象，因为她是麦夸里家的人，毕竟我对妈妈宣称，我们和他们差不了多少。

我以前常对克莱尔说"你出门的时候写封信给我"，然后他会说："你想要我给你写什么？"于是我告诉他，描述一下他一

---

[①] 约为22摄氏度。

路上的风景和遇到的人；出于消遣，我没离开过比布法罗更远的地方（我可不想算上带着妈妈去温尼伯探访亲戚的那次火车之旅），所以对我而言，任何事都喜闻乐见。但克莱尔说，等我回来之后照样可以说给你听。尽管他也从来没说过。当我再见到他时，我会说，好吧，跟我说说你的旅行吧。而他会说，你想要我给你说些什么呢？那可真够让我恼火的，因为我怎么会知道？

我看到妈妈正等着我，透过前门上的小窗户朝外张望。当我拐进家门前的小道时，她打开了门，叫道："当心点，地上很滑。送奶工今早差点头朝地摔倒。"

"某些日子里我想我并不介意摔断条腿。"我说，而她说："别说这种话，会遭报应的。"

"克莱尔给你寄了张明信片。"我说。

"噢，才不会呢！"她翻过明信片说，"是寄给你的，我就知道。"可她还是笑了起来。"我不喜欢他挑的这张图片，不过那儿或许没有太多的选择吧。"

克莱尔可能从蹒跚学步起就是老太太们的宠儿。对她们来说，他还是那个乖乖的胖小伙子，举止文雅，尽管是麦夸里家的人却并不因此自命不凡，又擅于逗趣，惹得她们兴奋不已，乐红了脸。妈妈和克莱尔之间有一堆游戏，我永远跟不上他们的节奏。其中一个是他敲着门说："晚上好，夫人，不知道您是否对改善形体的课程感兴趣呢，我正在做推销，以此自力更生读完大学。"妈妈则会倒吸一口气，摆出一张严肃的面孔说："嘿，小伙子，我看起来像是需要上形体改善课程的样子吗？"或者，他会面露忧色地说:"夫人,我来这儿是因为我为您的灵魂感到担忧。"妈妈会哈哈大笑起来。"你还是顾好你自己的灵魂吧。"她说,然后为他端上鸡肉饺子和柠檬蛋白派,都是他最喜欢吃的。他在餐桌上给妈妈讲一些我从没想过她会听的笑话。"你听说过一位娶了个年轻妻子的老绅士去看医生的故事吗?他说,医生,我有一点小麻烦——""别说了,"妈妈说,但她一直等他讲完之后才说,"你真让海伦·路易斯尴尬。"我已经在其他所有地方摆脱路易斯这个姓了,家里除外。克莱尔从妈妈那里学了这一点,我告诉他我并不喜欢这个姓,但他还是继续叫。有时候,我觉得自己像他们的孩子,坐在他们中间,他们俩边开着玩笑边享用食物,说我烟抽得太多,如果我不坐直就会一辈子都是圆肩了。克莱尔那时比我大十二岁,现在也是,我记忆中的他一直是个成年人。

我以前老在街上看到他,那时他在我看来显得年长,至少是和所有成年人一样老。有些人年轻的时候看起来比实际年龄成熟,年老的时候又显得年轻;克莱尔就是其中之一。他总出没于皇后饭店附近。身为麦夸里家族的一员,他从来不必特别卖力地工作。他有间小办公室,做公证员的工作,也经手一些保险和房地产事务。他还在老地方。办公室的前窗总是灰尘弥漫,朦朦胧胧;后头有一盏灯,一年到头开着,年近八十的梅特兰女士就坐在那儿,为他打字或做他交代的任何事情。如果他不在皇后饭店,那就和一两个朋友围着小暖炉打打小牌,静静地喝点小酒，大多数时候只是聊天。在朱比利——我猜在每个小城镇——都有这样一类男人，你可以叫他们社会人士。我不是指公众人物，那些重要得可以去竞选议员甚至市长的人物（尽管克莱尔想要认真起来也可以这么做），只是一些总在主街上闲荡的男人，你渐渐就认得出他们的长相了。克莱尔和他的朋友们就是这类人。

"他是跟他姐姐一起去南边的吗？"妈妈问，好像我没告诉过她似的。我和妈妈之间的对话很多都在重复。"他们叫她什么来着？"

"珀琪。"我回答。

"没错，我曾觉得一个成年女子叫这样的名字真是不一般。我还记得她受过洗礼，教名是伊莎贝拉。在我结婚之前，那会儿我还在唱诗班唱歌呢。他们把一条洗礼长袍垂挂在她身上，你知道的。"妈妈偏爱克莱尔，但不喜欢麦夸里家的其他人。她觉得他们就连呼吸时也一副自命不凡的样子。我记得一两年前，我们经过他们家门前，妈妈说什么小心别踩在那栋豪宅的草坪上，而我对她说："妈妈，再过几年我就要住进这里了，这将是我的房子，所以你最好别再用那种语气叫它豪宅。"妈妈和我一起抬头看着那栋房子，深绿色的凉篷上饰有大大的白色古英语字母 M，各种游廊，还有像教堂里那种嵌入边墙的彩色玻璃窗。房子了无生气，而麦夸里老夫人还在楼上静默地躺着，下身半边瘫痪了，无法说话。白天由薇拉·蒙哥马利照顾她，夜里则是克莱尔。房子里传来陌生的声音会令她不安，所以每次克莱尔带我回他家时，我们只能窃窃私语，以免她听见我的声音，引起什么瘫痪性痉挛。注视良久之后，妈妈说："这倒是件有趣的事，可我没法想象你姓麦夸里。"

"我还以为你很喜欢克莱尔呢。"

"那的确，但我能想到的只是他星期六晚上来接你出去，星期天晚上过来吃个晚饭，没想过你和他会结婚。"

"你就等着瞧老夫人去世后会发生什么吧。"

"他是那么跟你说的吗？"

"心照不宣。"

"你想得美。"妈妈说。

"你不必表现得好像他有恩于我似的，我跟你说，有好多人跟你的想法完全相反。"

"我怎么一张嘴你就生气？"妈妈温和地说。

克莱尔和我过去常在星期六晚上溜进他家的边门，在高挑、老式的厨房里煮咖啡、做东西吃，就像两个刚放学的孩子般偷偷摸摸、轻声细气。然后，我们俩会蹑手蹑脚地爬上后面的楼梯，去克莱尔的房间打开电视机，这样老夫人就会以为他是一个人在看电视。如果她把他叫去了，我就一个人躺在大床上看电视节目，或是看看墙上的老照片——高中时当曲棍球守门员的他，穿着毕业典礼套装的珀琪，跟我不认识的朋友们在度假的他和珀琪。如果老夫人留他太久，我觉得无聊了，就会在电视声音的掩护之下下楼再喝点咖啡。（我从没喝过比这更浓的了，那些都留给克莱尔喝了。）我会在厨房的微光下走进餐厅，拉开抽屉端详老夫人的亚麻制品,打开瓷器柜和银具橱,感觉自己像个贼。但我想,既然结婚了我也无须做任何我现在就没在做的事情,我为什么不能享受这些并拥有麦夸里这个姓氏呢?我们刚一起出去约会不久,克莱尔就说"嫁给我吧",我说"别来烦我,我不想考虑结婚的事",他便不再提。过了这么些年,当我自己重提此事时,克莱尔似乎很开心。他说:"好吧,像我这样的老家伙,能听到像你这样的漂亮姑娘说自己想要嫁给他们的,可真没多少。"我暗想,等我结婚的时候要去金氏百货商店支使霍斯东奔西跑地为我服务,那老蠢驴[①]。真想给他吃点苦头,但教养会让我克制住自己。

"我现在要把那张明信片放进我的盒子里,"我对妈妈说,"除了我们俩都睡一觉,我也想不出什么更好的方式共度这个午后了。"我上楼,换上睡衣(中式刺绣,是克莱尔送的礼物)。我往脸上搽了乳霜,拿出我放明信片、信件和其他纪念品的盒子,把今天收到的明信片和往年来自佛罗里达以及一些来自班夫、贾斯珀、大峡谷和黄石公园的明信片放在了一起。接着,为了消磨时间,我翻看起自己学生时代的照片、成绩报告单和高中时排演的音乐剧《皮纳福号军舰》[②]的节目单,我扮演的是女主角,舰长

---

[①] 原文为"the old horse's neck"。"horse's neck"(马脖)应为"horse's ass"(马臀)较俏皮、文雅的说法,后者在英语中即用来指"蠢货""傻瓜"。
[②] 一部两幕喜剧,由阿瑟·萨利文(Arthur Sullivan)作曲,威廉·S·吉尔伯特(William S. Gilbert)创作剧本,1878年5月25日在伦敦首演,连演571场,是当时连演场次第二多的音乐剧。

的女儿，忘了叫什么名字了。我记得克莱尔在街上遇到我，称赞我的演唱和美貌，而我仅因为他看起来又老又安全，和他稍微调了一会儿情。也因为当时我心里太过得意，与其转身离开，倒不如跟他说说话。要是那时我能预见到将要发生的事情，会不会很惊讶呢？那时我甚至还没有遇到泰德·弗尔吉。

他的信我一看外封就能认出来，但我没有再读过，只是出于好奇，我打开信件看了起来。我一般讨厌打印的信件，因为它缺乏人情味，但是今晚在这儿面对那么多陌生的压力，我实在累垮了，我希望你能原谅。不论是打印还是手写，以前只要看着那封信，我就会萌生一种爱的感觉（如果你想这么定义的话），强烈得足以将我压垮和击溃。大约是我高中快毕业的那段时间，泰德·弗尔吉在朱比利的广播电台做了六个月的播音员。妈妈说他对我而言年纪太大了——她从没这么说过克莱尔——但泰德不过才二十四岁。他因肺结核在疗养院待了两年，这使他看起来比实际年龄要苍老。我们过去常去爬沙利文山，他谈到自己是如何在死亡的虎视眈眈下生活的，他知道与人亲近的重要性，但感受到的只有孤独。他说他想把头枕在我的大腿上哭泣，却从来都做别的事。他离开之后，我成了梦游人。到下午我才起床，脚下软绵绵地去邮局开信箱，看看是否有我的信。除了刚才的那封，我再也没收到过信。所有地方都令我心烦：沙利文山，广播电台，皇后饭店里的咖啡店。我不记得我在那家咖啡店里耗费了多少时光，在脑海里一遍遍地回顾我们之间的每一段对话，回想他脸上的每一个表情，还没真正明白一个道理：我的希望不会再次将他拖入那道门。在那儿，我开始和克莱尔约会。克莱尔说我看起来需要安慰，跟我说了一些他自己的故事。我从未向克莱尔透露出我的苦恼，但当我们开始约会后，我向他解释，我拿得出的只有友情。他说他完全理解，他会等下去。他也确实做到了。

我通读全信，也不是第一次意识到，任何傻瓜看完这封信都能看出不会再有第二封了。我希望你能知道我对你的温柔体贴和善解人意有多么感激。温柔体贴，这是那时候唯一烙印在我脑海的词语，给予我希望。我想着，等克莱尔和我结婚时，我要把这封信丢掉。那为什么不现在就扔呢？我将它撕了又撕，就像放学之后撕纸条一样轻而易举。然后，因为不想让妈妈对我废物篓里的东西评头论足，我将它揉成一团塞进钱包。在那之后，我躺在床上想了一些事情。比如说，如果我没有因为泰德·弗尔吉而心灰意冷，我会对克莱尔改观吗？不太可能。如果我没有心灰意冷，我根本永远都不会理睬克莱尔，我也许会离开，做些全然不同的事情；但现在想这些已经没什么意义了。刚开始，他的冲动让我觉得他可怜。我以前常常低头看着他那渐渐变秃的圆脑袋，听着他的呻吟和骚动，心想现在除了礼貌之外，我还能做什么？他对我没有更多的期望，除了躺在那儿任他摆布，从没要求过任何事，对此我已经习以为常。回过头来想，我是不是个无情的人，就躺在那儿，任他搂着我，爱抚我，在我脖颈边呻吟，说着他曾做过的事，却从来不曾向他说一句充满爱意的话？我从没想做个无情的人，从没刻薄对待过克莱尔，也确实由着他来，不是吗，十次有九次都这样。

我听见妈妈午睡起来并去烧了一壶水,这样她就可以泡杯茶看报纸。不一会儿,她突然尖叫了一声,我以为是谁过世了,所以从床上跳起来,跑向廊厅,但她在楼下说:"回去睡你的觉吧,对不起吓着你了。我弄错了。"我回到房间,听见她在打电话,可能是打给某个老朋友聊聊报纸上的什么消息,然后我猜自己是睡着了。

吵醒我的是一辆汽车停下的声音,有人从车里出来,走上了门前的人行道。我想,是克莱尔提前回来了吗?然后,在迷迷糊糊和半睡半醒之间,我想到自己已经撕了那封信,真好。但那不是他的脚步声。门铃还没来得及响,妈妈就打开了门,我听到阿尔玛·斯通豪斯的声音。她是我最好的朋友,在朱比利公立学校教书。我走到廊厅里,俯身往楼下喊:"嗨,阿尔玛,你又来我家吃饭啦?"她在贝利之家寄宿,那儿的伙食时好时坏;要是闻到牧羊人派饼的味道,她有时就会不请自来。

阿尔玛没脱外套就上了楼,看她瘦削暗沉的脸激动得通红,我知道一定发生了什么事情。我以为肯定跟她的丈夫有关,因为他们俩已分居,他会给她写骇人的信件。她说:"海伦,嗨,你感觉还好吗?你刚醒吗?"

"我听见你汽车的声音了,"我说,"我一时还以为也许是克莱尔,但他还要几天才回来。"

"海伦。你能坐下吗?进你的房间,找个地方坐下来。你准备好接受打击了吗?我真不希望告诉你这个消息的人是我。坚持住。"

我看到妈妈正站在她身后,我说:"妈妈,这是在开什么玩笑吗?"

阿尔玛说:"克莱尔·麦夸里已经结婚了。"

"你们两个人在搞什么?"我说,"克莱尔·麦夸里在佛罗里达,而且今天我刚收到一张他的明信片,妈妈明明知道的。"

"他在佛罗里达结了婚。海伦,镇定一点。"

"他在度假,他怎么可能在佛罗里达结婚呢?"

"他们正在回朱比利的路上,他们以后要在这儿生活。"

"阿尔玛,不管你从哪儿听来的这些,它都是胡扯。我才收到一张他的明信片。妈妈——"

然后我看见妈妈望着我,那表情好像我才八岁,患了麻疹,高烧 105 华氏度①似的。她拿着那张报纸,展开让我看。"在这儿,"她说,大概没意识到自己声音很轻,"都登在《号角先锋报》上了。"

"我才不信,我才不会上当呢。"我说着开始看报纸,从头看到尾,仿佛我以前从没听说过那些名字,而其中一些也确实如此:"本镇詹姆斯·麦夸里夫人与已故詹姆斯·麦夸里先生——本地杰出的实业家和议会长期议员——之子,来自朱比利的克莱尔·亚历山大·麦夸里,同来自内布拉斯加州林肯郡已故克莱夫·蒂巴特夫妇之女玛格丽特·托拉·利森夫人在佛罗里达的科勒

---

① 约为 41 摄氏度。

尔盖布尔斯①举行了低调的结婚仪式。仅有新郎的姐姐和姐夫哈罗德·约翰逊夫妇出席。新娘身穿灰绿色定制套装，佩戴着深棕色首饰和红褐色兰花胸花。约翰逊夫人身穿米色套装，佩戴着黑色首饰和绿色兰花胸花。目前这对新婚夫妇正驱车前往位于朱比利的未来的家。"

"你还认为这是胡扯吗？"阿尔玛严肃地说。

我说我不知道。

"你感觉还好吗？"

还好。

妈妈说，如果我们下楼喝杯茶吃点东西，而不是待在这间狭小的卧室里，大家都会感觉好一点。反正也差不多是晚饭时间了。我们一起下楼，我仍穿着睡衣。妈妈和阿尔玛一起准备吃的，就是那种当家里有人生病而你实在无力再为食物劳神的时候，吃了能让你保持体力的食物。冷肉三明治，几小碟不同种类的腌菜，奶酪切片和枣块。"你要是想抽烟的话就抽吧。"妈妈对我说——她这辈子第一次这么说。于是我抽了支烟，阿尔玛也抽了，她还说："我包里带着一些镇静药，药效不是很强，你可以服上一两片。"我说，不用，谢谢，不管怎样还没到这种地步。我说我好像还是不能接受这样的事实。

"他每年都去佛罗里达，对吧？"

我说是的。

---

① 美国佛罗里达州东南部沿海城市。

"我是这么想的,他以前见过这个女人——管她是寡妇,离异了还是别的什么——他们一直保持着联系,计划好了这一切。"

妈妈说实在很难想象这是克莱尔会做的事。

"我只是说在我看来是这样的。而且我打赌她是他姐姐的朋友。是他姐姐一手策划的。他姐姐和姐夫,他们参加了婚礼。海伦,我记得你一直告诉我,她不是你的朋友。"

"我几乎不认识她。"

"海伦·路易斯,你告诉过我,你和他只是在等老夫人过世,"妈妈说,"难道这不是克莱尔跟你说的吗?"

"用她做借口呢。"阿尔玛麻利地说。

"噢,他不会的,"妈妈说,"噢,这真是太难以理解了——克莱尔!"

"男人有便宜总是要占的。"阿尔玛说。她们俩消停了一会儿,看着我。我没办法跟她们说什么。我没办法告诉她们我正在想些什么。上星期六晚上在他家,在他离开之前,他像个婴儿般赤身裸体,抓着我的头发拂过他的面颊,又穿过牙齿,假装要咬断。我不喜欢自己的头发沾染上任何人的唾液,但我由着他去了,只是警告他如果真把我的头发咬断了,他得为我去理发师那儿修剪头发埋单。他那晚的行为并不像个即将要结婚的人。

妈妈和阿尔玛继续谈论和猜测着,而我越来越困。我听到阿尔玛说:"还可能会发生更糟的事情。我过了四年地狱般的生活。"妈妈又说:"他一直都是个体贴善良的人,很宠爱那个女孩。"夜还未深,又睡了一下午的觉,我想知道我怎么会这么困。

阿尔玛说："你能犯困还不错，自然反应。自然而然地，就像用了麻醉剂一样。"她们把我扶上楼，又扶上了床，我再没听到她们下楼的声音。

我也没有早起。我在通常起床的时间起床，给自己做了早饭。我听得见妈妈在楼上忙来忙去的声音，我朝她喊让她安静点，就跟其他早晨一样。她朝楼下喊道："你确定要去上班吗？我可以给霍斯先生打电话，说你病了。"我说："我干吗要遂了其他人的心意呢？"我在没有开灯的门厅镜子前化了妆，然后出门，步行两个半街区到金氏百货商店去，没有意识到这是怎样的一个早晨，只知道一夜之间并没有变成春天。在店里，他们在等着我，哦，太好了，早上好海伦，早上好海伦，如此和蔼又充满期待的声音，等着看我会不会直挺挺地倒在地板上，开始歇斯底里。麦库尔夫人，戴着订婚戒指的贝里儿·艾伦，就连克雷斯太太（二十五年前她被抛弃了，后来跟了别人——克雷斯——而他也消失了）都来了，她看着我干吗？老霍斯朝我笑的时候咂着嘴巴。我一派轻松高兴地说了"早上好"后就上了楼，谢天谢地我有自己专用的盥洗室，我想，我敢打赌今天一定会是童装部的大日子。也确实如此。我从没在一个早上接待过那么多妈妈，她们心甘情愿地爬上楼梯，只为了买一条发带或一双小袜子。

我给妈妈打电话，告诉她我中午不回家。我想我就去皇后饭店吃个汉堡，和所有那些我几乎不认识的广播行业人员一样。但是十二点差一刻的时候，阿尔玛来了。"我可不会在这样的日子里让你一个人吃饭!"于是我们不得不一起去皇后饭店。她打算让我吃个鸡蛋三明治而不是汉堡,喝上一杯牛奶而不是可乐,因为她说我的消化系统或许状况不佳,可我驳斥了她的说法。等食物上桌,我们坐定开吃时,她说:"好吧,他们回来了。"

我花了一分钟才反应过来是谁回来了。"什么时候?"我问。

"昨天晚上,大约晚饭时间。正是我开车去你家告诉你那个消息的时候。说不定我还在路上碰到过他们。"

"谁告诉你的?"

"嗯,比彻一家就住在麦夸里家隔壁,不是吗?"比彻夫人教四年级,阿尔玛教三年级。"格蕾丝看到他们了。她读过报纸,所以知道那是谁。"

"她长什么样?"我不由自主地追问。

"她不年轻了,格蕾丝说。反正跟他差不多年纪。她是他姐姐的朋友,我告诉过你的吧?她长相没什么突出的,说真的,她也就还行吧。"

"她是高还是矮?"我现在停不下来了,"黑发还是金发?"

"她戴了顶帽子,所以格蕾丝看不到她头发的颜色,不过她猜是黑色的。她是个高个子,格蕾丝说她的翘臀像台大钢琴。也许她很有钱。"

"是格蕾丝这么说的?"

"不,是我说的。只是猜测而已。"

"克莱尔不需要娶个有钱人。他自己有钱。"

"那是按我们的标准,以他的标准或许并非如此。"

整个下午我都在想，克莱尔会来找我，或至少会给我打个电话。那样我就可以问问他怎么看待自己做的事。我脑海里编造着一些他可能会给我的疯狂解释，比如说，这个可怜的女人患了癌症，只能再活六个月，一直穷困潦倒（是他住的汽车旅馆里的清洁工），而他想让她过一段时间的好日子。又或者，她正因为一项非法交易而敲诈他姐夫，克莱尔娶她是为了让她守口如瓶。但是因为客人一直很多，我没有时间想出很多的故事。一把年纪的老夫人气喘吁吁地爬上楼，扯谎要给孙子孙女买什么生日礼物。貌似朱比利的每个孙子孙女都要在三月过生日。我想，他们真应该感谢我，我给他们的日子带来了一些刺激，不是吗？甚至连阿尔玛现在看上去都比整个冬天里的任何时候要好。我这不是在怪她，我想，不过是事实罢了。谁又知道呢，要是斯通豪斯先生像他威胁那样出现在阿尔玛面前，强奸了她，让她从头到脚——这是他的原话，不是我说的——青一块紫一块，我也会像阿尔玛现在一样的。我会感到抱歉，会竭尽所能地帮助她；但我可能会想，好吧，虽然这很可怕，但这个漫长的冬天至少也算发生了点什么。

不回家吃晚饭这种事现在想都不用想，那会要了妈妈的命。她在家等着我，桌上摆着鲑鱼面包、卷心菜和加了葡萄干的胡萝卜沙拉，都是我爱吃的，还有苹果布丁。晚饭吃到一半，她的眼泪开始沿着搽了胭脂的脸庞滑落。"在我看来，如果非得有个人掉眼泪的话，那也应该是我吧，"我说，"你碰到什么特别倒霉的事了吗?"

"噢,我就是太喜欢他了,"她说,"我是那么喜欢他。到了我这把年纪,让你整个星期都期盼着会来的人可不多。"

"噢,我很遗憾。"我说。

"不过,一旦一个男人不再尊重一个女孩,就会很容易对她感到厌倦。"

"妈妈,你这是什么意思?"

"如果你不知道,我应该告诉你吗?"

"你真该感到羞愧,"我说着也哭了起来,"居然跟自己的亲生女儿这样说话。"好啊!我一直以为她不知道呢。不怨克莱尔,当然,怨我。

"不,我才不是那个该羞愧的人,"她继续抽泣着说,"我是上了年纪的女人但我明白。要是一个男人不再尊重一个女孩,他是不会娶她的。"

"要真是这样,这镇上几乎就不会有什么婚姻了。"

"是你毁了你自己的机会。"

"他还来这里的时候,你从不会像这样对我说一个字,而我现在也不想听这些。"说完我就上了楼。她没有跟着我。我坐着抽烟,一小时又一小时。我没有换下衣服。我听见她上楼、上床。然后我下楼,看了会儿电视,是有关车祸的新闻。我穿上外套出了门。

前一年圣诞节,克莱尔送了我一辆小汽车,莫里斯牌小轿车。我上班时不开车,因为开两个半街区的车去上班在我看来很愚蠢,像是在炫耀,尽管我知道有人会这么做。我走到车库里倒车出来。自从那个星期日开车带妈妈去塔珀镇看望住在养老院的凯姨妈后,这是我第一次再开这辆车。我在夏天开车多一点。

我看了看手表,上面的时间让我惊讶。十二点二十。坐了那么久,我感到摇摇欲坠,虚弱无力。我真希望自己现在有片阿尔玛的镇静药。我想开车离开,却不知该去哪儿。我开着车穿梭于朱比利的街道,再没有看见第二辆车。所有的房屋都隐在暗夜里,街道是黑色的,院落被上一次下的白雪覆盖。在我看来那些房子里的每一个人都知道一些我不知道的事情。他们明白发生了什么,也许早就知道会发生这件事,而我是唯一被蒙在鼓里的人。

我驶过格罗夫街,开上明尼街,从背面看到了他家的房子。他家也没亮一盏灯。我绕到房子前面看。他们也得偷偷摸摸上楼,一直开着电视机吗?我很想知道。没有一个臀部翘得像架大钢琴的女人能将就这些事。我打赌他会直接带她上楼,来到老夫人的房间里,说:"这位是新麦夸里夫人。"就是这样。

我停车,摇下车窗。然后没多想自己要干什么,我把身体压在喇叭上,尽我所能地让它响得越久越好,越吵越好。

这喇叭声释放了我,让我可以大喊。我也确实这么做了。"喂,克莱尔·麦夸里,我要跟你谈谈!"

毫无回应。"克莱尔·麦夸里!"我抬头冲着他黑漆漆的房子大喊大叫。"克莱尔,你给我出来!"我又按响了喇叭,两次,三次，不知道多少次。其间我还大喊大叫。我觉得我好像正远远地看着自己，我如此渺小，捶胸顿足，身体压着喇叭，狂喊滥叫。上演着一出闹剧，做着我脑子里想到的任何事情。某种意义上，这是种享受。我几乎都忘记为什么要这么做了。我开始有节奏地按喇叭，同时大喊。"克莱尔，你永远都不出来了吗？我们五月里采花给克莱尔戴，克莱尔不来我们就把他抓出来①——"我一边哭一边喊，就在大街上，无所顾忌。

"海伦，你是想把整个镇上的人都吵醒吗？"巴迪·希尔兹把头探进车窗说。他是夜间巡警，我曾在主日学校给他上过课。

"我不过是给新婚夫妇闹闹洞房庆祝一下，"我说，"那有什么问题吗？"

"我跟你说，你得停止这噪声。"

"我不想停下来。"

"噢，你想的，海伦，你不过是有点心烦。"

"我一遍遍地喊他，可他就是不出来，"我说，"我只想要他出来而已。"

"噢，你得做个好姑娘，快别按喇叭了。"

"我要他出来。"

"停下。别再让那个喇叭响了。"

"你能让他出来吗？"

"海伦，如果一个人不想从自己家里出来，我勉强不了。"

---

① 出自英语童谣《五月花束》。

"巴迪·希尔兹，我以为你是法律的化身。"

"我是，但法律也有做不到的事情。如果你想见他，为什么不白天再来，像一位真正的女士那样优雅地敲他的门呢？"

"你还不知道吗，他已经结婚了。"

"噢，海伦，如果他白天是已婚人士，那晚上也一样。"

"你在说笑吗？"

"不，不是，这是事实。现在，不如你坐过去一点，让我开车送你回家？你看看，这条街上前前后后的灯都亮起来了。格蕾丝·比彻正在那儿看着我们，我看到霍姆斯家也打开了窗户。你肯定不想给他们更多谈资了，对不对？"

"反正除了嚼舌根他们也没别的事情可做了，还不是照样会说我。"

接着，巴迪·希尔兹站直了身，从车窗旁移开了一点，我看到一个身穿深色衣服的人影正穿过麦夸里家的草坪，是克莱尔。他不是穿着睡衣之类的，而是穿戴整齐的样子，衬衫、夹克和长裤。他径直朝汽车走来，我坐在那儿等着听自己会对他说些什么。他一点都没变。他是个肥胖、自在、睡眼惺忪的男人。只是他的表情，他那一贯平易近人的表情，就打消了我哭泣和喊叫的念头。我当然可以又哭又喊直到脸色变青，但那也不会改变他的表情，或是让他快一点从床上起来，穿过庭院来到我身边。

"海伦，回家去。"他说，就好像我们看了一晚上的电视什么的，我是时候该回家了，也该上床睡觉了。"代我向你妈妈问好，"他说，"回家去吧。"

那就是他要说的一切了。他看着巴迪说："你开车送她回去吗？"巴迪说是的。我看着克莱尔·麦夸里，想着，他是一个走自己的路的人。他骑在我身上对我做那些事的时候没考虑过我的感受，也不介意他结婚后我会在街上搞出什么骚乱。而且，他是个不做任何解释的男人，或许本来就没什么可解释的。万一真有什么他无法解释的，哦，他会直接忘了它。现在，他所有的邻居都看着我们，但到了明天，如果他在街上遇到他们，会给他们讲个可笑的故事。而我呢？这几天要是在街上遇到我，他也许只会说："过得怎么样，海伦？"然后给我讲个笑话。如果我真的思考过他是个什么样的人，克莱尔·麦夸里，如果我留心过的话，本可以用截然不同的方式和他开始，或许感觉也会不同，但天知道到最后那一切又是否会有用。

"现在你是不是后悔自己弄出个这么大的乱子了？"巴迪说，我瘫软地滑进座位，盯着克莱尔走回自己的家，想着，是啊，去留心，那才是我本该做的。巴迪说："你不会再去打扰他和他妻子了，是不是，海伦？"

"什么？"我说。

"你不会再去打扰克莱尔和他妻子了，是不是？因为他已经结婚了，一切都结束了。而明早起床后，你会对今晚的所作所为感到相当糟糕，你会不知如何继续生活，面对大众。可我告诉你，这样的事情总在发生，唯一要做的就是继续前进，并且记住你并非唯一的一个。"曾经是我听他念诵《圣经》的诗行，抓到他偷偷读《利未记》，他也许从没想过由他来教训我是一件很滑稽的事。

"我跟你说，就像上个星期，"他说，优哉游哉地开过格罗夫街，并不着急送我回家，也没急于结束他的说教，"上个星期，我们接到一个电话，不得不前往唐诺克沼泽地，有一辆车陷在里头了。那个老农场主摇晃着装有子弹的枪，说如果这两个人不从他的领地上离开的话，他会以非法入侵之由射杀他们。那两人在入夜之后沿着一辆马车的辙痕开车，连白痴都知道一年里的这个时候你到那儿肯定会陷进去的。我要是告诉你那两个人的名字，你肯定都认识，也知道他们没有一起待在那辆车里的资格。其中一个是已婚女士。而且最糟糕的是，那会儿她丈夫正纳闷去唱诗班排练的她怎么还没有回家——这两个人都是唱诗班成员，但我不会告诉你是哪个唱诗班——她丈夫报警说她失踪了。所以我们不得不找辆牵引车把汽车拖出来，让他独自在那里紧张得流汗，我们安抚了那个老农场主，然后在白天又单独送她回家去，她哭了一路。这就是我说的总有糟糕的事情发生。我昨天看到那个男人和他妻子在闹市区买食品杂货，看起来不算太高兴，但他们俩还不是照样在那里。所以，做个好姑娘，海伦，像我们其他人一样继续生活，春天很快就来了。"

噢，巴迪·希尔兹，你大可以继续说下去，而克莱尔会继续讲笑话，妈妈会哭到她释怀为止，但此时此刻，我始终无法理解的是，为什么把克莱尔·麦夸里看作是个从不解释的人之后，我第一次觉察到自己想要伸出双手触碰他。

## 红裙子——1946

妈妈在给我做裙子。整个十一月，我每天放学回家总能看见她在厨房里，身边摆满裁剪过的红色天鹅绒和零碎的服装纸样。她在紧抵着窗的一台老式脚踏缝纫机上做活儿，这样不仅光线充足，还可以凭窗远眺，目光越过残梗地和光秃秃的菜园，看路上有谁经过。几乎没人可看。

红色天鹅绒料子有伸展性，很难加工，而且妈妈选定的样式也不容易做成。她实际上并不擅长缝纫。她喜欢做东西，可那是另一码事。一有机会，她就尽可能省去粗缝和熨烫的工序。而且裁缝手艺中的那些绝活，锁扣眼和包缝，没有一样是她可以引以为傲的。比方说，她就不像我的姨妈和外婆，她们都有自己拿手的绝活。与她们不同的是，妈妈做衣服从灵感出发，先有一个大胆惊人的念头；之后，她的兴致渐渐减弱。一开始，她总是找不到合她心意的式样。这不足为奇，没有任何现成的式样能符合她脑子里层出不穷的点子。在我小时候，她曾不时地给我做上一条印花玻璃纱连衣裙，一圈粗糙扎人的蕾丝花边装饰着高高的维多利亚式领子，再配上一顶阔边女帽；一套苏格兰格子花呢衣服，配一件天鹅绒短外套和一顶苏格兰便帽；一件绣花村姑衫，搭配一条红色长裙和黑色蕾丝紧身衣。在我对世俗偏见还懵懂无知的那些年，我会听话地穿上这些衣服，甚至还很开心。现在我懂事了，我想要我朋友朗妮从比尔的店里买来的那些衣服。

我还不得不试穿。有时朗妮和我一起放学回家，她会坐在沙发上看我试穿。妈妈围着我爬来爬去的样子让我尴尬，她的膝关节嘎吱作响，人不停喘着粗气。她喃喃自语着。在家里，她不穿束胸和长袜，只穿坡跟鞋和短袜；她的腿上露出一条条隆起的青绿色血管。她蹲着的姿势让我觉得丢脸甚至下流；我不停地跟朗妮说话，尽量把她的注意力从妈妈身上引开。朗妮镇定、有礼，一脸赞赏之情，在大人面前，她总是装出这副样子。背地里，她取笑他们，惟妙惟肖地戏仿他们，而他们永远不会知道。

妈妈把我推来拉去，她的针还扎到了我。她一会儿让我转过身，一会儿让我走几步，一会儿又让我站住不动。"朗妮，你觉得如何？"她嘴里含着针问朗妮。

"很漂亮。"朗妮诚恳地柔声回答。朗妮的母亲已经不在人世。她跟一个从不关心她的父亲一起生活，而这，在我看来，使她显得既脆弱又优越。

"一定会很漂亮的，只要我能掌控好尺寸。"妈妈说。"啊，好了。"她一边站起身来，膝关节又可悲地响了一声，她因此叹着气，语调夸张地说："她领不领情，我可拿不准。"她这样和朗妮讲话,好像朗妮长大了,而我还只是个孩子,这让我很恼火。"站直了。"她说,把一条别着针、粗缝过的裙子硬往我头上套。我的头裹在天鹅绒里,身子露在外头,只穿了一条旧棉布校服衬裙。我感觉自己就像一大块生肉,笨手笨脚的,浑身鸡皮疙瘩。我多么希望自己像朗妮一样,小骨架,苍白又瘦弱;她曾是个青紫婴儿[①]。

"嗯,我上中学的时候可没人给我做过裙子,"妈妈说,"我得自己动手做,要么就没得穿。"我真怕她又要开始讲她那个故事了:她步行七英里去镇上,找到一份寄宿公寓餐厅服务生的工作,这样她才有钱上中学。她所有那些曾经吸引我的人生故事开始显得离奇夸张、毫无意义,而且令人厌倦。

"有一次,别人送了我一条裙子,"她说,"那是一条乳白色羊绒裙,正面饰有宝蓝色竖形条纹,还有漂亮的珠母扣子,我真好奇那条裙子后来怎样了。"

等我们终于脱了身,我和朗妮便上楼来到我的房间。房间里虽然冷,但我们还是待在那儿。我们聊起班上的男生,按座位一排一排地逐个问道:"你喜欢他吗?好啦,那你有没有一点点喜欢他?你讨厌他吗?假如他约你出去,你会答应吗?"没有男生约过我们。我们十三岁了,上中学也有两个月了。我们做杂志上的小测试,看自己有没有个性,会不会受欢迎。我们读传授化妆技巧的文章,研究怎样化妆才能突出自己的优势,我们也读那些

---

[①] 青紫婴儿(Blue Baby),因心脏有先天性缺陷生下来皮肤呈蓝色的婴儿。

教女孩子第一次约会时怎么讲话、男孩如果有过分举动怎么应对的文章。我们还读更年期性冷淡、堕胎和已婚男人为什么搞外遇方面的文章。课业之余，我们大部分时间都忙着搜集、交流和讨论性知识。我们约定事无巨细向对方交代一切。可有一件事我没有告诉她，关于这次舞会，学校举办的圣诞舞会，妈妈是为了这场舞会才忙着为我做裙子，而我根本不想去。

在学校，我每分钟都如坐针毡。我不清楚朗妮是什么状况。她考试前双手冰冷、心跳加速，而我则时刻挣扎于绝望的边缘。课堂上，只要老师叫我回答问题，即便是再简单不过的问题，我的声音都会变得尖细急促，不然就是粗哑颤抖。当我不得不在黑板上演练时，我总觉得——即使在一个月内没来例假的日子里——我的裙子上沾有血渍。在黑板上转动圆规时，我总会手心冒汗，双手打滑。排球课上，我总是击不中球；老师叫我到前面示范动作，我紧张得全身都不知如何反应。我讨厌商务实践课，因为你得用直线画笔在空白页上画线，做成账簿，而每当老师站在背后看我，那一条条细线就变得歪歪斜斜，交错在一起。我讨厌科学课，我们坐在高凳子上，头顶刺眼的灯光，面前的桌上摆放着从未见过的易碎设备，而且上课的是校长，他的声音冷漠而自恋——他每天早上都诵读《圣经》——羞辱人的本领超群。我讨厌英文课，因为老师在前面朗诵华兹华斯的诗歌时，教室后排的男生们总在玩宾果游戏。英文老师是一个又矮又胖、脾气温和的姑娘，稍微有点斜视。她对这些男生又是威胁，又是哀求，她满脸通红，声音也变得战战兢兢，就跟我似的。那些男生嘲弄地道了歉，等她继续开始朗诵时，他们伪装得全神贯注，一脸痴迷，斜睨着眼，双手捂住胸口。有时她会突然大哭起来，怎么也止不住，不得不跑出教室，跑到走廊里。然后那些男生开始大声地哞哞学牛叫；我们肆无忌惮的哄笑声——嗯，也包括我的——一路追随她而去。每当此时，教室里会有一种残忍无情的狂欢气氛，让我这种懦弱又多疑的人胆战心惊。

但真正在学校里上演的并不是商务实践课、科学课和英文课，让生活充实并熠熠生辉的另有其事。那古老的教学楼，还有教学楼里潮湿阴冷、四面都是石墙的地下室，黑漆漆的衣帽间，以及已逝王室和失踪探险家的画像，到处充满性竞争带来的不安和兴奋。在这场竞争中，尽管做着大获全胜的白日梦，我却预感到自己会一败涂地。一定要发生点什么意外，好让我躲过那场舞会。

十二月，雪如期而至，于是我有了一个主意。之前我考虑过从自行车上摔下来扭伤脚踝。沿着因上了冻而硬邦邦的、车辙很深的乡间小路骑车回家时，我试着这么做过，可是太难了。不过，既然我的喉咙和支气管容易犯病，为何不故意把它们露在外面受凉呢？我开始半夜从床上爬起来，把窗户打开一道小缝。我跪在地上，让时而夹杂着雪花的寒风袭入屋内，掠过裸露在外的脖子。我脱掉上身的睡衣，对自己说着"冻得发青"这几个字。我跪在那里，紧闭双眼，想象自己的胸口和脖子渐渐变青，皮肤下的血管冻得灰青。我一直待到再也无法承受，然后从窗台上抓起一把雪抹在胸口，才把睡衣扣上。雪会融化，然后浸湿法兰绒棉，我会穿着湿乎乎的衣服睡觉，这种事应该算是最糟糕的了。早上，我一醒来就立刻清清嗓子，检查有没有疼痛发炎，还试着咳嗽几声，满怀希望地摸摸额头看有没有发烧。没有用。每天早上都如此，舞会当天也不例外，我从床上起来，身体健康如初，这让愿望彻底落空。

舞会那天我用了卷发的铁夹。我以前从没这么做过，因为我的头发是自然卷，不过今天我希望得到一切可能的女性仪式的庇佑。我躺在厨房沙发上读《庞贝末日》，希望自己身处庞贝城。妈妈永不满足，这会儿又忙着给裙子加白色蕾丝领子；她认定裙子看上去太过成熟了。我看着时间一小时一小时过去。这是一年之中白昼最短的日子之一。沙发上方的墙纸上是我和弟弟以前因支气管炎生病时玩传统的井字棋游戏画的画和涂鸦。我看着它们，渴望安全地回到童年的界线之后。

待我取掉卷发夹，自然卷加上卷发夹子的功效使一头丰盈亮泽的头发一下子蓬了起来。我把头发打湿，又是用梳子梳，又是用发刷使劲拍打，好让它柔顺地贴紧脸颊。我在脸上擦了粉，这使我滚烫的脸颊白得不自然。妈妈还拿出她那瓶从没用过的玫瑰之尘古龙香水让我喷在手臂上。然后她帮我拉上裙子拉链，让我转身照镜子。裙子是公主裙式样，腰部收得很紧。我发现，穿上硬挺的新文胸后，我的胸部竟出人意料地挺了起来，显得很成熟，虽然被领口那幼稚的荷叶边给遮住了。

"哎呀，我真希望能给你拍张照，"妈妈说，"我真的发自内心地为你这身打扮感到骄傲。你应该为此说声谢谢。"

"谢谢。"我说。

我推开门,朗妮见到我第一句话就是:"天哪,你的头发怎么了?"

"我做了头发。"

"你看起来简直像一个祖鲁人①。哦,别担心。给我一把梳子,我会把你前面的头发做成一个卷。我保证会看起来不错,甚至还会让你显得成熟些。"

我坐在镜子前,朗妮站在我身后帮我弄头发。我妈妈好像离不开我们似的。我真希望她走开。看着发卷渐渐成型,妈妈说:"朗妮,你真神了。你应该去做个美发师。"

"这是个主意。"朗妮说。她穿着一条淡蓝色绉丝礼服,腰部有褶边,还扎着蝴蝶结;纵使我的裙子没有领子,也不及朗妮一半成熟。她的头发像发夹包装纸上广告女郎的头发一样顺滑。我私下里一直认为朗妮算不上漂亮,因为她的牙齿不整齐。但此刻别管她的牙齿齐不齐了,她那时髦的裙子和柔滑的秀发使我看上去就像一个丑陋的黑脸木偶,套在红色天鹅绒里,眼睛睁得大大的,头发乱蓬蓬的,有种精神错乱的嫌疑。

妈妈跟着我们来到门口,在漆黑的夜色中大叫:"Au reservoir②!"这是我和朗妮一贯的道别方式,在妈妈口中听起来愚蠢又凄凉,我对她盗用了我们的台词感到十分恼火,以至于都

---

① 南部非洲民族之一,主要分布在南非纳塔尔省。
② 此处妈妈原本想说法语"au revoir",意为"再见""再会"。

不想回话。只有朗妮一人兴高采烈地回应道："晚安！"

体育馆里弥漫着松树和雪松的味道。篮球筐上挂着用红色和绿色的瓦楞纸折成的铃铛；高高的、装有铁条的窗户掩映在青葱的枝叶中。高年级学生似乎都结伴出席。一些十二和十三年级的女生带来已经毕业的男朋友，他们现在是镇上年轻的生意人。这些年轻人在体育馆里抽烟，没人管得了他们，他们是自由的。女孩们站在他们身边，手随意搭在男人的袖子上，漂亮的脸上带着厌烦、高傲的表情。我多么渴望自己也能像那样。她们表现得似乎只有她们这些高年级的才是舞会的主角，就好像我们其他人——她们在我们中间穿行，目光也得越过我们——即使不是隐形的，也是死气沉沉的；当第一支舞保罗·琼斯舞①宣布开始时，她们慵懒地走上前，互相微笑着，仿佛正被要求参加一场几乎已被遗忘的儿时游戏。而我、朗妮和其他九年级的女孩子则紧握着手，哆嗦着挤在一起，尾随她们走进舞池。

外圈的人经过时，我不敢抬眼看，生怕看见某些不合礼仪的慌乱之举。音乐停止时，我站在原地不动，微微抬眼，看见一个叫梅森·威廉姆斯的男孩正不情愿地向我走来。他开始和我跳舞，几乎不碰我的腰和手指。我双腿乏力，从肩膀开始的整条胳膊都在颤抖，根本说不出话来。这个梅森·威廉姆斯可是学校里的风云人物之一；他既打篮球，又打曲棍球，经过走廊时，总带着一

---

① 保罗·琼斯舞（Paul Jones），一种交换舞伴的旧时舞蹈。

种贵族般的沉郁和野蛮的轻蔑。对他而言，不得不跟我这样的无名小卒跳舞就像让他背诵莎士比亚一样冒犯。我和他有同样强烈的感受，还想象他正和他的朋友们交换眼色，表示无奈。他带着我，一路跌跌撞撞，来到舞池边缘。然后，他把手从我的腰部移走，放开我的手臂。

"回头见。"他说完就走开了。

我花了一两分钟才意识到怎么回事——他不会回来了。我走到墙边，一个人靠墙站着。我们的体育老师正和一个十年级的男生跳得起劲，在经过我时，她好奇地看了看我。她是学校里唯一一个使用"社会适应性"这种词的老师，我真怕万一她看见或发现了刚才的事，她会当众采取一些极端措施，强迫梅森跟我跳完这支舞。我自己倒没有对梅森感到生气或惊讶，我接受他和我在学校的地位存在差距这一事实，并明白他的所作所为符合现实。他是那种天然的英雄，不像学生会里的那种英雄，将来出了校园会在社会上出人头地，那种人肯定会彬彬有礼地屈尊与我跳舞，而我也并不会感觉更好过。尽管如此，我还是不希望这一幕被很多人看到。我讨厌被人注视。我开始啃大拇指上的皮。

音乐停止时，我混进一拨女生里，随她们来到体育馆的一头。我告诉自己，假装什么都没发生，假装现在这一刻才是开始。

乐队又开始演奏了。我们所在的舞池这一端，密集的人群出现了骚动，人迅速变少。男生过来，邀女生出去跳舞。朗妮去了。站在我另一边的女生也去了。没人邀请我。我记得我和朗妮读过的一篇杂志上的文章说：开心点！让男生看见你的双眸放

183

光，听见你的声音含笑！轻而易举，显而易见，可多少女孩都忘了这一点！千真万确，我真的忘了。我紧张得眉头紧锁，看上去一定害怕极了，难看极了。我深吸一口气，试着放松脸部。我微微含笑。但我觉得自己一个人这样笑着真傻。而且据我观察，在舞池里的女孩，那些受欢迎的女孩，并没有面带微笑；她们中的很多人睡眼惺忪、面露愠色，从没挤出过一丝笑容。

女孩们仍在陆续走进舞池。有些人看不到希望了，干脆和其他女生结伴跳舞。但大多数都是和男生一起。胖女孩，满脸是痘的女孩，一个没有漂亮礼服而不得不穿毛衣和短裙来参加舞会的可怜女孩，她们都被人邀请了，开始翩翩起舞。为什么选她们而不选我？为什么别人都有人邀请而我没有？我可是穿了一条红色天鹅绒裙子，卷了头发，用了体香剂，还喷了古龙香水啊。保佑啊，我在心里祈祷着。虽然无法闭上眼睛，可我在心里一遍遍默念，求你了，选我，求你了，还在身后紧扣十指，做了一个比画十字更灵验的手势，也是我和朗妮在数学课上为了不被叫到黑板前做练习而使用的同一个秘密祷告手势。

没有用。我担心害怕的事情变成了现实。我要被剩下了。我身上有一些说不清道不明的地方不对劲，不像口臭那样可以根治、痘痘那样可以忽视，所有人都知道我有问题，我也知道自己有问题，我自始至终都心知肚明。但之前我还不确定，还希望是弄错了。现在一切都确定无疑了，这种感觉像呕吐一样从内心深处涌起。我匆匆穿过一两个同样被剩下的女生，冲进女厕所，躲进一个隔间。

于是我待在了那儿。两支舞的间隔时间，女孩们匆忙地进出厕所。隔间很多，根本没人注意到我长蹲不起。别人跳舞时，我听着自己喜欢的音乐，但这没我的份。因为我不打算再去尝试了。我只想躲在这儿，出去后谁也不见，溜回家。

有一次音乐响起之后，还有一个人留在了厕所里。她放了很长时间的水，洗手，梳头。我在隔间里待了这么久，她肯定会觉得蹊跷的。我还是出去洗洗手比较好，没准在我洗手的时候她就离开了。

是玛丽·福琼。我知道她的名字，因为她是女子体育协会的干事，她的名字出现在光荣榜上，而且她一直负责组织各项活动。她还参与策划了这场舞会，到各个班级招募志愿者帮忙布置舞会现场。她好像在读十一年级还是十二年级来着。

"这里面真不错，又凉快，"她说，"我来这儿凉快凉快。我热死了。"

等我洗完手，她还在梳头。"你喜欢这支乐队吗？"她问。

"还行。"其实我不知道该怎么回答。她这样一个高年级的女生，肯花时间跟我交谈，让我感到意外。

"我不喜欢。我可受不了。我讨厌跟着不喜欢的乐队的音乐跳舞。听，他们的音乐断断续续、乱七八糟的。跟着这样的音乐跳舞，还不如不跳。"

我开始梳头。她靠着水池，看着我。

"我不想跳舞，也不是特别想待在这儿。我们去抽支烟吧。"

"去哪里？"

"来吧,我带你去。"

在厕所的尽头有一扇门。门没上锁,门后是一间黑漆漆的储藏室,里面堆满拖把和水桶。她让我扶着门,让厕所的光透进来,直到她找到另一扇门的把手。这扇门打开后通向一片黑暗。

"我不能开灯,否则会有人看见,"她说,"这是门卫的值班室。"我想运动员似乎总是比我们其他人更了解学校的建筑,他们知道东西放在哪里,总是从学生被禁止出入的门出来,神色勇敢而专注。"注意看路,"她说,"在远处尽头有楼梯,通往二楼的一间储藏室。门的顶部上了锁,不过楼梯和房间之间有隔板。所以如果我们坐在台阶上,万一有人进来,也看不见我们。"

"难道他们闻不到烟味吗?"我问。

"哦,好吧。活得刺激一点嘛。"

楼梯上方有一扇高高的窗户,从那里透进来一丝光亮。玛丽·福琼的皮包里有香烟和火柴。我以前没抽过香烟,只抽过我和朗妮自己卷的烟,用的是朗妮从她爸爸那里偷来的烟纸和烟草,自己卷的烟经常从中间断开。这种香烟就高档多了。

"今天晚上我来的唯一原因,"玛丽·福琼说,"是因为我负责场地的装饰,你懂的,我想看看人到齐之后场地整体效果如何。要不然我来干吗?我可没那么花痴。"

借着从那扇高窗户透进来的光,我看见她那张狭长的脸上露出轻蔑的神情,黝黑的皮肤因长痘而变得坑坑洼洼,门牙全都挤在一起,这让她看上去既老成又威风。

"大多数女生都很花痴。你注意到了没?我们学校聚集了一批史上最花痴的女生。"

我对她的关心、陪伴和香烟心存感激。我说我也这样认为。

"就像今天下午。今天下午我试着动员她们来帮忙挂铃铛和一些乌七八糟的东西。她们就只会站在梯子上和男生鬼混。她们才不在乎场地布置得怎样。这只是个借口。和男生鬼混,这才是她们唯一的人生目标。反正在我看来,她们是一群白痴。"

我们聊起老师和学校里的各种事。她说她以后想当体育老师。为此,她得读大学,可她的父母没那么多钱。她说她打算一路勤工俭学读完大学,反正她想自力更生,她会在餐厅打工,暑假还会干农活,摘摘烟叶之类。听她讲着讲着,我感觉那一阵极度的不开心已然过去。这里有一个人跟我承受了一样的失败——这点我看得出——但她依然充满活力和自尊。她已经想好要做其他的事。她要去摘烟叶。

音乐中止了很长一段时间,外面的人在享用甜甜圈和咖啡。我们俩则继续在这儿聊天、抽烟。音乐再次响起时,玛丽说:"瞧,我们还有必要继续待在这儿吗?我们取外套走吧。我们可以去李的店里坐坐,喝杯热巧克力,舒舒服服地聊天,对吧?"

我们摸索着穿过门卫值班室,手里托着烟灰和烟蒂。走到储藏室里,我们停下来听外面的动静,以确保厕所里没人。回到亮处后,我们把烟灰扔进马桶。接下来,我们就不得不出去了,因为衣帽间在外门旁边,得穿过舞池才能到达。

一支舞刚刚开始。"沿着舞池外围走,"玛丽说,"没人会注意到我们的。"

我跟着她走，谁也不看。我也没有在人群中寻找朗妮。朗妮可能再也不是我的朋友了，反正不会像从前那么亲密了。她就是玛丽所说的那种花痴。

既然已经决定把跳舞这事抛在脑后，我发现自己也没那么害怕了。我不再等着别人来选我。我有自己的安排。我不用再强颜欢笑，也不用再做手势祈祷。这一切都与我无关了。我要去喝热巧克力，和我的朋友一起。

一个男生上前来和我说话。他挡住了我的路。我想他肯定是在跟我说我掉了什么东西，要么就是我不能走那边，或是衣帽间锁上了。他把话又重复了一遍，我才明白过来，原来他是在邀请我跳舞。这个男生，雷蒙德·伯尔廷，是我们班的，我从来没跟他说过话。他以为我答应了。他把手置于我的腰间，然后几乎不用刻意做什么，我就开始跳舞了。

我们移到舞池中央。我在跳舞！我的双腿忘了打颤，手心也不冒汗了。我正在跟一个主动邀请我的男生共舞。没人让他邀请我，他根本不必邀请我，可他就是邀请我了。这可能吗？我能相信这件事吗？我到底有没有问题？

我想我该告诉他，他弄错了，我正准备离开，正要和女伴去喝热巧克力。可我什么都没说。我微微调整面部表情，毫不费力，就和那些被选中跳舞的女生一样，带上一副不苟言笑、心不在焉的表情。这就是玛丽·福琼系好围巾、从衣帽间门口朝外张望时，看到的我脸上的表情。我用那只搭在男生肩膀上的手轻轻朝她挥了挥，表示我很抱歉，没料到会发生这种事，还有她也不必再等我了。然后我扭过头，等我再看时，她已经走了。

雷蒙德·伯尔廷护送我回家，哈罗德·西蒙斯护送朗妮回家。我们四个一起走到朗妮家的街角。男孩们在为一场曲棍球比赛争论不休，我和朗妮听不懂。然后我们分成两对。雷蒙德继续和我讨论着刚才他跟哈罗德争论的话题。他似乎没有注意到他是在和我讲话。有一两次，我说："哦，我不知道，我没看过那场比赛。"但过了一会儿我决定只附和"嗯嗯"，而这好像就足够了。

他说的另一件事就是："没想到你住得这么远。"说着他抽了抽鼻子。天气寒冷，我也有点流鼻涕了。我在外衣口袋里的一堆糖纸中翻找，终于摸出了一张皱巴巴的舒洁纸巾。我不知道是否该把纸巾递给他，不过他抽鼻子的声音实在太大，最后我说："我只有这么一张纸巾，可能还不太干净，可能上面还有墨迹。但假如我把它撕成两半，那我们两人就都能用了。"

"谢谢，"他说，"我当然不介意。"

我想这么做真是做对了，因为在我家门前，就在我说了"嗯，晚安"、他答了"哦，好，晚安"之后，他朝我探身过来，轻轻地吻了一下我的嘴角，带着一副清楚自己职责所在的神情。接着他转身走回镇上，永远也不知道他拯救了我，把我从玛丽·福琼的领地带回了普通人的世界。

我绕到我家后门，心里想着，我参加了一场舞会，一个男生护送我回家，还吻了我。这一切都是真的。我的人生一切皆有可能。经过厨房窗户时，我看见了妈妈。她坐在那儿，双脚搁在烤炉开着的门上，用没配茶碟的茶杯喝茶。她正坐在那儿等我回家向她倾吐发生的一切。我不会这么做的，永远也不会。然而，当我看到那为守候我而亮着的厨房，看到身穿褪色起球的涡纹花呢和服的妈妈虽然昏昏欲睡却依旧满脸期待时，我明白了自己肩负着一项多么神秘、多么沉重的职责——要快乐，我却差点搞砸了，且今后每次都有可能搞砸，而她永远不会知道。

## 星期日午后

甘尼特太太伴随着脑海中播放的旋律优雅地迈进厨房，丝光棉布的碎花背心裙裙裾飘飘。阿尔瓦在厨房里洗杯子。现在是两点半，十二点半左右大家就开始来喝东西了。他们都是常客；在为甘尼特家工作的三个星期里，大部分人阿尔瓦之前已经见过好几回。有甘尼特太太的弟弟和他的妻子，万斯夫妇，弗雷德里克夫妇；甘尼特太太的父母已经来了一小会儿了，在圣马丁教堂做完礼拜后，他们带着一个年轻的侄子或表弟过来，他们回家后他则在此逗留。甘尼特太太家这边的亲戚都是体面人物；她有三个姐妹，都是漂亮、直率、有些大大咧咧的女人，体格也比甘尼特太太健壮得多。她们的父母头发都白了，也相当心直口快、慷慨大方。乔治亚湾那座岛屿的主人是甘尼特太太的父亲，他在岛上为每个女儿都盖了避暑别墅，再过一个星期阿尔瓦就能上那座岛看看了。另一方面，甘尼特先生的母亲住在这栋红色砖房的另一厢里。房子差不多位于市中心，在这条无树的街上几乎都是一模一样的红色砖房。甘尼特太太每星期会带她去兜一次风,再回家吃晚饭,在她被送回家之前,大家只喝葡萄汁。有一次甘尼特先生和太太晚餐后得立马出门,她到厨房帮阿尔瓦把盘子放好。她的脾气相当暴躁,也很冷漠,就像阿尔瓦自己家里那些女人对待女仆的样子。跟甘尼特太太姐妹们的那种习惯成自然的体谅和友善比起来,阿尔瓦对此并不那么介意。

甘尼特太太打开冰箱,手扶着门站在那儿。终于,她像是在傻笑似的开了口:"阿尔瓦,我想午饭咱们吃——"

"没问题。"阿尔瓦说。甘尼特太太看着她。阿尔瓦从没说错过话,真正意义上的错话,很粗鲁的那种,当然甘尼特太太也没有不切实际地指望一个女高中生,能像自己母亲家厨房里的老女仆们那样回答一句"好的,夫人",何况她还是一个乡下女高中生。不过阿尔瓦的语气中常常有一种做作的放松、夸张的随意和顺从,这些都很让人恼火,因为甘尼特太太根本想不出法子反对。无论如何这让她不再傻笑,她化了妆的褐色脸庞突然变得阴沉严肃。

"土豆沙拉,"她说,"牛舌冻。别忘了热一下面包卷。西红柿你去了皮没?好的——哦,听着阿尔瓦,我觉得那些萝卜看起来让人不是很有食欲,你说呢?你最好切一下,过去珍会做成玫瑰花的样子,就是绕着圈切出花瓣的形状,你知道吧?它们以前看上去诱人极了。"

阿尔瓦开始笨手笨脚地切萝卜。甘尼特太太皱着眉头在厨房里兜圈子,手指尖滑过蓝色和珊瑚色的厨房台面。她把头发绾成一个髻,这让她被晒得粗糙的褐色脖子显得非常纤细。她古铜色的肌肤使她看上去健壮而干燥。阿尔瓦则一点也不黑,因为一天中最热的时候她都在室内。对于一个十七岁的少女来说,她的腰和腿都比她希望的要粗。她羡慕甘尼特太太皮肤的颜色和质地,甘尼特太太看上去天生有股人造且高级的气质。

"用根线把白蛋糕切成条,你知道怎么切,我会告诉你要多少冰冻果子露、多少枫糖慕斯。甘尼特先生要纯香草冰激凌,在冰箱里——还有不少,你自己也来一份——哦,德里克,你这个捣蛋鬼!"甘尼特太太跑向露台,喊着,"德里克,德里克!"声调刺耳,愤怒中带着快乐。阿尔瓦知道德里克就是万斯先生,一个股票经纪人,她及时提醒自己不要从荷兰门[①]上方望出去看看发生了什么事。当他们都在喝酒,渐渐放松且兴奋起来时,她得谨记她不被允许出现一丝懈怠和兴奋,这是她星期日的困难之一。当然,她一般不喝酒,除了他们端回厨房来的那些杯底剩酒——而且她只喝加糖加冰的杜松子酒。

然而到这天下午过去一半的时候,不真实的感觉,交替袭来的冷漠与轻率的感觉,在这栋房子里变得极其强烈起来。阿尔瓦会碰到从洗手间出来的人,全神贯注,忧思重重;她会瞥见女人在幽暗的卧室里对着镜子搔首弄姿,动作异常缓慢地抹口红,还会有人在书房的长沙发上入睡。到这个时间,为了隔热,客厅和

---

[①] 荷兰门分为上下两截,可以各自开启。

餐厅落地窗的窗帘都已经拉上了。那些冷色调的长房间，拉着窗帘，铺着地毯，似乎漂浮在水下的微光里。阿尔瓦发现她已经很难想起家里的那些房间，那么小的房间，竟能容纳下那么多的东西。这儿有如此平淡枯燥的绵延的平面，如此多的空间——整条又长又宽的过道空荡荡的，只在最远端的墙边摆了两个高高的丹麦花瓶，地毯、墙壁和天花板都铺成了灰度相异的蓝色。阿尔瓦走过这条走廊，没有发出任何声响，期盼着路过一面镜子或撞上什么东西。她不确定自己是否还置身其中。

把午餐端去露台之前，她对着厨房台面尽头的一面小镜子梳了梳自己的头发，把脸旁的鬓发拢了上去。她重新系好了身上的围裙，把围裙的宽带子绑得紧紧的。她能做的只有这些了；制服以前是珍的，阿尔瓦在第一次试穿的时候就提出过它有点太大了；但甘尼特太太不这么认为。制服是蓝色的，映衬厨房的主色调；它有白色的袖口和领口，以及饰有荷叶边的围裙。她还不得不穿长袜和白色古巴跟鞋，这双鞋踏在露台的石头地面上，跟凉鞋和便鞋比起来，会发出沉重且意味深长的粗俗的噪声。不过，当她端着盘子、餐巾和食物走向熟铁长桌时，没有人打量她。只有甘尼特太太过来重新布置了桌面。阿尔瓦把东西放到桌上的方式似乎总是缺点什么，尽管如此，她也确实没犯什么错。

他们吃饭的时候，她坐在厨房的桌子旁吃自己的午饭，边吃边翻着一本旧的《时代周刊》。露台上当然没有装铃，甘尼特太太用叫的："好了，阿尔瓦！"或是简单一声："阿尔瓦！"那声音跟铃声一样严谨尖锐。她在跟别人谈话谈到一半时，这么叫唤，叫完后接着又开始大笑，这感觉很怪异；就好像她是为阿尔瓦度身定制了这机械的声音，一按按钮就能转换。

饭后他们都端着自己的点心碟和咖啡杯回到了厨房。万斯太太说土豆沙拉美味极了；万斯先生，喝得醉醺醺的，连说几声美味，美味。阿尔瓦站在水槽前，他就站在她的身后，近得阿尔瓦都能感觉到他的气息和他手的位置；他并没有真的碰到她。万斯先生块头很大，满头鬈发，脸色红润；他的头发灰白，阿尔瓦觉得他让人害怕，因为她一贯尊敬他那种人。万斯太太说个不停，比起其他女人，她跟阿尔瓦说话时看起来更没自信，然而也更加热情。万斯夫妇的境况有点不稳定，阿尔瓦不确定是为什么，也许只是因为他们是这群人中最没钱的。不管怎样，他们总是非常有趣热情，而万斯先生总是喝得太多。

"阿尔瓦，要北上去乔治亚湾了？"万斯先生问道。万斯太太说："哦，你会喜欢那里的，甘尼特家有个很不错的地方。"万斯先生说："去那儿晒晒太阳，对吧？"说完他们就走开了。阿尔瓦现在能走动了，她转身去取脏盘子，注意到甘尼特太太的表弟，或管他是谁，还在厨房里。他跟甘尼特太太一样瘦削，皮肤粗糙，不过肤色更深。他说："恐怕已经没有咖啡了，对吧？"阿尔瓦把剩下的咖啡都倒给了他，半杯。他站在厨房里一边喝咖啡一边看着阿尔瓦把盘子摞起来。然后他说："真有趣，是吧？"等她抬头，他大笑着走了出去。

洗好盘子之后阿尔瓦就没事了，晚餐要到很晚才开饭。可实际上她并不能离开这栋房子，因为甘尼特太太可能会有什么事找她。而且她也不能到外面去，他们都在外面呢。她上了楼，接着想起甘尼特太太曾经说过书房里的书她可以随便看，她又下楼去拿书。在门厅里，她撞上了甘尼特先生，甘尼特先生十分认真专注地看着她，可又似乎准备一言不发地跟她擦肩而过，终于他开口了："听着，阿尔瓦——听着，你吃饱了吗？"

这可不是开玩笑，因为甘尼特先生从来都不苟言笑。事实上，他之前已经问过她两三回了。当他看到她在自己家里时，他似乎觉得对她负有责任——重中之重是她应该被喂饱。阿尔瓦不悦地红了脸，请他放心。难道她是头小母牛吗？她说："我正准备去书房拿本书。甘尼特太太说可以——"

"当然，当然，你想看什么书都行。"甘尼特先生说，然后他出人意料地为她打开了书房的门，领着她来到书架跟前，又皱着眉头站在那儿。"你想看什么书？"他问。他把手伸向放着封面鲜亮的侦探小说和历史小说的那一层，可阿尔瓦说："我还没看过《李尔王》。"

"《李尔王》，"甘尼特先生说，"噢。"他不知道这书在哪儿，于是阿尔瓦自己取了下来。"《红与黑》也没看过。"她说。这么做并没有让他刮目相看，但这本书她可能真的会看。她不能只拿着《李尔王》回自己的房间。她自我感觉良好地走出书房，她已经向他展示了除了吃她还会做些什么。男人比女人更容易被《李尔王》打动。不过对甘尼特太太来说毫无差别，女仆就是女仆。

然而在她自己的房间里，她一点也不想看书。她的房间在车库上面，非常热。坐在床上会弄乱她的制服，而另一套制服她还没有熨。她也可以脱掉制服，穿衬裙坐着，可是甘尼特太太随时会唤她，要她立刻出现。她站在窗前上下打量着街道。街道呈新月形，是一条又宽又缓的弯道，没有人行道，有一两次阿尔瓦沿着这条弯道散步，感觉有些惹人注意。你从来看不到有别的人走动。房子之间隔得很远，离街面也远，藏在漂亮的草坪、假山和观赏植物的后面。除了华裔园丁，没人把时间花在屋前的这片区域上。草坪设施、秋千和花园桌都搁置在屋后的草坪上，被树篱笆、石头墙和仿乡村风格的栅栏围绕着。这天下午街上停了一溜儿汽车，屋后传来欢声笑语。尽管天气炎热，天空万里无云，所有的一切——粉刷成白色的石头房子、鲜花、色彩缤纷的汽车——看上去坚固而炫丽，有条不紊，完美无瑕。目之所及没有意料之外的东西。整条街，就像广告般，展示着晴朗夏日那咄咄逼人的气势。这一切，笑声，跟这条街道息息相关的人们的生活，让阿尔瓦感到眼花缭乱。她在一把硬椅子上坐下，椅子搁在一张旧式儿童书桌前——这个房间里的所有家具都是从重新装修过的其他房间里搬过来的，整栋房子里你只会在这儿发现一些不匹配、互不相干的东西，还有又小又矮的浅色木头家什。她开始给家里写信。

……房子，还有其他所有东西，都巨大无比，大多数非常现代。草坪上一株杂草都没有，他们有一个园丁，每星期花一整天的时间来清理看上去已经非常完美的草坪。我想那些男人精力太过充沛，没事找事做，改造已经很完美的草坪和类似的东西。他们隔一段时间也会出去，让草乱长，但那非常复杂，所有的事情都必须维持原样。他们做的所有事、去的所有地方都是如此。

不用担心我会寂寞、受人欺负，经历一些女仆会有的类似遭遇。我不会让任何人有机会那样对我。再说我也不算真正意义上的女仆，我只做一个夏天而已。我没感到孤单，为什么会孤单呢？我只是在观察，觉得这些事有趣。妈妈，我当然不能跟他们一起吃饭。别傻了。这跟农家女佣可完全是两码事。况且我宁愿自己吃。如果你写信给甘尼特太太，她不会明白你在说什么的，而且我并不介意。所以别写！

我还想着，马里恩来城里时，我下午请假，跟她在市中心碰面更好。我不是特别想让她来这儿。我不确定女仆的亲戚来了该怎么办。如果她想来当然也没问题。我也说不准甘尼特太太会有什么反应，就这些，在她身边我会努力放轻松，同时也不让她欺负我。不过她也好对付。

再有一个星期我们就要离开去乔治亚湾了，我当然对此很期待。我马上能每天游泳了，她（甘尼特太太）说……

她的房间确实太热了。她把没写完的信放到书桌上的记事本下面。玛格丽特在房间开了收音机。她沿着门厅往玛格丽特的房间走去，盼望房门开着。玛格丽特还不满十四岁，年龄上的差距抵消了其他方面的悬殊，跟玛格丽特待在一起还不赖。

房门开着,床上摊满了玛格丽特的衬裙和夏装。阿尔瓦不知道她原来有这么多衣服。

"我其实不是在打包,"玛格丽特说,"我知道这听起来很荒唐。我只是想看看我有些什么衣服。我希望万事俱备。"她说。"我希望这不会太……"

阿尔瓦触摸着床上的衣服,感觉到巨大的愉悦:这些淡雅的颜色;小巧光滑的紧身胸衣,褶裥繁复而有形;蓬蓬的、挺括花哨的裙衬;这些衣服透着人工雕琢的纯洁。阿尔瓦没有嫉妒,是的,她与此无关,那是玛格丽特的世界的一部分,私立学校的严格模式(短上衣和黑色长袜),曲棍球,唱诗班,夏季的帆船运动,派对,穿运动夹克的男生……

"你准备穿着它们去哪儿?"阿尔瓦问。

"去奥吉布瓦饭店。他们每个周末都举办舞会,所有人都开着自己的船去。星期五晚上是孩子们的舞会,星期六晚上是父母和其他人的——那就是我要去的,"玛格丽特相当伤感地说,"要是我在社交上不是个失败者的话。戴维斯家的两姐妹就是。"

"别担心,"阿尔瓦带点迁就地说,"你会没事的。"

"其实我并不喜欢跳舞,"玛格丽特说,"比方说,就不像我喜欢帆船运动那样。可你不得不去。"

"你会慢慢喜欢上的。"阿尔瓦说。所以说那里会有舞会,他们会乘船去,她会目送他们出去,再听见他们回家的声音。所有这些事情,都是她本该期盼的……

玛格丽特盘腿坐在地板上,抬头看着她,一脸坦率纯真。她说:"你觉得今年夏天我应该开始跟人搂着脖子接吻吗?"

"当然,"阿尔瓦说,"如果是我,我就会。"阿尔瓦不怀好意地加了一句。玛格丽特看上去很困惑,她说:"我听说复活节时斯科蒂就是因为这个才没有约我……"

尽管没有声响,但玛格丽格一溜身站了起来。"妈妈来了。"她用唇语示意,几乎就在同时,甘尼特太太走进了房间,尽力保持微笑,说:"哦,阿尔瓦,原来你在这儿。"

玛格丽特说:"我在跟她说岛上的事,妈咪。"

"哦。楼下的杯子堆成山了,阿尔瓦,你可能得现在把它们洗掉,到你准备晚餐时才不会碍事——对了,阿尔瓦,你还有干净的围裙吗?"

"黄色的太紧了,妈咪,我试穿过了——"

"听着,亲爱的,没必要现在就把所有的旧衣服翻出来,还有一个星期我们才出发……"

阿尔瓦走下楼,穿过蓝色的门厅,经过时听见人们在书房里略带醉意地认真交谈着,看见缝纫室的门在她靠近时从里面轻轻关上了。她走进厨房,现在满脑子都是那座岛。整座岛都是他们的,目光所及之处没有什么不是他们的:岩石、阳光和松树,以及海湾那深邃冰凉的海水。在那儿她要做什么,女仆们都做些什么呢?她可以见缝插针地去游个泳,自己去散散步,有时——也许趁他们去食品杂货店时——她可以跟着去坐船。在那儿不会像在这儿有如此多的家务活要做,甘尼特太太曾这么说过。她说女仆一直很喜欢这一点。阿尔瓦想着其他的女仆，那些更能干、更随和的女孩，她们是真心喜欢吗？她们找到了怎样的自由和满足，而她却没有？

她在水槽里放满水，再次把沥水架拿出来，开始洗杯子。没什么了不起的，但听着围绕在她身边的令人费解而模糊的声音——关于其他人的生活，关于船、汽车和舞会，看着持续曝露在耀眼阳光下的这条街道，那个承诺中的岛屿，她觉得沉重，因炎热而沉重，觉得疲劳和漠不关心。在这儿她不能发出声响，一丁点也不行。

她必须记得晚餐前上楼去换一条干净的围裙。

她听见门开了。有人从露台进了厨房。是甘尼特太太的表弟。

"我这儿还有一个杯子，"他说，"放哪儿？"

"随便。"阿尔瓦说。

"说声感谢。"甘尼特太太的表弟说。阿尔瓦一边转过身，一边在围裙上擦着手，她有点惊讶，接着瞬间就不再惊讶了。她等着，背抵着台面，甘尼特太太的表弟轻轻抱住她，就像在玩一场熟悉的游戏，他用了很长时间吻她的嘴。

"她邀请我八月的某个周末去岛上。"他说。

露台上有人叫他，于是他往外走，优雅得不着痕迹，甚至让人感觉是在戏仿一个身份低微的人物。阿尔瓦还站在那儿，后背抵着台面。

这个陌生人的触碰让她放松下来。她的身体满怀感激与期待，她感觉到轻盈和自信，这是她在这栋房子里前所未有的体验。所以,还有事情是她没有考虑到的,关于她自己,关于他们,关于跟他们一起生活并没有那么不现实的方式。她现在不再介意想起那座岛,那阳光下裸露的岩石和幽暗的小松树。她的视角完全不同了。她甚至可能想去那儿。不过事情总是一起到来。有些事她还不想去发掘——一个痛处,一种崭新却依然神秘的屈辱。

## 海岸之旅

这地方在地图上被标注为布莱克霍斯，可除了一家商店、三栋房子、一片旧墓地和一间属于被烧毁的教堂的简易棚屋外，没有别的了。这里夏季酷热，路上没有庇荫处，附近也没有溪流。用红砖盖的房子和商店呈现出褪淡的姜黄色，烟囱上和窗户周围随意地用了灰色和白色的砖来装饰。它们背后的田野长满马利筋、秋麒麟草和开着大朵紫花的蓟草。那些经由这里去往马斯科卡湖和北方丛林的人们可能会注意到，从这一带起，繁复的景观渐渐变得稀疏平淡，逐渐缩小的田野上露出光秃秃的岩石，葱郁、和谐的榆树和枫树林让位于桦树、杨树、杉树和松树，以及浓密却不那么友善的灌木丛——在午后的高温下，这些道路尽头的突兀树木变得蔚蓝、透明，如一群幽灵般遁入远方。

梅躺在商店后面一个堆满箱子的大房间里。夏天楼上热得不行时，她就睡在这儿。黑兹尔睡在前屋的长沙发上，夜里有一半时间都开着收音机；她外婆依旧睡在楼上一个逼仄的小房间里。

房间里摆满了大家具和老照片,弥漫着一股热油布和老太太羊毛袜的味道。梅搞不清楚现在几点,因为她几乎没这么早醒过。大多数的早晨,她睁开眼时,脚边那块地板上都有烈日的光斑了,农场主们运牛奶的卡车正轰隆隆驶过公路,外婆在商店与厨房之间快步来回穿梭,在厨房的炉子上放了一壶咖啡和一锅厚切培根。梅睡在陈旧的门廊沙发上,垫子闻起来隐约还有些霉味和松木味。外婆经过时会习惯性地边扯床单边说:"现在就起床,起来,你难道想睡到晚饭时间吗?有人想要加油。"

如果梅不起床而是气呼呼地小声抱怨着裹紧床单,外婆下次经过时就会舀一勺凉水,浇到外孙女的脚上。接着,梅只好跳起来,把长长的发辫从脸上拂开拢到脑后,她因为困倦而闷闷不乐,但没有生气。梅怀揣着一种坚定而根本的信念接受外婆的规矩,相信这一切终会过去,就像经历一场狂风暴雨或一次胃痛。她从睡袍袖子里抽出胳膊,躲在睡袍里穿好了所有的衣服。她十一岁了,进入一个矜持的敏感期,拒绝在屁股上种痘,如果黑兹尔或外婆在她穿衣服时进房间,她会愤怒地尖叫——她认为,她们这么做是为了寻开心,也是在嘲笑她想要隐私的想法。她出去给车加好油,回来时已经完全清醒了,饥肠辘辘。她要在早餐时吃四五块抹着橘子酱和花生酱、夹着培根的吐司三明治。

但今天早晨她醒来时,后屋里才蒙蒙亮,她只能隐约辨认出纸板箱上的印刷文字。亨氏番茄汤,她念道,戈登谷杏仁。她私底下有个习惯,把三个字母分为一组,如果总字数能被三整除,就意味着那天她将走运。她正计算着,忽然觉得自己听到了一个声音，好像有人在院子里走动。一种难以名状的不安从脚底开始占据她的全身，让她蜷起脚趾，绷直双腿，直到她碰到沙发的另一头。有种感觉流经她整个身体，跟她要打喷嚏时脑袋里的感觉很像。她尽可能安静地起了床，小心翼翼地走过后屋光秃秃的木地板，感觉脚下的地板沙沙的有弹性，然后来到了厨房粗糙的油毡上。她穿着黑兹尔的一条旧棉布睡袍，睡袍在她身后柔软诡秘地飘荡着。

厨房里空无一人。水槽上方架子上的钟警惕地嘀嗒作响。有一只水龙头一直滴着水，一块洗碗布被折成小方块置于其下。钟面几乎被一个要熟透了的黄色番茄和一罐外婆的假牙清洁粉完全挡住。六点差二十。她走向纱门，经过面包盒时，一只手自然而然地伸进去抓了几个肉桂小面包出来，她看也没看就往嘴里塞。面包有点干。

一天当中这个时间的后院是奇怪、潮湿、幽暗的；田野是灰色的，沿着栅栏茂密生长的灌木丛蛛网遍布，停满了鸟儿；天空苍白冷清，流畅的光棱，边缘泛红，如同贝壳的内侧。令她高兴的是，外婆和黑兹尔不在，她们还睡着。这一天还未属于任何人，它的纯粹让她惊异。她对自由与危险有一种微妙的预感，恰如一道曙光划过天空。从房子的拐角处，也就是柴火堆那儿，传来低沉的干巴巴的咔嗒声。

"谁在那儿？"梅咽下满嘴的肉桂小面包后大声问道。"我知道你在那儿。"她说。

外婆用围裙兜着一堆火柴绕过房子走出来，愤怒又含糊地自言自语着。梅见她来了，没有感到惊讶，而是感到一种奇特的失落，这种失落似乎从当下蔓延到了她生活的方方面面，不论是过去还是未来。好像无论她去哪里，她外婆都会提前到达；她发现的任何事情，她外婆都已经知晓，或可以证明那是无足轻重的。

"我还以为院子里有谁呢。"她用防备的口吻说。外婆看了看她，就好像她是一根烟囱，然后径直走进了厨房。

"我没想到你会起得这么早，"梅说，"你起这么早做什么？"

外婆没有吭声。你对她说的一字一句她都听在耳里，但除非她乐意，否则她都不予回复。她开始在炉子里生火。这天她穿着一条印花连衣裙，腰上围着一条磨旧了的、脏兮兮的蓝色围裙，套了一件曾经属于她丈夫的脱了线也看不出颜色的无扣毛衣，脚蹬一双帆布鞋。尽管她想让自己整洁利落，衣物还是在她身上晃来荡去，因为她的体形非同寻常，根本没有合她身的衣服。她的身体扁平而狭窄，只有腹部在她瘦削的胸部下不合理地微微隆起，像怀了四个月的身孕。她的腿瘦骨嶙峋，棕色的胳膊青筋毕露，如鞭子般缠绕扭曲。相对身体而言，她的脑袋太大了，头发紧紧地扎在头顶，使她看上去就像一个营养不良却满腹坏水、智力超群的孩子。

"你回床上去睡吧。"她对梅说。梅却走向厨房的镜子，开始梳头发，她把头发绕在手指上看是否能理成发梢内卷的齐肩短发。她记得今天尤妮·帕克的表姐要来。要是可以不让外婆知道的话，她本想用黑兹尔的卷发夹子把头发卷起来。

外婆关上前屋的门，黑兹尔还在前屋睡着。她清空咖啡壶，重新加了水和新鲜咖啡豆。她从冰箱里拿出一罐牛奶，闻了闻，确保牛奶还新鲜，又用勺子从糖碗里挑出两只蚂蚁。她在自己的小机器上卷了一支烟。接着她在桌边坐下看昨天的报纸。她再也没有跟梅说一个字，直到咖啡滤煮好，她把炉火调小，这时房间里已经差不多大亮了。

"要是你想喝咖啡，自己找个杯子倒一杯喝吧。"她说。

她总是说梅太小，还不到喝咖啡的年龄。梅拿了一个有绿色小鸟的漂亮杯子倒了一杯。外婆什么都没说。她们坐在桌边喝咖啡，穿着长睡袍的梅感觉享受到了特殊待遇，有些不安。外婆环顾厨房，看着污迹斑斑的墙面和日历，好像不得不把这些看在眼里。她的表情既狡黠又心不在焉。

梅随意地说："尤妮·帕克今天带她的表姐来。她叫希瑟·休·默里。"

她外婆一点也没往心里去。不一会儿她问："你知道我多大岁数吗？"

梅回答："不知道。"

"来猜猜。"

梅想了一下说："七十？"

她外婆一言不发了许久，久得让梅感觉这不过是跟她交谈的又一条死胡同。梅八卦地说："这个希瑟·休·默里从三岁起就是个高地舞者。她还参加舞蹈比赛什么的。"

"七十八了，"她外婆说，"没人知道我多大了，我从来不说。没有出生证明，从没拿过养老金，也没领过救济。"她思忖了一会儿接着说:"从没去过医院。银行里已经攒够了棺材本。墓碑的话就得看亲人们的好歹了。"

"你要墓碑做什么?"梅闷闷不乐地说,抠着油布上已经磨穿了的小洞。她不喜欢这场谈话,这让她想起了大概三年前外婆跟她玩的一个相当残忍的把戏。她放学回家发现外婆躺在她现在睡的后屋的同一张沙发上。她外婆双手垂在身侧,脸色如凝乳般,眼睛紧闭,一派无懈可击、不折不扣的漠然状。梅先是试着说"哈啰",然后用算是正常的声音叫了声"外婆",外婆那平日活力满满又忧心忡忡的脸一动也没动。梅又更加恭敬地叫了一声"外婆",弯下腰也没听到外婆最微弱的呼吸。她伸手去碰外婆脸颊的凹陷处,冰冷、松垮,某种遥远而疏离的东西让她住了手。接着她哭了起来,既焦虑又隐忍,就是那种无人倾听的哭泣。她害怕再叫外婆,害怕触碰她,同时也害怕将视线离开她。然而,她外婆睁开了眼。她既没有抬胳膊,头也没有动,只是仰面看着梅,一副让人无法容忍的矫揉造作的无辜相,还带着些许令人费解的胜利姿态。"难道还不让人躺在这里吗?"她说,"瞧你像个孩子似的,真丢人。"

"我可从没说过我要墓碑,"外婆说,"去把衣服穿上。"她淡淡地说,这时梅正试探性地从她睡袍宽松的领口露出一个肩膀。"除非你觉得自己是埃及艳后。"

"谁?"梅不开心地看着因为晒伤正一块一块蜕皮的肩膀。

"哦,我想就是他们在金凯德集市上买的那种埃及艳后。"

等梅再回到厨房时,她外婆还在边喝咖啡边看城里报纸上的招聘广告,仿佛她没有店要开,没有早饭要做,一整天都无所事事。黑兹尔已经起床,正在熨上班要穿的裙子。她在金凯德的一家商店里工作,有三十英里的路程,她必须很早出发去上班。她劝母亲把店卖了,跟她一起到金凯德去生活,那儿有两家电影院,有数不清的商店、饭店,还有一家皇家舞厅,可老太太死活不同意。她告诉黑兹尔想去哪儿过就去哪儿过,可不知何故黑兹尔没去。她三十三岁,高个子,没精打采的,头发漂成了浅色,一张机警的长脸,一只轻微斜视的眼睛一意孤行地偏离焦点,这将她难以明察的愤怒表情凸显出来。她有满满一大箱的绣花枕套、毛巾和银器。她买了一套餐具和一套铜底锅,把这些都放进箱子里。她和老太太还有梅依然在用有缺口的盘子吃饭,用来煮东西的锅也磨损得厉害,在炉子上摇晃。

"黑兹尔把结婚需要的东西都快备齐了,可只缺一样东西。"老太太会这样说。

黑兹尔一路开过乡村,跟在金凯德工作或教书的姑娘们一起跳舞。星期日早上,她宿醉而醒,用咖啡送服下阿司匹林,穿上她的丝绸印花裙,开车到路那头参加唱诗班演唱。她母亲说自己没有宗教信仰,打开店门,卖汽油和冰激凌给游客。

黑兹尔一边收起熨衣板一边打着呵欠,轻轻地揉着睡意未消的脸颊。老太太大声地念报纸:"勤劳的高个子男人,三十五岁,欲觅习惯良好、不抽烟不酗酒、热爱家庭生活的女性,不务正业者勿扰。"

"噢,妈妈。"黑兹尔说。

"什么是不务正业?"梅问。

"壮年男子,"老太太不管不顾地接着念,"欲与没有牵累、身体健康的女性交友,首信附照。"

"呀,别念了,妈。"黑兹尔说。

"什么是牵累?"梅又问。

"要是我真的结婚了,你怎么办?"黑兹尔闷闷不乐地说,脸上的表情交织着恼怒与满足。

"你想结婚的话,随便什么时候都可以。"

"我还有你和梅。"

"噢,得了。"

"我有你们了。"

"噢,得了,"老太太反感地说,"我自己照顾自己。我向来如此。"她本来还想说一大堆话,因为这次谈话确实是她人生路上的标杆,但当她精力充沛地勾勒出那幅梦中风景,如孩童的蜡笔画般生动而天真,呈现出如此奇幻失真的景致,这时她闭上眼睛,似乎被一种不真实感、一种理所当然的怀疑压抑着,似乎那一切都不曾存在过。她用勺子敲击着桌子,对黑兹尔说:"你从没做过像我昨晚做过的那种梦。"

"反正我从来不做梦。"黑兹尔说。

老太太坐在那儿敲着勺子,聚精会神地直盯着炉子的前部。

"梦到我走在路上,"她说,"我正一路走过西蒙斯家的大门,觉得似乎有一片云正从太阳前飘过,仿佛感到了凉意。于是我一抬头,看见一只大鸟,哦,是你见过的最大的鸟,跟那儿的炉口一样黑，正在我跟太阳之间盘旋。你做过这样的梦吗？"

"我从来不做梦。"黑兹尔相当自豪地说。

"还记得我做的那个噩梦吗，在我起了红疹睡在前屋的时候？"梅说。"还记得那个噩梦吗？"

"我说的可不是什么噩梦。"老太太说。

"我觉得有好多戴着花帽子的人在那间屋子里转啊转，越转越快，他们的帽子融为一体、模糊不清。除了这些花帽子，他们的身体都不见了。"

她外婆伸出舌头把粘在嘴唇上的一小片干烟叶舔掉，然后起身拎起炉盖，一口啐进火里。"我可能在对牛弹琴，"她说，"梅，给火添几根柴，我给咱们煎点培根。今天我不想让炉子一直烧着，我受不了。"

"今天要比昨天更热，"黑兹尔心平气和地说，"我跟洛伊丝商量好不穿长袜。要是皮布尔斯先生敢说一个字，我们就这么跟他说，你以为他们雇你是为了什么，转来转去看大家的大腿？他会难为情的。"她说。她一边套头穿上裙子，一边咯咯笑，那笑声听起来很孤单，如同误响起的铃声，一声之后便戛然而止。

"嗯。"老太太说。

下午，梅、尤妮·帕克和希瑟·休·默里坐在商店的前台阶上。中午前后太阳已被云团遮蔽，可是天气好像更热了。你听不到蟋蟀或小鸟的叫声，不过有一阵小风，一股闷热的风缓慢地拂过乡村的草地。因为是星期六，几乎没有人来店里。当地的汽车驶过，往城里去。

希瑟·休说："你们这些孩子从没搭过顺风车？"

"没。"梅答道。

两年来，尤妮·帕克都是她最好的朋友。尤妮说："哦，梅才不会被允许做这些事呢。你不了解她外婆。她外婆什么都不让她做。"

梅的脚在土里蹭着，脚后跟拱进一个蚁丘里。"你也不能。"她说。

"我能的，"尤妮说，"我想做什么就做什么。"希瑟·休应酬似的带着困惑看着她们说："那在这儿可以做什么呢？我的意思是你们这些孩子在这儿都做些什么？"

她的头发剪到齐耳根，黑色的鬈发毛毛糙糙。她抹了焦糖苹果唇膏，貌似还剃了腿毛。

"我们去墓地。"梅直截了当地说。她们也确实去。几乎每天下午她和尤妮都去墓地里坐坐，因为墓地里有一个阴凉的角落，也没有更小的孩子打扰她们，她们可以专心谈话而不用担心被偷听。

"你们去哪儿？"希瑟·休问，尤妮对她们脚边的土皱着眉。"哦，我们没有。我讨厌那个愚蠢的墓地。"她说。有时她和梅会花一整个下午看那些墓碑，选出她们觉得有意思的名字，编造被埋在这里的人的故事。

"哇，别这样，我都起鸡皮疙瘩了，"希瑟·休说，"热死人了，对吧？要是今天下午我在家，我猜我会跟朋友去泳池。"

"我们可以去三号桥游泳。"尤妮说。

"在哪儿?"

"路那头,不是很远。半英里吧。"

"在这么热的天气里?"希瑟·休问。

尤妮说:"我可以骑自行车载你去。"她对梅说:"你也去取你的自行车,快点。"那热情的口气高兴得过了头。

梅考虑了一会儿,然后起身走进商店,店里白天也总是黑漆漆的,也很热,墙上挂着一个木制大钟,还有好几满箱碎了的小甜饼干、搁软了的橙子和洋葱。她往后走,她外婆正坐在制冰激凌机旁边的凳子上,在一个大大的发酵粉招牌下,招牌以闪闪发亮的箔为底衬,就像一张圣诞卡片。

梅说:"我能跟尤妮和希瑟·休去游泳吗?"

"你们要去哪里游泳?"她外婆问,几乎不置可否。她知道只有一个地方可以去。

"三号桥。"

尤妮和希瑟·休也进来了,站在门边。希瑟·休对着老太太的方向乖巧而客气地微笑着。

"不,你不能去。"

"那儿水不深。"梅说。

她外婆令人费解地嘟哝着。她向前俯身坐着,胳膊肘支在膝盖上,大拇指抵着下巴。她都懒得抬头看。

"我为什么不能去?"梅执拗地问。

她外婆没有回答。尤妮和希瑟·休从门边望过来。

"我为什么不能去?"她又问了一遍。"外婆,我为什么不能去?"

"你知道为什么。"

"为什么?"

"因为所有的男孩子都去那儿。我早就跟你说过。你太大了,不适合去那儿游泳。"外婆把嘴紧紧闭上,她脸部的线条变得难看,隐隐得意起来。她抬头看着梅,直到梅因为羞愧和愤怒而红了脸。外婆自己也面露愠色。"让其他人去追那些男孩,看看她们会落得什么下场。"她一眼都没有瞅过尤妮和希瑟·休,可是当她说出这话时,她们转身飞奔出商店。你能听见她们跑过油泵,冲进田野,笑声狂野肆意。老太太假装什么都没听见。

梅沉默不语。她正在黑暗中体验另一种层次的痛苦。她感觉外婆甚至不再相信她自己的理由了,对此外婆虽并不在意,但她把这些理由统统抖搂出来,不怀好意地挥舞招摇,就为了看看它们会产生什么样的破坏力。她外婆说:"那个叫希瑟什么的,今天早上我看到她下公交车的。"

梅走出商店,径直穿过后屋和厨房来到后院。她来到水泵旁坐下。一个旧木头水槽,被腐蚀得发绿,从水泵喷嘴那儿一直延伸到干草丛中一块凉爽的泥地里。她坐了一会儿,发现一只大癞蛤蟆在草丛间蹦来跳去,她觉得那只癞蛤蟆显得又老又疲惫。她双手扑住了它。

她听见纱门关上了,没抬眼看。她看到外婆的鞋,她那不可思议的脚踝穿过草地向她走来。她一只手抓起癞蛤蟆,另一只手捡起一根小棍子，开始有板有眼地戳它的肚子。

"快别那样。"外婆说。梅丢掉棍子。"放了那可怜的家伙吧。"她说，梅非常缓慢地松开了手指。在这个闷热的午后，她能闻到身旁的外婆身上那股特别的体味，闻起来就像变软的老苹果皮那样甜津津的，又带着腐朽味。这味道突破并战胜了她通常携带的强烈的肥皂味、熨干的棉布味和烟草味，这些日常气息一直弥漫于她周身。

"我打赌你不知道，"外婆大声说，"我打赌你不知道刚才在店里时我脑子里闪过什么念头。"梅没有答话，却弯下腰开始饶有兴致地抠着自己腿上的一块痂。

"我在想我也许会卖掉商店。"外婆继续用平直的语调大声说，仿佛她在跟个聋子或什么更有权势的人讲话。她看着远处松蓝色的参差不齐的地平线，用干瘪的手以老妇人特有的姿势抚平自己的围裙。她说："你和我可以搭火车去看看刘易斯。"刘易斯是她远在加利福尼亚的儿子，她已经差不多二十年没见过他了。

这下，梅不得不抬起头查看她外婆是不是又在耍什么花招。老太太总说游客都是傻瓜，居然认为一个地方好过其他地方，她觉得他们要是待在家会更好。

"你和我可以来一趟海岸之旅，"外婆说，"那花不了多少钱，我们可以熬上几夜，带些吃的。最好是自己带上食物，这样你就知道会有些什么吃的。"

"你太老了，"梅毫不留情地说，"你都七十八了。"

"跟我一个年纪的人都回故土旅游呢，报纸上尽是这样的人。"

215

"你可能会心脏病发作。"梅说。

"他们会把我放进一辆装着莴苣和番茄的车里，"老太太说，"用船把毫无知觉的我送回家。"与此同时，梅的眼前浮现出海岸，一条长沙滩，如湖岸般透迤，只是更绵长、更明亮。海岸，仅仅是这个词就让她内心产生了清爽和喜悦之感。可她无法相信这种感觉，她无法理解——外婆这辈子什么时候向她许诺过任何好事呢？

有个人正站在商店前面喝柠檬酸橙汁。他是位小个子的中年男人，一张浮肿的脸被晒得发亮；他穿着一件白衬衫，不是很洁净，打着一条浅色丝质领带。老太太已经把凳子移到柜台前，坐在那儿跟他聊天。梅背对他们俩站着，看着大门外。云层晦暗，整个世界充溢着古老、满是灰尘和敌意的光，这光似乎不单单来自天空，还来自扁平的砖墙、泛白的马路、飒飒作响的灰色灌木丛，以及在炎热乏味的风中摆动的金属招牌。自从外婆跟着她去了后院，她就有种感觉，似乎有什么东西改变了，有什么东西分裂了；是的，这是她发现的世间崭新的光芒。同时她感觉到了自我——比如力量，比如她尚未开发但不容置疑的叛逆的力量，她意欲将其控制一阵，像将一枚冰冷的硬币在手间把玩。

"你为了什么公司出差？"外婆问。那男子回答："地毯公司。"

"难道他们连周末也不让人回家跟家人团聚吗？"

"我这一趟并不是出公差，"男子答道，"至少不是为了地毯生意。你可以说我是因私出差。"

"哦，好吧，"老太太说，一副无意干涉任何人私事的腔调，"你觉得这天是要下雨的样子吗？"

"有可能。"男子说。他喝了一大口柠檬酸橙汁，放下瓶子，用手帕把嘴擦干净。他是那种无论如何都要把私事拿出来讲的人，也确实不准备聊别的。"我正要去看一个熟人，他住在自己的夏季别墅里。"他说，"他严重失眠，七年都没在夜里好好睡过一觉了。"

"哦，这样。"老太太说。

"我去看看自己是否能治好他。我已经相当成功地治愈了一些失眠病人。不是百分之百治好了，但结果也非常不错。"

"你还是个医生？"

"不，我不是，"小个子男人礼貌地说，"我是个催眠师。业余的。我认为自己只是个业余催眠师。"

老太太看着他沉默良久。这没有让他不高兴，他在商店前面转来转去，随手拿起货品查看，看得兴致勃勃，一副怡然自得的样子。"我打赌你这辈子还从来没碰到过自称催眠师的人，"他对老太太开玩笑道，"我看起来跟其他人一样，对吧？我看上去特别没劲。"

"我不相信这类事。"她说。

他只是大笑。"你不相信是什么意思？"

"我不相信这类迷信的事情。"

"这不是迷信，女士，这是活生生的事实。"

"我知道那是什么。"

"目前好多人跟你观点相同,多得让人吃惊。也许你恰巧没读过大概两年前《读者文摘》上发的一篇文章,谈的就是这个话题。真希望我带在身边了,"他说,"我只知道我治好了一个酗酒者。我治好了患有各种搔痒、皮疹的人,治好了染有各种坏习惯的人。神经紧张者。我不是说我能治愈所有人紧张的习惯,但我可以告诉你,有些人对我感激不尽。万分感激。"

老太太抬手扶住头,没有答话。

"怎么了,女士,你感觉不太好。你头痛吗?"

"我没事。"

"你怎么治疗那些人的?"梅大胆地说,尽管外婆一再警告她:别让我抓住你在店里跟陌生人说话。

小男人殷勤地转过身来。"啊,我催眠他们,小姐。我催眠他们。你是想让我解释什么是催眠吗?"

不知道自己在问什么的梅脸红了,不知道该说什么。她发现外婆直愣愣地瞪着她。老太太失神地看着梅和整个世界,仿佛他们着了火,而她对此无能为力,她甚至无法把这个事实传达给他们。

"她不知道自己在说什么。"她外婆说。

"噢,这非常简单,"那男人直接对梅说,用一种他认定的对孩子合适的过分温柔的嗓音,"就像你让一个人睡着了。只是他们并不是真的睡着了,你能听懂我的话吗,宝贝?你可以跟他们谈话。并且听——听着——你可以进入他们的内心深处,发现他们在清醒的时候不会记得的事情。找出他们隐藏的烦恼和焦虑。

现在看来这是不是一件令人称奇的事呢？"

"对我，你可做不到，"老太太说，"我会知道在发生什么。对我你做不到的。"

"我打赌他做得到。"梅说，同时惊诧于自己竟会这么说，以至于嘴都合不上。她不知道自己为什么这么说。她一次又一次地观望外婆跟外部世界的对战，不是出于家人的自豪，而是出于坚信老人一定会取胜的根深蒂固的信念。眼下是她生平第一次似乎看到了外婆落败的可能性，她从外婆的脸上看出了这一点，而不是从那个一定是疯子的小男人的脸上，她觉得那个人让她想大笑。这个念头既叫她沮丧，又让她产生了无法压抑的、痛苦的兴奋。

"除非你尝试一下，否则谁也说不准。"那个男人说，就好像这是个笑话。他看着梅。老太太做了决定。她轻蔑地说："我无所谓。"她把两肘放在柜台上，双手撑着脑袋，仿佛她正把什么东西压进脑袋里。"抱歉要耽误你的时间了。"她说。

"你真的应该躺下，这样你能更好地放松。"

"坐下——"她说，似乎一下没喘过气来，"坐下对我来说就足够了。"

接着那个男人从店里的装饰板上取下一个开瓶器，走过来站到柜台前。他不慌不忙。他开口时声音自然，略有变化，变得温和，不着感情。"我知道你正在抗拒这个念头，"他柔声说，"我知道你在抗拒，我还知道原因为何。因为你害怕。"老太太哼了哼表示抗议或警告，他抬起手，不过动作轻柔。"你在害怕，"他说，"而所有我想要向你展示的，我试图向你展示的正是没有什么好害怕的。没有什么好害怕的。没有什么。没有什么好害怕的，我只要你把目光聚焦于我手上这个发亮的金属物。没错，就盯着我手上这个发亮的金属物。盯住了就行。不要思考，不要焦虑。就告诉自己没什么好害怕的，没什么好害怕的，没什么好害怕的……"他的声音低沉了下去，梅分辨不出这些字眼。她紧紧抵着软饮料冷却器站着。看着这个男人邋里邋遢的后脑勺和抽搐着的又白又胖的肩膀，她想大笑，她忍俊不禁。但是她没有笑，因为她得等着看外婆会如何反应。万一她外婆中招了，这将成为地震或洪水般轰动的事件。这会击碎她生活的根基，赐予她骇人的自由。老太太神情紧张，眼睛顺从地一眨不眨，只盯着那人手里的开瓶器。

"现在，我只要你告诉我，"他说，"你是否还能看见……你是否还能看见……"他倾身向前观察她的脸。"我只要你告诉我你是否还能看见……"老太太瞪着冷漠的大眼睛，脸上一副冷峻、凶恶的表情，跟他面对着面。他停了下来，抽回身体。

"嗨，怎么回事？"他说，用的不是催眠的语气，而是他平常的口吻——事实上声音比平常更尖锐，吓了梅一跳。"怎么回事，女士，快醒醒。醒醒！"他说着伸手触碰她的肩膀想轻轻晃醒她。老太太脸上依旧带着肆无忌惮的轻蔑，她向前倒在柜台上发出一声巨响，将几包舒洁纸巾、泡泡糖和蛋糕装饰物震落到地上。那男人丢下开瓶器，对着梅满脸狂躁地大喊："不关我的事——以前从没发生过这种事。"他冲出商店，跑向自己的车。梅听到他发动了汽车，跟着冲了出来追赶他，仿佛她想大叫什么,仿佛她想大叫"救命"或"别走"。可是她什么也没有叫出口,只是张着嘴站在油泵前的灰尘当中,无论如何他都不会听到她的声音。他把手伸出车窗外,拼命挥舞表示跟他无关,他的车呼啸着往北而去。

梅站在商店外,公路上既没有人也没有车。布莱克霍斯的庭院都空荡荡的。雨刚开始下了一会儿,雨点淅淅沥沥地落到她身上,啪嗒啪嗒掉进灰尘里。她终于走回来,在雨中的商店台阶上坐下。天气很热,她不介意。她盘腿而坐,看着路,现在她想往哪儿去就可以往哪儿去,面前宁静的世界一片坦荡,触手可及。她坐在那儿等着,等到再也等不住了,等到她必须起身走进商店的那一刻到来。此刻店里因为下雨比平时更加晦暗,而她的外婆横扑在柜台上,死了,不止于此,是大获全胜地死了。

## 乌得勒支和约

一

迄今我已经在家待了三个星期，这不大成功。对于这样一段悠长亲密的拜访，虽然我和玛迪谈论起其中乐趣时意兴盎然，当拜访一旦结束，又准会如释重负。沉默让我们不安。我们放肆地大笑。我害怕——很有可能我们两个都害怕——当告别的时刻来临，除非我们俩飞速吻别，带着嘲弄之意热切地揉捏对方的肩膀，否则我们就不得不直面横亘于彼此间的沙漠，承认我们不仅对彼此冷漠，还打心底里排斥对方。至于我们极力渴望共享的往昔岁月，我们也并没有真的分享，两人都心怀妒羡地将之归为己有，暗自认为对方已然变得陌生，丧失了一起分享的资格。

晚上，我们常坐在室外走廊的台阶上喝杜松子酒，猛抽香烟以驱赶蚊子，把上床睡觉的时间拖到极晚。天热，夜晚要好长时间才能凉下来。高耸的砖房在下午三点之前还颇为凉爽，却会把白天的热气裹挟至夜深。过去一向如此，我和玛迪回忆起当初，我们把床垫拖下楼，拉到走廊上，躺在上面数流星，想撑着不睡，直到天明。我们从没做到过，每当夜里有凉风从河边吹来，我们就睡着了，风里夹杂着芦苇的气味，以及河床渗出的黑色淤泥的味道。到了十点半，一辆巴士穿过镇子，速度并不会减慢多少，我们就望着它开过我们家这条街的尽头。以前我从大学回家，乘的就是同一班车，我还记得在某个温暖的夜晚来到朱比利，看见巨大的树根周围光秃秃的土壤，主街上的喷嘴式饮水机周围有几摊小水洼，蓝、红、橙三色光柔和地涂鸦出"桌球室"与"咖啡厅"的字样。认出这些标识后，我产生了一种压抑与释然共存的奇异感受，这时的我走出了一整个的假日世界，阔别了校园生活、友人及之后的爱人，踏入灾难连绵的晦暗世界，我的家之所在。早在四年前，玛迪走过同样的旅程时，肯定有相同的感受。我真想问问她：像我们这样长大的孩子是否已经无法再相信存在着平凡而宁静的现实，并与之和谐共处？可我并没有问；我们从不谈那些事。别在这儿招魂了，玛迪用她那微弱却清晰的声音说道，我都忘了她爱用俚语，我们没打算让对方难过。所以我们没有谈。

有天晚上，玛迪带我去湖边参加一个派对，是在距离这儿以西差不多三十英里的地方。从朱比利来的两个女人租了间小屋，租期一个星期，派对就在小屋里举行。那里的大多数女人似乎都是寡妇、单身人士，或已分居、离婚；男人大多年轻未婚——来自朱比利的几位男子年轻到我只记得他们是低年级的小男生。还有两三个年纪稍长的男人，妻子没带来。不过那群女人倒是出乎意料地让我想起童年时熟悉的几位女性，尽管那时的我当然还没看到她们身上的玩乐本性，只知道她们在商店和办公室做些什么，还频繁地出现在朱比利的主日学校。她们跟已婚妇女的不同之处在于，她们对于自己在世界上的存在具有更强烈的意识，人更活泼些，也更泼辣粗俗（虽然其中名声向来有问题的，我只能想到一两位）。她们穿着绝对时髦却不失庄重的衣服，衣服摩擦在坚硬的橡胶紧身胸衣上，窸窣作响，她们也喷香水，在假花上喷洒很多。玛迪的朋友都相当摩登，她们的头发染成紫铜色，眼影是蓝的，喝起酒来都是海量。

我觉得玛迪看起来跟她们都不一样，她身形娇小，黑色的头发照旧随意地绾着；脸瘦削了，紧绷着，少女时的傲慢与骄傲尚未完全褪去。然而，她说话时带着当地口音特有的刺耳鼻音，我们以前常因此取笑她，而她嬉闹饮酒时的表情却没有丝毫惊恐失落的意味。在我看来，她在尽全力融入这群人，而且不用多久就会成功。同时，我觉得她似乎也希望我能看到她的成功，看到她与儿时我们一道培养出的势利劲一刀两断，那种隐秘的势利劲是多么振奋人心，又是多么可鄙，那时我们当然还向自己承诺过，一定要达成比朱比利远大得多的梦想。

他们在玩一个游戏，所有女人要往篮子里放一件自己的衣物，起初是一只鞋，还算文雅，之后所有男人加入进来，比赛将衣物穿回各自的主人身上。我在这时来到屋外，坐进车里，想着丈夫和朋友，感到孤单，耳边是派对的狂欢和波涛拍打海滩的声响,很快我就睡着了。玛迪很久之后才过来,说了句:"我的天啊!"然后她大笑起来,活泼地说着话,像是英国电影里的贵族小姐。"你觉得这些行为很恶心?"我们俩都笑了。我感到抱歉,喝了酒却没有醉的感觉也挺糟。"他们或许不大会文绉绉地交谈,却有颗善良的心,就像俗话说的那样。"我没有反驳,我们开着车,以时速八十英里从因弗休伦到了朱比利。从那以后,我们没有参加过任何派对。

但坐在屋外台阶上的,也不总是只有我们两个人。常常会有一个叫弗雷德·鲍威尔的男人加入我们。他也去了派对,静静地融在人群里,记着每杯酒是谁的,他也会好心地帮忙扶住趴在摇摇晃晃的门廊栏杆上的脑袋。他和我们一样在朱比利长大,可是我不记得他。我想这是因为他比我们早几年上完学,接着就去打仗了。我到这儿的第一天晚上,玛迪把他带回家吃晚饭,让我吃了一惊,之后我们一道度过了这个夜晚以及后来的很多个夜晚。我们把这个奇怪的男人当作自己童年的礼物;或者与其说是我们的童年,不如说是安全地封存在那个逸事版本中的童年,就像大脑里有层玻璃纸裹着似的。而且我们在童年时纤弱的自己身上构筑了多少幻想呀,时至今日显现出来时竟已模糊难辨,看起来如此快乐而无可救药。我们一起讲故事,讲得头头是道。"你们两个小姑娘记性可真好。"弗雷德·鲍威尔说,他坐在那里望着我们,面露钦佩,还夹杂着一些别的东西——拘谨、尴尬、不以为然——这类表情会出现在那些温文审慎的观者脸上,就好像他们观看的是演员们紧张兮兮的滑稽噱头。

如今想到弗雷德·鲍威尔，我承认对此——我称之为此类情形——的反应比我原本意料的要保守得多，甚至有些荒诞。而且我也不清楚这究竟是什么样的情形。我知道他已婚。玛迪第一个晚上是这样告诉我的，语调听起来只是在传达信息。他的妻子是个病人。玛迪说，每逢夏季，他就把她带到湖边，他待她很好。我不知道他是不是玛迪的情人，玛迪永远都不会告诉我的。这跟我又有什么关系呢？玛迪早已过了三十岁。可我总会想起他坐在我们家前台阶上的样子，两手平摊在张开的膝盖上，玛迪说话时，他那张温柔的脸整个转向她，简直无法自拔。他的样子平易近人，颇具阳刚之气，看起来挺开心，却也没有深受触动。玛迪会取笑他，说他太胖了，不肯抽他的烟，跟他争论些私密、紧张、温柔的事情，既没什么意义，也没有尽头。他听任如此。（我现在发现这才是让我害怕的地方：他听任如此；她需要这样。）当她微醺，就会用半带央求的嘲讽语气说，他是她唯一真正的朋友。她说，他跟我有共同语言。其他人都没有。对此，我无从回应。

然后，我又要开始想了：他只是她的朋友吗？我忘了在朱比利的生活是有一定限制的——关于这点，口袋小说里的小镇故事都是真的——而且，倘若男女间的友谊从未公开存在性关系，感情深且受人尊敬的话，这些限制反倒会让友谊蓬勃发展、得以滋养，到头来这类关系可能会消耗半辈子的时间。这样的想法让我沮丧（未圆满的关系或许最让局外人沮丧），以至于我开始希望他们俩是真正的情人。

基本上，朱比利的生活节奏按季节变化：冬季降临死亡，夏季欢庆婚礼。这是有十足道理的，冬日绵长，满是艰苦，老弱者往往无法安然度过。去年冬天就是场大灾难，每十或十二年就会发生一次，你可以看到街上的人行道是如何破裂开来，仿佛小镇刚刚经历了一场小型轰炸。所以，死亡是在巨大的困难中应对过去的，到了夏天，就有时间思考、谈论。我发觉人们会在街头拦下我，跟我谈论我的母亲。我从他们那儿听说了她的葬礼，她得到了哪些花束，那天的天气如何。现在她已经死了，当他们说到"你母亲"这几个字时，我不再觉得他们是在有意地朝我的自尊捅上狡诈的一刀了。我以前常有那种感觉，一听到那几个字，我就感觉整个自我认知、青少年时代构建起的自命不凡随之瓦解。

现在我听他们谈论她，如此委婉，如此郑重其事，我意识到她已经成为小镇的私藏与奇品，是它的一段简短传说。她做到了，尽管我们软硬兼施，用尽力气想把她困在家里，远离那让人伤感的坏名声。我们这么做不是为了她好，而是为了我们自己，当她眼部肌肉暂时瘫痪，脑袋中的两个眼球翻到后面露出眼白，当她用日益浑浊的嗓音说着什么令人尴尬的东西时，我们要负责解释给旁人听，承受这样不必要的羞辱。她的病症状太古怪，让我们都想大声说抱歉（尽管我们始终身体僵硬、脸色煞白），仿佛正在参演一场尤为乏味的杂耍。我们的骄傲，以及我们为了发泄怒火为彼此画的夸张漫画（不，并非漫画，因为她本身就是漫画；是临摹），全都白费了。我们应当让小镇拥有她，她本可以得到更好的对待。

关于玛迪和她十年里的看护生活,他们说得很少,也许是不想让我难过,因为他们记得是我离开了这里,我带来的两个孩子就是证明;而玛迪孑然一身,除了那栋让人丧气的房子,什么都没有。然而,我并不这么认为。在朱比利,没有人会以这样的方式来体谅你的感受。他们直截了当地问我为什么不回家参加葬礼。幸好那个星期有暴风雪,航班都取消了,我正好可以拿它当借口,当时我不确定自己到底会不会回来,因为此前玛迪给我写了封言辞激烈的信,让我别回家。我深切地认为在这一切过后,如果玛迪愿意的话,她有权利要求独自面对葬礼。

在这一切过后。留下来的是玛迪。她先离家上大学,接着是我。你给了我四年,我会给你四年,她说。可是,我结婚了。她并不惊讶,我那可悲无用的自责感让她恼怒。她说她一直想留在这里。她说母亲不再让她"烦扰"了。"我们那哥特式的母亲,"她说,"我的情绪都发泄完了,我任由她去了。我不再设法让她有点人样了。你知道吧。"如果说玛迪是个有宗教情结的人,她体会到了自我牺牲的乐趣以及遭到完全拒绝后强烈而神秘的吸引力,那事情会简单很多。然而,关于玛迪,谁能说出这种话呢?当我们还是少年时,年迈的安妮姨妈和卢姨妈跟我们说起某个孝顺的儿女为了患病的父母放弃一切,玛迪就会大逆不道地讲一通现代精神病学的观点。尽管如此,她还是留下了。为了安慰自己,我能想到的全部、我设法想到的全部就是她或许已经有能力甚至已经选择活在时间之外,像孩童一般活在想象出的完美自由之中，未来尚未被摧毁，所有选择始终还有可能。

为了转换话题，人们问我回到朱比利有何感想。可是我不知道。我还在等着某件事来告诉我，让我相信我回来了。那天我从多伦多往北开，孩子们坐在车子后排，那两千五百英里旅程的最后一段，我精疲力竭。我不得不取道由公路和岔路组成的一整套复杂网络，因为从地球上任何地方到达朱比利都绝非易事。接着，差不多下午两点的时候，我意外地发现前方出现了熟悉的东西，那是市政厅华而不实的斑驳穹顶，和小镇上其他方正暗淡的灰红砖建筑极不相称。（底下悬着一口大钟，在发生了什么神话般的灾难时便会被人敲响。）我沿着主街开——一家新的加油站，正面粉饰一新的皇后饭店——转入安静衰败的小路，老处女们就住在那儿，花园里摆着鸟澡盆，长着蓝色的飞燕草。这些我熟识的巨大砖房，以及它们的木制走廊、配有深色纱网的敞着的窗户，对我而言看似合理，却缺乏真实感。（无论我向谁提起这些让我感觉如梦似幻、低迷沮丧的街道，他们便会想要带我去小镇的北面，那儿新建了一座汽水灌装工厂，几栋牧场式的房屋，还开了一家"好味"冰激凌店。）接着，我就把车停在之前住的房子前的一小片阴凉处。我的小女儿，她叫玛格丽特，不褒不贬却似信非信地说："妈妈，那真是你的家吗？"

我感觉得出女儿的声音里流露出一份复杂的沮丧——对此，她用自己独有的方式表现顺从，甚至可以说是事先就顺从起来；这一刻所包容的平淡与奇怪，正如同人们发现各种传说的源头竟是那令人不满、愧疚却持久的现实时一样。房子由红砖砌成，阳光下显得粗陋且闷热，有两三处出现了长长的鬼脸般的裂缝；走廊总有种无足轻重的装饰意味，显然也在老化。前门旁边曾有——现在仍在——一扇彩色玻璃制的小巧假窗。我坐着盯住它瞧，缺乏情感认同让我困惑。我坐着打量屋子，窗帘纹丝不动，门没有猛然打开，没有人出来到走廊上。无人在家。正如我所料，因为玛迪现在在镇上的文书办公室任职，然而我还是感到愕然，只是因为空无一人，这屋子竟就一副如此闭塞、光秃、穷酸的模样。我穿过前院朝台阶走，在沿海地区度过这么多年的夏天之后，我已经忘记内陆的酷暑，这种热会让你感觉你仿佛必须把整片燃烧的天扛在头顶，此时我才觉得自己回家了。

前门贴了张便笺，是玛迪颇为潦草花哨的笔迹，上面宣称：*欢迎访客，儿童免费，事后论价（包您后悔），请进*。门厅的桌上放着一束粉色夹竹桃，平和的香气流溢于夏日午后封闭屋子里的热气当中。"上楼！"我对孩子们说，手里牵着小女儿，还有比她更小的弟弟，这个小家伙在车上睡着了，走起路来蹭在我身上，抽抽搭搭的。然后，我停住了，一只脚踩在最下面一级台阶上，回过头去平静地望着镜子：镜子里是个瘦削的女人，皮肤晒成了小麦色，习惯于保持警惕，显然是位年轻的母亲，头发绾成髻盘于头顶，露出的下颌轮廓不再柔软而是肉肉的，棕色的脖颈高耸于锁骨那凸出的小骨节上，显得紧绷——这就是我在门厅镜子里看到的自己，上次看时，她还是个普通的漂亮姑娘，脸蛋如苹果般光滑、漠然，无论这张脸后面潜伏着怎样的惊恐和混乱。

可是，我转头的原因不是这个。我意识到我一定是在等躺在餐厅长沙发上的母亲叫我，她会在暑热中放下百叶窗，喝永远喝不完的茶，吃的是——她已经像个生病的孩子，完全放弃按时吃饭——小碗的蜜饯和碎屑状的蛋糕。好像听不到母亲喊我时那破落的声音、感受不到准备应答时浑身的沉重感，我就无法关上身后的门。她喊着，谁在那儿？

我把孩子们领到屋子后部的大卧室，以前我和玛迪就睡在这里。窗边的白窗帘薄薄一层，已破旧不堪，地上铺着一块方形油毡；房间里摆着一张双人床，我和玛迪读高中时用来当书桌的脸盆架，还有用硬纸板做成的衣橱，门的内侧有小镜子。我一边跟孩子们说话，一边在想——仔细地想，不慌不忙——母亲叫出"谁在那儿"时，是怎样的心境。我允许自己听见——好像之前我不敢似的——母亲声音里寻求帮助的呐喊，那呐喊毫不掩饰，哎，毫不掩饰到令人羞愧，生硬地哀求着。这样的呼喊太过频繁，从实际情况上看又如此徒劳，我和玛迪便只把它当作家里各种必须应对的声响之一，以免引发更糟的事情。你去应付母亲，我们会对彼此说，或者是，我马上要出去，我得去应付下母亲。

事情好像是这样的，她会没完没了地让我们去做讨厌的琐事，而我们不得不做一点。或者，我们必须花五分钟的时间跟她聊天，权宜之下我们会聊些欢乐的事情，内容随意得太过无情，以至于一刻也不会触及事态本质，更不会带一丝怜悯，这样便也截断了让她哭得痛快又精疲力竭的机会。可就算不带同情，眼泪可能无论如何还是要出来的。所以我们就被打败了，被迫——为了让那噪音消停——戏仿出爱意。然而我们愈发狡猾起来，冷漠的关心无穷无尽。我们不会对她生气、不耐烦、心生厌恶，和她打交道时，我们将所有的情感都收回，就像你或许会割掉囚犯身上的肉来削弱他的气力，直到他死去。

我们会让她看书、听音乐、享受季节变换，为自己并非罹患癌症而心怀感激。我们还说，她没有感受到任何痛苦，这是真的——如果遭受囚禁不算痛苦的话。同时，她会用尽所有已知的方法博取我们的爱，毫不害羞，全无道理，如孩子一般。我们怎么可能爱她呢，我绝望地对自己说，我们拥有的爱的源泉尚且不够，加之于身的渴求又太多。而且爱，也无法改变任何事情。

"我的一切都被夺走了。"她会这么说。她对陌生人说这种话；她对我们的朋友也说，尽管我们试着让他们不接触她，却总不成功；她对自己的老朋友照样说，那些人因为极少来看望她而心怀愧疚。她说话的声音缓缓的，充满哀怨，让人无法辨认，也不像人声，我们不得不帮忙解释。这样的戏剧式行为让我们羞愧得无地自容；而现在，我却认为倘若不是因为她的自大在灾难面前都能顽强滋长，或许她早已迅速陷入植物人般暗淡的生活。她尽可能地赖在人世，不在意自己是否受欢迎，她在家里、在朱比利的街上永不安宁地行走。噢，她还没放弃，她肯定曾在那石头房里哭泣、抗争过（我能想象得出，却不愿去想），直到生命尽头。

可是，我觉得这幅画面尚不完整。我们哥特式的母亲，脸上戴着帕金森综合征冷酷可怖的面具，拖着步子啜泣着，不放过从任何地方得来的一丝一毫的关注，眼神呆滞而灼热，坚定地望向自己的内心。这还不是全部。因为这病发展得随意而从容。有些早上（逐渐地，这样的早上越来越少，间隔也越来越长）她醒来时感觉好些了。她走到院子里，像个正常的家庭主妇似的，拾掇起一株植物；她冷静而清醒地跟我们说说话；她聚精会神地收听新闻。她从噩梦中惊醒，努力尝试弥补遗失的时光，打扫屋子，努力控制住自己僵硬颤抖的手，在缝纫机上做会儿活计。她给我们做些拿手点心，一块香蕉蛋糕或是一只蛋白酥皮柠檬派。她去世后，我偶尔会梦到她（她活着的时候我从来没梦到过她），梦里的她就在做类似的事情，我会想，我怎么会如此大惊小怪，瞧，她还好好的，只不过手有点抖……

这些平静的时期结束后，某种肆虐的能量会将她占据；她会不停地高谈阔论，却越来越前言不搭后语；她会要求我们帮她上胭脂，帮她做头发；有时，她甚至会雇一位裁缝师傅，到家里来为她做衣服，就在餐厅里干活，这样她好看着——她躺在长沙发上的时间越来越多。从任何实际的角度看，这完全就是铺张浪费，没有必要（她为什么需要这些衣服呢，她要穿着去哪儿呢？），还让人伤脑筋，因为裁缝不明白她要什么，有时我们也不明白。我记得离家后收到玛迪寄来的几封信，描述了裁缝来家的情形，内容逗趣、混乱、隐隐有些过分激动，我读的时候深感同情，却再也无法回到过去熟悉的那种由母亲的无理取闹造成的狂乱而沮丧的氛围。在正常的世界里重塑出母亲的形象是不可能的。心中揣着的她的脸的样子好像太过恐怖，太不真切。同样的，与她共同生活时繁复的压力，我和玛迪曾屡屡靠野蛮的狂笑来疏解的歇斯底里，如今变得虚幻起来。我感觉一种隐秘而罪恶的疏离感开始萌生。

我陪孩子们在房间里待了一小会儿，因为这是个陌生的地方，对他们来说，这只是用来睡觉的又一个陌生的地方。看着他们在这间屋子里，我觉得他们特别幸运，他们的生活安定而闲适，大多数父母可能在某些时候会有这样的体会吧。我看了看衣橱，可里面只有一顶用从廉价品商店买来的花朵镶边的帽子，一定是我们俩中的谁为哪次浮夸的复活节制作的，别的什么也没有。我打开脸盆架的抽屉，发现里面塞满了活页笔记本中的纸。我读起来："一七一三年签订的《乌得勒支和约》终结了西班牙王位继承战。"笔迹是我自己的，这让我很诧异。想到它在这里待了十年，我感到有些奇怪，不止如此，那字迹看起来就像我是那天才写的。

不知为何，阅读这些文字对我的触动强烈，我感觉以往的生活仿佛就在身边，等着被再度拾起。只有那时在我们以前的房间中，我才有过几次这样的感觉。原来高中的棕色门厅（那栋楼后来拆了）重新为我敞开，我记得雪融后的春日，到了星期六晚上，村里所有的人都会涌到镇上。我想起我们和其他两三个姑娘手挽着手在主街上来回地走，一直走到天黑，接着就去艾尔舞厅里跳舞，头上是成串的彩色小灯。舞厅的窗户都敞着；原始而强烈的气息飘进来，带着泥土和河流的味道；跳舞时，农场男孩的手弄皱染脏了我们的白衬衫。当初似乎毫不值得留恋的经历（其实艾尔那地方很糟糕，我们也觉得来回招摇是粗鄙可笑的，尽管对此欲罢不能）现在却奇怪地变为对我意义重大的东西，还很完满；这场经历不仅有舞动的姑娘和那条街道，还延伸到整个镇子：街道粗陋简单的布局，积雪初融时光秃秃的树和泥泞的院子，土路上闪出车灯，在一片苍白如洗的广阔天空下，车颠簸着向镇上进发。

我们穿着芭蕾舞鞋和宽摆塔夫绸黑裙，以及诸如蓝绿、樱桃红、酸橙绿的短上衣。玛迪在衬衫领口扎了一个葬礼上戴的大蝴蝶结，还在头发上戴上假雏菊编成的花环。战后几年里，有一年的时尚潮流便是如此，至少我们是这么以为的。玛迪，带着质疑的机灵表情，我的姐姐。

我问玛迪："你还记不记得她以前什么样？"

"不记得，"玛迪说，"不，我记不得了。"

"有时我觉得自己还记得，"我有些迟疑地说，"不是很经常。"胆小鬼般懦弱的怀旧情绪，渴望回到一个更为温和的真相。

"我认为你只有离开了才行，"玛迪说，"你必须得在近些年——离家许多年后，才会有类似那种的记忆。"

就在那时，她说：别招魂了。

她另外提到的唯一一件事："她花了不少时间整理东西，各种东西。贺卡。纽扣和纱线。分类放成几小堆。这能让她每小时都保持安静。"

## 二

我去探望过安妮姨妈和卢姨妈。这是我回家后第三次去了,每次她们都在用染了色的破布料织地毯打发下午的时光。她们现在年纪很大了,坐在炎热的小走廊里,竹制的百叶窗在此投下阴影;破布条和地毯半成品在两人身边营造出一种居家的、令人振奋的混乱。她们不再出门了,但是起得挺早,梳洗打扮,穿上走样的印花裙,裙上还饰着荷叶边,缀着白流苏。她们煮咖啡、煮麦片粥,接着打扫屋子,安妮姨妈负责楼上,卢姨妈负责楼下。她们家很干净,光线暗,却擦得光亮,闻起来是醋和苹果的味道。到了下午,她们会躺上一个小时,然后换上下午的裙子,领口别着饰针,坐下来做手工。

像她们这类的女人,一上年纪,肉就消融或神秘消失了。卢姨妈的头发还是黑的,但是裹在发兜里看起来又硬又干,就像成熟的玉米已经枯死的穗端。她挺直地坐着,挥动骨瘦如柴的手臂,动作缓慢,极其优雅;她看起来像个埃及人,脖子修长,脸孔小而轮廓分明,布满皱纹,皮肤尤为黑。或许是因为安妮姨妈更温柔一些,举止间又有些卖弄风情,所以看起来更有人类的脆弱和憔悴感。她的头发几乎掉光了,头上戴着专为戴着卷发夹睡觉的少妇设计的漂亮帽子。她让我看看帽子,问我是否觉得不合适。她们俩都很擅长玩些小讽刺,能指出自己身上每个怪诞的地方,并由此获得微小的愉悦感。她们与人相处时,表现得尤为轻松洒脱,两人间的对话则落入相互挖苦、反唇相讥的老一套。我仿佛瞥见了我和玛迪老了以后的样子,对此甚是入迷。在其余的一切都烟消云散后,我们被迫回归姐妹情谊中,为某个年轻受宠、实质上无足轻重的亲戚泡茶,还表现出这样一种融洽的关系。还有谁会了解我们呢?望着风趣的年长的姨妈们,我纳闷地想,老人在我们面前扮演如此固定又简化的角色,是不是担心更诚实的表现会考验我们的耐心;还是说她们出于体贴才这么做——以填满社交时间,事实上,她们感觉离我们太远,根本没有交流的可能。

无论如何,我有种被她们拒之门外的感觉,这感觉至少一直持续到我过去的第三个下午,她们当着我的面显露出分歧的迹象。我相信这种事还是第一次发生。当然,在我和玛迪去看望她们的那些年,我从没见两人争吵过。我们之所以勤于看望她们,不只是出于义务,而是相比我们家的无政府状态、惊悚的闹剧,这里理智忙碌的氛围让我们心感慰藉。

安妮姨妈想带我上楼,让我看些东西。卢姨妈反对,一副冷漠、受冒犯的样子,似乎这整件事都让她难堪。那家人天生审慎,讲话又有迂回的传统,让我觉得连问她们在谈些什么都是件无法想象的事。

"哎,让她喝她的茶吧,"卢姨妈说,接着安妮姨妈说:"好吧。等她喝完茶。"

"那就随你的便。楼上可热了。"

"你要上来吗,卢?"

"那谁来看孩子呢?"

"哦,孩子们。我都忘了。"

于是我和安妮姨妈退到房子较暗的地方。我突然生出个荒谬的念头,觉得她会给我一张五美元的钞票。我记得以前她有时会像这样神秘地将我领到前厅,然后打开钱包。我觉得这个秘密可没卢姨妈的份儿。可是我们上了楼,走进安妮姨妈的卧室,她的卧室看起来整洁无瑕,墙上贴着青涩的花样壁纸,梳妆台上铺着白桌巾。正如卢姨妈所说,这里确实很热。

"现在,"安妮姨妈有些喘不过气来地说,"帮我把柜子最上面一层隔板上的箱子拿下来。"

我照做了,她打开箱子,带着渴求同谋者的快乐说:"现在,我猜你想知道你母亲的衣服后来怎么样了。"

这我根本没想过。我在床上坐下,忘了在这个家里床是不能坐的,因此每间卧室都有一张直背椅让人坐。安妮姨妈没有制止我。她开始把东西拎出来,说:"玛迪从来没提起过这些衣服,是吧?"

"我从没问过她。"我说。

"当然不问。要是我,我也不会问。这事我不会跟玛迪提一个字。不过,我觉得还是给你看看比较好。为什么不呢?瞧,"她说,"我们把可以洗熨的都洗熨了,不行的就送去洗衣店。我自己付的钱。然后我们把需要缝补的都缝补好。这些衣服都不错,瞧见了吧?"

我无可奈何地望着她把最上面一件内衣拎起来让我查看。她指给我看这些衣服哪儿经过了专业的织补、哪儿的松紧带被换成了新的。她给我展示了一条据她所言只穿过一次的衬裙。她把几件睡衣、一件晨衣和一些针织睡衣短外套拿出来。"我最后一次见到她时,她穿的就是这件,"她说,"我想是的。没错。"我惊恐地认出那是圣诞节我寄来的桃红色睡衣短外套。

"你瞧,基本没穿过。哎呀,这件几乎就没穿过。"

"是的。"我说。

"底下的是她的裙子。"她的手往下翻找,摸过锦缎和印花丝绸,这些衣物一年比一年有异域风情,母亲是想用它们装扮自己。想象她穿上这些孔雀般五彩缤纷的色彩,就连安妮姨妈都有些踌躇。她抽出一件衬衫。"这件是我手洗的,看起来跟新的一样。衣柜里挂着一件大衣。好得很。她从来不穿大衣,只在进医院的时候穿,仅此而已。你看看合适吗?"

"不,"我说,"不要。"安妮姨妈已经往衣柜走去了。"我才买了件新大衣。我有好几件呢。安妮姨妈!"

"可你干吗要去买呢,"安妮姨妈仍旧以她既温和又执拗的方式说道,"这不是有好东西跟新的一样吗?"

"我宁愿买。"我说完立马有些愧疚,因为我的声音是冷酷的。尽管如此,我还是接着往下说:"我需要什么,就会去买。"这话表示我不再贫穷了,而姨妈的脸上却因为这种暗示露出责备且淡漠的表情。她什么也没说。我走去看书桌上挂的一张照片,上面有安妮姨妈、卢姨妈、她们的兄长和父母。他们回瞪着我,一脸新教徒肃穆控诉的表情,只因我反对他们朴实而低调的物质主义,这可是他们的生活基石。东西一定要用,一切都要用尽,节省修补之后做成其他东西重复利用,衣服要穿坏才可以。我感觉自己伤了安妮姨妈的感情,另外可能还应证了卢姨妈的预言,因为她对于某些为人处世的态度还是很敏感的,而对安妮姨妈来说,这些想法太过复杂,因此她干脆不去伤这个脑筋,卢姨妈很可能还说过我不会想要母亲的衣服。

"谁也没料到她走得那么快。"安妮姨妈说。我惊讶地转过头,她说:"你母亲。"于是我怀疑这些衣服到底是不是主要的事,说不定它们只是为了引出话题,为了讨论母亲的去世,安妮姨妈可能认为我们的造访必然与之相关。卢姨妈就不这么认为,她对感情流露时的特定程式有着近乎迷信般的厌恶,她若在场,这样的谈话永远都不会发生。

"住进医院两个月,"安妮姨妈说,"两个月,她就走了。"我发现她正心烦意乱地哭着,泪水少得可怜,人老了都是这样。她从裙子里抽出一条手帕,擦了擦脸。

"玛迪跟她说没什么事,只是检查一下,"她说,"玛迪跟她说大概要三个星期的时间。你们的母亲进了医院,以为三个星期后就会出来。"她说话时轻声细语,好像生怕被别人偷听到。"你以为她想待在那种地方吗,自己说什么别人都弄不懂,他们还不让她下床?她想回家啊!"

"可是她病得太重了。"我说。

"不,并没有,她一直就是这样,只是随着时间的推移慢慢地加重了一些，又加重了一些而已。可是她一住院，就觉得自己要死了，好像身边的一切都朝她逼近，她一下子就垮了。"

"说不定这迟早都要发生，"我说，"可能只是时间到了吧。"

安妮姨妈没有在意我。"我去看她，"她说，"她见到我很高兴，因为我辨别得出她在说什么。她说，安妮姨妈，他们不会一直把我关在这里的，是吧？我对她说，不会。我说，不会的。"

"然后她说，安妮姨妈，让玛迪来把我再接回家吧，否则我会死的。她不想死。你千万别以为，只是因为周围所有人都觉得他们没有理由继续活下去，那些人就会想死。所以我就告诉玛迪了。可是她什么都没说。她每天都去医院看望你们的母亲，就是不愿把她接回家。你们的母亲告诉我，玛迪对她说，我不会接你回家的。"

"妈妈并不总是说实话，"我说，"安妮姨妈，这点你是知道的。"

"你知道你们的母亲逃出过医院吗？"

"不知道。"我说。但是说来奇怪，我一点也不觉得意外，只是生理上隐隐有些恐惧，希望不要被告知；除此之外还有一种感觉，仿佛我已经知道将被告知的内容，一直都知道。

"玛迪，她没有告诉你？"

"没有。"

"反正她逃出去了。她从救护车开进来的边门溜出来，那是唯一一扇不上锁的门。那是在夜里，没有那么多护士看着她。她穿上晨衣和拖鞋，这么多年来她第一次自己穿衣服，她出了医院，那是下着雪的一月，但是她没有回去。他们捉住她时，她已经沿街走出一段路。自那以后，他们在她的床上架了一块木板。"

雪，晨衣和拖鞋，床上的木板。这是一幅我很想抗拒的画面。然而，我毫不怀疑它的真实性，这一切都是真的，正如发生过那样。这种事，像是她会做的；从我认识她以来，她都在为那次逃离做准备。

"她是想去哪儿？"我问，虽然知道没有答案。

"我不知道。我也许不该把这些告诉你。哦，海伦，他们追上她时，她还试着跑。她试着跑。"

一场惊动了所有人的逃离。哪怕在姨妈熟悉的温柔面孔之下，也隐藏着另一个更为粗糙原始的年迈女性，个人信仰从未触及过的地方也会让她恐慌。

她开始叠起衣服放回箱子里。"他们在她床上钉了一块木板。我看过的。你不能怪那些护士。她们不可能照看所有人。她们没那么多时间。"

"葬礼后我对玛迪说，玛迪，但愿那样的事永远不会发生在你身上。我忍不住，我就是那么说的。"这会儿她自己也在床上坐下，一边叠东西放回箱子，一边竭力让声音回归正常，而且很快便做到了，毕竟活了那么大把年纪，谁还不是悲痛与自控的老手呢？

"我们觉得那太狠心了，"她最终说道，"我和卢觉得那太狠心了。"

这是不是老妇人在制作破布地毯和给我们五美元钞票之外的

243

最后用处?确保和我们订立契约的鬼魂仍与我们同在,即使我们死了也不被放过?

她怕玛迪,因为恐惧,她将玛迪永远驱逐在外。我想起玛迪曾说过的:没人有共同语言。

回到家时,玛迪正在屋后面的厨房做沙拉。几方阳光落在粗糙的油地毡上。她脱了高跟鞋,光脚站着。后厨房空间大,并不整洁却很舒适,越过灶头和用来擦干碟子的抹布,可以望见倾斜的后院、加拿大太平洋铁路公司的火车站,还有那条几乎环绕朱比利镇的沼泽般的金色河流。我的孩子们在姨妈的那栋房子里觉得有些压抑,在这里的桌子下却立马玩耍起来。

"你去哪儿了?"玛迪说。

"没去哪儿。就去看了看姨妈们。"

"哦,她们怎么样?"

"她们挺好的。坚不可摧。"

"是吗?对的,我想她们也是。我有一阵子没去看她们了。其实我不再常去看望她们了。"

"是吗?"我说,当时她就知道她们告诉了我什么。

"葬礼之后,她们开始让我有些心烦。然后弗雷德帮我找到这份工作什么的,我一直很忙……"她看着我,等我说些什么,笑得有些嘲弄,耐心十足。

"别愧疚,玛迪。"我轻柔地说。我们说话的这会儿,孩子们一直跑进跑出,穿梭于我们的腿间朝对方尖叫。

"我问心无愧，"她说，"你怎么会有那种想法？我问心无愧。"她走去把收音机打开，回过头来跟我说话。"弗雷德现在一个人，所以又会来和我们一道吃饭。我买了一些覆盆子做甜点。今年的覆盆子都快下市了。你看它们还行吗？"

"看起来不错，"我说，"你想让我把这做完吗？"

"好的，"她说，"我去拿只碗。"

她走进餐厅，回来的时候端着一只粉色雕花玻璃碗，用来盛覆盆子。

"我坚持不下去了，"她说，"我想要自己的生活。"

她站在厨房和餐厅间的小台阶上，突然，不知是因为她的手开始颤抖，还是一开始就没拿稳，她手一松，碗掉了；这是一只沉重而精致的旧碗。碗从她的指尖滑落，她试着去抓，而碗摔在地上，碎了。

玛迪大笑起来。"哦，×的，"她说，"哦，×的，哦×——海伦①。"她说，以往我们绝望时，就爱这样惯性地说些傻乎乎的话。"看看我现在都干了些什么呀。我还光着脚呢。帮我拿把扫帚。"

"过你自己的生活吧，玛迪。尽管去过吧。"

"是的，我会的，"玛迪说，"是的，我会的。"

"离开这里，别待在这儿。"

"是的，我会的。"

---

① "妈的"（hell）与叙述者海伦（Helen）第一个音节发音相近，玛迪"hell"说了一半转而称呼妹妹的名字"Helen"。

随后,她弯下腰,开始捡破碎的粉色玻璃片。我的孩子们往后退,敬畏地望着她,她边笑边说:"对我来说,这不算什么损失。我有满满一架子的玻璃碗。我的玻璃碗够我用一辈子了。哦,别站在那儿看我,去帮我拿把扫帚!"我在厨房里四处寻找扫帚,因为我好像已经忘了扫帚放在哪儿,而她说:"可我怎么就做不到呢,海伦?我怎么就做不到呢?"

## 快乐影子之舞

马萨利斯小姐又要开派对了。(她从不把此称为独奏会,要么是考虑到这不符合音乐的整体性,要么是她打心眼里勇敢地渴望热闹。)我妈妈说的谎没创意,说了也没人信,而她所能想到的借口显然算不得上乘。油漆工要来;有朋友从渥太华来;可怜的卡丽要把扁桃体摘掉。到最后她只好说:唉,如今还搞那一套不嫌麻烦吗?"如今"这个词分量不轻,它意味着麻烦重重,至于是哪些麻烦,就智者见智了。如今马萨利斯小姐已经从班克街上那间砖框架结构的平房中搬走了,她住在那儿时,最后的三次派对简直人挤人。麻烦在于她搬到了一个更小的地方——要是她的描述准确的话——在巴拉街。(巴拉街又在哪儿呢?)或者麻烦在于,如今马萨利斯的姐姐中风后瘫痪在床,马萨利斯小姐本人也已经太老了,正如我妈妈所说,我们必须正视这些事实。

如今又怎样?马萨利斯小姐问,她气不打一处来,假装听不明白,也许她真的不明白这件事。无论在何时何地举办六月派对,都不会很麻烦吧?她问道。六月的派对是唯一一项她还能举办的娱乐活动。(据我妈妈所知,她从前办过的娱乐活动也只有这一项。不过马萨利斯小姐苍老的声音很柔和,说起话来无所畏惧,与人交往不知疲倦,言语间透露出记忆里茶话会、私人舞会、家庭招待会、盛大家宴的影踪。)马萨利斯小姐说,要她别再办派对的话,她会跟孩子们一样失望。我妈妈在心里说,显然你要比孩子们难过得多,但这话她当然不能说出口。妈妈把脸从电话边转开,面带不悦——仿佛她看到了一派无法收拾的混乱局面——这是她表示遗憾的特有表情。不过她还是答应参加派对。在接下来的两个星期里,她可能会想出一些站不住脚的理由来推脱,但她明白她还是会去的。

她给玛格·弗伦奇打了个电话。玛格和我妈妈一样,过去都是马萨利斯小姐的学生,马萨利斯小姐一直在教玛格的两个双胞胎女儿钢琴。她们俩说了好一会儿体己话,相约一起去,互相鼓劲打气。她们回忆起前年的那次派对,天下着雨,因为没有地方挂雨衣,小门厅里一件一件摞满了雨衣,雨伞上滴下来的水在深色地板上积起一摊水洼。小女孩们的礼服被压得皱巴巴的,因为她们都挤成一团。客厅的窗子也没法打开。去年的派对上,一个孩子流了鼻血。

"当然,那不是马萨利斯小姐的错。"

她们无奈地咯咯笑起来。"当然不是。但想当年就从不出那种事。"

这话说得对,说到点子上了。我们对马萨利斯小姐的派对有种难以言表的感受,派对上一切都越来越杂乱无章,什么事都可能发生。甚至在我们开车进城去参加派对的路上,有时还会突然想到这个问题:其他人还照常去吗?因为在最近的两三次派对上最令人不安的事情之一就是常客缺席得越来越多。常客都是马萨利斯小姐的老学生,而她们的孩子似乎是马萨利斯小姐唯一能招收到的新学生了。每年六月都有孩子中途辍学,这可是大事一桩。玛丽·兰伯特的女儿不再上课,琼·克里姆布勒的女儿也不上了。这意味着什么?我妈妈和玛格·弗伦奇想,她们俩都是迁居郊区的女人,而现在常被一种想法困扰,即她们落伍了,一些根深蒂固的观念已经开始混乱。如今钢琴课不像以前那么重要了,这众人皆知。舞蹈被认为对孩子的全面发展更有益处——但孩子们,至少女孩们,似乎并不怎么放在心上。该怎么对马萨利斯小姐解释呢?她常说:"所有孩子都需要音乐。所有孩子都在内心深处热爱音乐。"马萨利斯小姐坚不可摧的信念之一是她能看透孩子们的心,她还发现孩子们的内心是最真诚的,而且对一切美好的事物有与生俱来的爱。她本身的判断力不坏,却常被她作为老处女的那种多愁善感所影响,其错谬的荒唐程度已经成了大家的笑谈。她总用这种方式谈论孩子的心,好像孩子的心是神圣的。这么一来,孩子的家长还有什么好说的呢?

过去,我姐姐威尼弗雷德上钢琴课时,马萨利斯小姐住在罗斯代尔,她家以前一直在那儿。那是一栋狭窄的房子,由颜色介于烟灰和覆盆子色之间的砖块所筑。二楼窗外有个装饰用但坚固的小阳台,整座房子并没有塔楼,可看起来有塔楼的效果。阴沉

249

昏暗，华而不实，丑得挺有诗意——这就是她的家。在罗斯代尔时，一年一度的派对办得还算不错。在上三明治之前，总要等上一会儿，叫人很不自在，因为她们的厨娘还不习惯这种派对，动作迟缓，不过最终端上来时，三明治总是极为上乘：鸡肉三明治、芦笋卷，还有常见的有益健康的东西——包装精美的儿童食品。派对上的钢琴演奏跟往常一样，不是弹得紧张不安、断断续续，就是死气沉沉、无精打采，偶尔还会发生一些事故，引发大家的好奇和关心。你可以这样理解：马萨利斯小姐完全把孩子们理想化了，因此她对孩子不是心肠软，就是想得简单，这让她完全不适合做老师。她不会批评人，要批评也是慎之又慎，且满怀歉意，而她的表扬又不诚实得叫人难以原谅。只有格外认真的学生才可能奉上一曲可圈可点的演奏。

然而总体说来，那时候整场活动总是一成不变，有其传统和风格，虽然过时，却也太平清静。一切都在预料之中，马萨利斯小姐会亲自在铺着瓷砖的门厅入口迎客，门厅里散发着一股教堂祈祷室里所特有的阴霉气味。她擦了胭脂，抹了口红，顶着只适合这种场合的古典发型。她穿一条拖地长裙，上有紫红色和粉色斑点，也许是用旧帷帘改做的。她这身打扮镇不住任何人，除了那些最小的孩子。她身后是另一位马萨利斯小姐，年纪稍大，体形也更大，人更严厉，除了在每年六月的派对上露个面外，其余时间里谁都不记得还有她这么个人。她悄无声息地像个影子一般站在那儿，也没让人觉得不自在。然而，这确实是一个令人叹为观止的事实：世上竟然有不止一张而是两张这样的脸——长脸，砾石般的面色，和蔼可亲，古怪可笑，鼻子特大，眼睛又小又红，虽然近视，却很和善。不过到最后，长得如此丑陋对她们来说倒是件幸事，使她们免于介入一种在很多方面无法应付的现实生活，因为她们俩就像所有刀枪不入又十分幼稚的人一样无忧无虑。从表面上看，她们就像温顺的野生动物，不分性别，模样古怪但已被驯养在家，住在罗斯代尔的那栋房子里，远离时事纷扰。

在马萨利斯小姐家的一个房间里，有的妈妈坐在硬沙发上，有的坐在折叠椅上，听孩子们演奏《吉卜赛之歌》《快乐的铁匠》和《土耳其进行曲》。这个房间挂着一张苏格兰女王玛丽的画像，女王穿着天鹅绒服装，戴着丝绸面纱，站在圣十字城堡前①。还有一些描绘历史上战斗场面的画，已经泛黄得看不清了。房间里也有一些"哈佛经典"作品、铁柴架和飞马铜像。没有一个妈妈抽烟，也没有摆烟灰缸。当年，妈妈们就是在这个房间里演奏的，一模一样的房间里。这个房间昏暗，布置也没有个性（钢琴上摆着一束艳丽的牡丹花和绣线菊，花瓣掉落下来，这是马萨利斯小姐的个人品位，一点都不叫人愉悦）。这样的房间虽然并不舒适，却让人心定气闲。这群繁忙的年轻女人年复一年地要来这里参加聚会，有时她们得放慢车速，不耐烦地穿过罗斯代尔的古老街道。一个星期前她们就开始抱怨，又要浪费时间了，还要大费周章地给孩子们准备衣服，抱怨最多的就是聚会的无聊，但她们

---

① 圣十字城堡（Holyrood Castle），也称圣十字宫，位于爱丁堡，为苏格兰王室所在地，始建于1128年，后毁于战乱。1561年为玛丽女王重修。

出于相当令人难以置信的忠诚每年聚在一起——她们发现自己这么做与其说是对马萨利斯小姐的忠诚，倒不如说是对童年时代各种仪式的忠诚，或者是对一种更为严格的生活模式的忠诚。尽管这种生活模式早已开始分崩离析，但还是残存下来了，就在马萨利斯小姐的客厅里莫名其妙地保存着。女孩们穿着像铃铛一般挺括的裙子，带着本能的仪式感，贴着几面摆满书的暗墙走动。妈妈们表情呆板，但还算得上快活，点头默许孩子的行为，还带着滑稽、稍显做作的怀旧神态，这种怀旧使她们能够熬过任何冗长的家庭仪式。她们互相交换微笑，不失优雅风度，然而，在看到很多东西还是老样子，甚至连演奏的曲目和三明治的馅料都没变时，她们还是表现出了亲切而豁达的讶异。这些妈妈以此认可了马萨利斯小姐和她姐姐不可思议又全然不顾实际地恪守老一套生活方式的顽固作风。

钢琴演奏结束后有一个小小的仪式，这个仪式总让人有些尴尬。马萨利斯小姐家有个花园，是城里人的那种，虽然小，但仍算得上花园，四周围着篱笆，树影婆娑，栽了一圈黄百合花，中间摆着一张长桌子，上面铺着婴儿粉和婴儿蓝的绉纸，厨娘将一盘盘三明治、冰激凌和有色无味的冰糕摆上来。孩子们被允许逃进花园之前，得一个接一个地领受马萨利斯小姐送给她们的年终礼物，礼物都已包好，用丝带系着。除了那些最天真的新生外，谁也没有因期盼礼物而兴奋。礼物一般是一本书，问题是，她到底是从哪儿搞到这些书的？这些陈年老货可能是从主日学校的旧图书馆里找来的，也可能是从二手书店的阁楼或地下室找来的。

不过都是些硬皮书，没人读过，崭新崭新的。有《北方的江河湖泊》《鸟类漫谈》《格雷·厄尔故事续集》《小教友们》。她也送画，有《醒着的丘比特和熟睡的丘比特》《出浴》《小小治安员》，大部分画似乎以展示孩童细嫩的裸体为特色，而我们这些老于世故、极端拘谨的人会认为这非常荒谬、令人反感。连她让我们玩的盒子游戏也乏味极了，简直没法玩——这种游戏的规则很复杂，但每个人都有赢的机会。

这种时候，让妈妈们感到尴尬的并不是礼物本身，而是她们强烈怀疑马萨利斯小姐怎么买得起这些礼物。十年来，她的学费只涨了一次（即使是这样，也有两三个妈妈不再送她们的孩子来学习了），即使把这一点考虑进去，也令人费解。她们往往以马萨利斯小姐肯定有别的经济来源的托词来结束这个话题。这是显而易见的——否则，她也不会住在这栋房子里。那时候她的姐姐还在教学生，也可能不再教了，她已经退休，但还在私人授课，据说是在教法语和德语。姐妹俩肯定有足够的钱。如果你是和马萨利斯小姐一样的人，那么你的生活需求就会比较简朴，生活开销不会太大。

但自从马萨利斯小姐从罗斯代尔的那栋房子搬到班克大街的那间平房后，人们再也不谈论她的经济来源问题了。马萨利斯小姐人生中的这一部分已经归入令人难过的话题范畴，如果再谈就太残酷，太没教养了。

"如果下雨我就完了，"妈妈说，"如果下雨，我会在派对上郁闷而死。"但开派对那天没有下雨，事实上天气很热。那是个夏日里名副其实的大热天，我们开车进城去找巴拉街，结果迷路了。

等我们找到巴拉街后，这条街给我们的印象比预想要好一些，但这主要是因为那里有一排树，而我们沿着铁路路基行驶所经过的其他街道都没有树荫，还邋里邋遢。这儿的房子差不多一个式样，前门廊中间用一块倾斜的木头隔板将房子隔成两半，有两级木台阶和一个泥地院子。马萨利斯小姐显然就住在这种被隔成两半的房子里。这是一些红砖房，前门、窗框和门廊漆成了奶油色、灰色、油青色和黄色。房子干净整洁，打理得不错。紧挨着马萨利斯小姐住所的那间房子前半截改成了个小卖铺，挂了块牌子，上面写着：食品杂货和糖果甜食。

门一直开着。马萨利斯小姐挤在门、衣帽架和楼梯之间，人们勉强从她身边挤过，进入客厅，但就现在的状况看，如果有人想从客厅出来到楼上去，那绝无可能。马萨利斯小姐擦了胭脂，做了头发，穿着锦缎长裙，一不小心就会踩到裙脚。在当日的强光下，她看起来像化装舞会上的人，也像粗鲁的清教徒心目中盛装打扮的狂热的妓女。但这种狂热只在于她的胭脂，而她的眼睛，我们走近看时就发现一如既往，红红的眼圈，显得很快活，无忧无虑。当我们从她身旁走过时，她吻了我和我妈妈，还像往常那样向我问了好，仿佛我仍是个五岁的孩子。我觉得马萨利斯小姐吻我们的时候在往外看，往大街上看，在期盼还没到的什么客人。

这房子有一间客厅和一间餐厅，中间由橡木门分隔开来。房间都很小。苏格兰女王玛丽的那张画像挂在墙上显得很大。没有壁炉，所以没放铁柴架，但还摆着钢琴，甚至依然放着一束牡丹和绣线菊，天知道是从哪个花园摘来的。客厅太小，看起来很拥挤，其实里面的人，即使包括小孩才不到十二个。我妈妈微笑着和大家寒暄，坐了下来。她对我说玛格·弗伦奇还没到，会不会也迷路了？

坐在我们身旁的那个女人我们并不熟悉。她是个中年人，穿着一条闪色塔夫绸裙子，别着一枚莱茵石胸针，浑身都是清洁剂的味道。她自我介绍说是克莱格太太，马萨利斯小姐的邻居，住这房子的另半边。马萨利斯小姐问她是否想听孩子们的演奏，她说这将是一大乐事，她喜欢任何形式的音乐。

我妈妈兴致勃勃，但看上去有点不自在，问起了马萨利斯小姐的姐姐：她在楼上吗？

"噢，是的，她在楼上。不过她状态不大好，可怜的人。"

"那太糟了。"我妈妈说。

"是啊，真是惭愧。我给她喂了些药，让她睡一下午。要知道，她丧失了语言能力。她几乎丧失了所有的自理能力。"一听到她那故意压低的声音，我妈妈就警觉到接下来她可能会啰唆地大谈那些没完没了的细节，便又赶紧回了一句："真是太糟糕了。"

"马萨利斯小姐出去上课时，我就过来照顾她。"

"你真是太好了。我想她肯定对你感激不尽。"

"唉，我也是觉得她们这样的老太太很可怜。她们俩简直是一对婴孩。"

我妈妈不知咕哝了些什么作为回答，但她没有看克莱格太太，没有看她那张砖红色的健康的脸，也没有看她的牙缝——在我看来奇宽无比。她的目光越过克莱格太太，盯着餐厅，很惊愕，但掩饰得相当好。

她盯着看的是摆好的餐桌。派对盛宴所需要的都已准备停当，一样都不缺。一盘盘三明治都已摆好，而且肯定摆出来有好几个小时了，因为放在最上面的三明治已经开始微微卷边。苍蝇在餐桌上嗡嗡地盘旋，时而落在三明治上，时而自由自在地在盛着面包店买来的小糖霜蛋糕的盘子上爬来爬去。那个雕花玻璃碗像往年一样摆在桌子中央，盛满了紫色的潘趣酒，酒显然没有加冰，而且也走味了。

"我试过提醒她，不要提前全都摆出来。"克莱格太太小声嘀咕着，愉快地微笑着，看她那样子好像是在谈论某个任性孩子的怪念头或小错误。"你可知道她今天早晨五点钟就起来做三明治了。我不知道这些东西尝起来如何。我猜她是怕到时候来不及准备，怕自己会忘了什么，她们讨厌丢三落四的。"

"大热天不该把吃的东西摆出来。"我妈妈说。

"是呀，不过我想就这么一次也不会把我们毒死。我只是觉得三明治干掉了真可惜。中午她往潘趣酒里兑姜汁汽水，我只能一笑置之。那多浪费呀！"

我妈妈动了一下身子，整理了一下她的薄纱裙，好像突然意识到在女主人自家的客厅里以这种方式议论她所做的安排，真是有失体统，甚至是可怕的。"玛格·弗伦奇还没来，"她对我说，声音严厉起来，"她说了她会来的。"

"我成了这儿最大的女孩了。"我反感地说。

"嘘——那就是说你最后一个演奏。嗯，今年的演奏曲目不会太多，对吧？"

克莱格太太朝我们探过身来，她的胸间发出一股热烘烘的难闻气味。"我去看看冰箱的温度她调得够不够，如果冰激凌都融化了，她会难受死的。"

我妈妈穿过房间，跟她认识的一个女人说话。我敢说她又在讲：玛格·弗伦奇说了她会来。房间里女士们的脸，之前化过妆的脸，已经开始显现出炎热和相当普遍存在的焦虑所造成的后果。她们互相打听派对到底什么时候开始。当然很快就要开始了，至少有一刻钟没有人再来了。她们说那些不来的人也太差劲了。但在这大热天里，尤其是这儿，简直热得可怕，肯定是全市最糟糕的地方——这样你大概也能明白她们不来的原因了。我扫了一圈房间，没发现一个跟我上下相差一岁的孩子。

年纪小的孩子们开始演奏。马萨利斯小姐和克莱格太太热情地鼓掌，但妈妈们只在每支曲子结束时如释重负般拍两三下手。我妈妈虽然尽力了，但似乎还是无法把目光从餐桌移开，从那些肆意掠夺的苍蝇的得意之旅上挪开。最终她摆出了一副想入非非、心不在焉的样子，让目光聚焦于潘趣酒碗的上方某处，这样她就能一直把头转向那个方向，而从积极的角度来看这也不会出

257

卖她。马萨利斯小姐也同样很难把目光驻留在演奏者身上，她不停地看向门。难道她到现在还在指望那些无故缺席的人露面吗？钢琴旁那个照例必备的盒子里，放的礼物远远不止半打，都用白纸包着，系着银色的缎带——不是真正的缎带，而是那种易裂易碎的便宜货。

就在我弹奏亨德尔的歌剧《埃及女王》中的小步舞曲时，最后一批客人到了，除了马萨利斯小姐，大家都颇感意外。刚开始大家还以为肯定搞错了。我从眼角瞥见了一队小孩，共有八到十人，还有一位红发女人，好像穿着制服，他们在上前门的台阶。他们看起来是某所私立学校的孩子，可能是去远足什么的（他们穿着统一的服装，显得很单调），但若是远足的话，他们行进得太过仓促杂乱。或者这仅仅是我的印象，我没法细看。他们是不是走错了门？也许他们是要去医生那里打针吧？不然就是去参加假期《圣经》班？不，马萨利斯小姐已经站起身，低声但愉快地说着对不起。她出去迎接他们。我身后是人们挤来挤去的嘈杂声，打开折叠椅的声响，还传来一阵咯咯的笑声，笑声颇不得体，且诡异得你说不清是从何处传来。

这队学生小心翼翼地走进来，忙乱之外，或者说隐藏在忙乱之后的，是一种少有的全神贯注的寂静。发生了什么事，无法预见的什么事，也许是灾难性的什么事；你可以感觉到这样的事就发生在你的背后。我继续演奏。我用自己对亨德尔磕磕绊绊却坚持不懈的独特诠释填补了最初残酷的寂静。我从琴凳上站起来时，差点跌倒在几个新来的坐在地板上的孩子身上。

在我之后演奏的是他们中的一个男孩，九或十岁。马萨利斯小姐拉着他的手，对他微笑，可他的手动都不动，马萨利斯小姐也没有尴尬地摇头否认她是冲他笑的。真是少见，这个男孩也太怪了。他坐下，头转向马萨利斯小姐，她跟他说了些鼓励的话。不过他抬头看她时，我注意到了他的侧面——粗陋的五官没有发育完全，眼睛小得出奇，而且斜视。我看了看坐在地板上的孩子们，发现两三个孩子的侧面跟他的一模一样；还有一个男孩，头颅硕大，头发刚理过，像婴儿的头发一样细软。其他的孩子五官正常，没有什么怪异之处，只是带着幼儿才有的坦率和平静。男孩们穿的是白衬衣，灰短裤；女孩们穿的是灰绿棉布裙，缝着红扣子，系着红腰带。

"有时候那种孩子对音乐还颇有灵性。"克莱格太太说。

"他们是什么人？"我妈妈悄声问，当然根本没意识到她听起来是多么不安。

"他们是马萨利斯小姐在格林希尔学校的学生，都是些可爱的小家伙，其中有些孩子还很有音乐天赋，当然他们没有全部来。"

我妈妈心烦意乱地点点头。她环顾整个房间，遭遇到其他女人困顿而警觉的目光，但没有达成任何共识。现在也做不了什么。这些孩子就要演奏了。他们弹得不比我们差——不比我们差太多——但他们似乎动作缓慢，而且让看的人不知道往哪儿看好。出于礼貌，你当然不应该盯着这样的孩子看，但在钢琴演奏会上不看演奏者又该看谁呢？这时房间里的气氛使人产生了某种怪诞的无法逃脱的梦幻感。我妈妈和其他人心里所想不言自明：是啊，我知道厌恶这些孩子是不对的，我也没有厌恶，但谁也没告诉过我到这儿来就是听一群小——小白痴的演奏，因为他们确实是小白痴——这叫什么派对呀？然而她们鼓掌的次数倒是增加了，气氛也活跃了。或许她们在想：至少得把这支曲子听完。可曲目一个接一个，没有结束的迹象。

马萨利斯小姐叫着每一个孩子的名字，仿佛连名字本身也值得庆贺。现在她在叫："多洛雷斯·博伊尔！"一个女孩，跟我一般大，腿很长，相当瘦，面色忧郁，金发几近全白，辫子已经松开，她从地板上站起来。她在琴凳上坐下，挪了挪身子坐好，把长发拢到耳后，然后开始弹琴。

在马萨利斯小姐家的派对上，我们习惯于关注演出，但这并不意味着大家指望能听到真的音乐。然而这一次几乎无须专注，这支曲子就毫不费力地征服了我们，对此我们甚至毫不诧异。她演奏的曲子并非是耳熟能详的。这是一支柔和、优雅、欢快的曲子，带有一种沉静自如的幸福感。这个女孩所做的仅仅是——这可是你以为根本做不到的事——弹奏它，如此就能被感受到，所有这一切就能被感受到，哪怕是在巴拉街马萨利斯小姐的客厅里，在这样一个荒谬愚蠢的下午。孩子们都默不作声，不论是格林希尔学校来的孩子还是其他的孩子。妈妈们坐在那儿，被音乐捕获，脸上有不服气的神色，和刚才相比，现在她们内心深处更加惶惶不安，好像突然被提醒记起一些已经忘却但没意识到忘却了的事。这个白发女孩坐在钢琴前，耷拉着头，姿态不太雅观，而她弹奏的音乐声飘过敞开的门窗，回荡在这条铺满煤渣的夏日街道上。

马萨利斯小姐坐在钢琴旁，像往常一样对着大家微笑。她微笑的样子不卑不亢。她看起来并不像魔术师那样时时观察每个人的脸，想知道某个别出心裁的魔术亮底时产生的效果，不是那么回事。你也许会认为，既然她在生命的最后时刻发现了一个钢琴演奏上的可教之才，就必须教导这个女孩，她会因这一发现的重要性而欢欣鼓舞。然而看起来这位女孩的演奏如同她意料之中的平常事一般，自然而然，令人满意。相信奇迹的人在真的碰到奇迹时不会大惊小怪。她好像还把这个小女孩同格林希尔学校其他那些爱她的孩子，或我们这些不爱她的孩子一样看待，没什么稀奇的。对她而言，没有意料之外的天赋，也没有料想不到的庆贺。

那个女孩弹完了。音乐在房间里萦绕片刻，随即消失，很自然没人知道该说些什么。因为在她演奏完毕的那一刻，显而易见，她还是原来的她，来自格林希尔学校的女孩。然而那音乐不是无中生有。这两个事实无法并行不悖。于是几分钟之后，尽管这次演奏有纯真的一面，但看起来像是玩了个把戏——一个非常成功、非常有趣的把戏，这毋庸置疑，可也许——怎么说呢？也许整体上品位不高。这小女孩的能力不可否认，但毕竟没什么用，不得其所，也不是大家真正想谈论的东西。在马萨利斯小姐看来，这是可以接受的；但在其他人看来，在生活在这世界上的人们看来，并非如此。不要紧，她们一定要说点什么，所以她们满怀感激地谈了一通音乐本身,说着多么好听呀,多么美妙的曲调呀,这曲子叫什么来着?

"《快乐影子之舞》,"马萨利斯小姐说,"*Danse des ombres heureuses.*"她又用法语重复了一遍,其实也没让谁更明白多少。

然后我们驱车回家,驶过燥热的红砖街道,驶出城区,离开了马萨利斯小姐和她那再也不可能举办的派对,派对肯定永远不会再办了,为什么我们无法说出原本期待说的"可怜的马萨利斯小姐"这句话呢?是《快乐影子之舞》阻止了我们,它是马萨利斯小姐生活的另一个世界传来的昭示。

### 图书在版编目（CIP）数据

快乐影子之舞／（加）艾丽丝·门罗著；李玉瑶译
. ——北京：北京十月文艺出版社，2023.11
 ISBN 978-7-5302-2279-9

Ⅰ.①快… Ⅱ.①艾… ②李… Ⅲ.①短篇小说－小说集－加拿大－现代 Ⅳ.① I711.45

中国版本图书馆CIP数据核字（2022）第221690号

著作权合同登记号　图字：01-2022-5170

Dance of the Happy Shades by Alice Munro
Copyright © 1968, copyright renewed 1996 by Alice Munro
This edition arranged with William Morris Endeavor Entertainment, LLC.
through Andrew Nurnberg Associates International Limited
Simplified Chinese edition © 2023, Thinkingdom Media Group Limited.
All rights reserved.

快乐影子之舞
KUAILE YINGZI ZHI WU
[加拿大] 艾丽丝·门罗 著
李玉瑶 译

| 出　　版 | 北 京 出 版 集 团 |
|---|---|
|  | 北京十月文艺出版社 |
| 地　　址 | 北京北三环中路6号 |
| 邮　　编 | 100120 |
| 网　　址 | www.bph.com.cn |
| 发　　行 | 新经典发行有限公司 |
|  | 电话 010-68423599 |
| 经　　销 | 新华书店 |
| 印　　刷 | 山东韵杰文化科技有限公司 |
| 版　　次 | 2023年11月第1版 |
| 印　　次 | 2023年11月第1次印刷 |
| 开　　本 | 850毫米×1168毫米　1/32 |
| 印　　张 | 8.5 |
| 字　　数 | 170千字 |
| 书　　号 | ISBN 978-7-5302-2279-9 |
| 定　　价 | 58.00元 |

如有印装质量问题，由本社负责调换。
质量监督电话 010-58572393

版权所有，未经书面许可，不得转载、复制、翻印，违者必究。